U0513507

人民文学出版社
PEOPLE'S LITERATURE PUBLISHING HOUSE

著作权合同登记号　图字　01—2017—5613

图书在版编目(CIP)数据

万延元年的Football/(日)大江健三郎著;邱雅芬译.—北京:人民文学出版社,2021(2024.7重印)
(名著名译丛书)
ISBN 978-7-02-012208-0

Ⅰ.①万…　Ⅱ.①大…②邱…　Ⅲ.①长篇小说—日本—现代　Ⅳ.①I313.45

中国版本图书馆CIP数据核字(2016)第282926号

责任编辑　陈　旻
装帧设计　刘　静　陶　雷
责任印制　苏文强

出版发行　人民文学出版社
社　　址　北京市朝内大街166号
邮政编码　100705

印　　刷　三河市中晟雅豪印务有限公司
经　　销　全国新华书店等

字　　数　227千字
开　　本　890毫米×1290毫米　1/32
印　　张　7.5　插页3
印　　数　12001—15000
版　　次　2021年4月北京第1版
印　　次　2024年7月第4次印刷

书　　号　978-7-02-012208-0
定　　价　38.00元

如有印装质量问题,请与本社图书销售中心调换。电话:010-65233595

大江健三郎

大江健三郎（1935— ）

日本当代著名作家，出生于爱媛县喜多郡大濑村（今内子町）。1957 年在《文学界》上发表小说《死者的奢华》，开始受到文坛瞩目。1958 年小说《饲养》获第三十九届芥川文学奖。1964 年小说《个人的体验》获第十一届新潮社文学奖。1967 年小说《万延元年的 Football》获第三届谷崎润一郎奖。1994 年获诺贝尔文学奖，是川端康成之后，时隔二十六年第二位获此殊荣的日本作家。

《万延元年的 Football》一书以四国的山谷、森林为舞台，为世人描绘出一幅交织着历史与现实、传说与想象的异样的世界，是大江文学走向成熟的标志性作品。

译　者

邱雅芬（1967—　），浙江宁波人，现任职于中国社会科学院外国文学研究所。1991 年留学日本，获日本文学硕士学位并完成博士课程学习。1997 年回国进入中山大学外国语学院工作。2003 年获日本福冈大学日本文学博士学位，2007 年获中山大学中国文学博士学位。著有《芥川龙之介的“中国”：神话与现实》（日文版）、《中日傀儡戏因缘研究》、《芥川龙之介学术史研究》等。

出版说明

人民文学出版社从上世纪五十年代建社之初即致力于外国文学名著出版，延请国内一流学者研究论证选题，翻译更是优选专长译者担纲，先后出版了“外国文学名著丛书”“世界文学名著文库”“二十世纪外国文学丛书”“名著名译插图本”等大型丛书和外国著名作家的文集、选集等，这些作品得到了几代读者的喜爱。

为满足读者的阅读与收藏需求，我们优中选精，推出精装本“名著名译丛书”，收入脍炙人口的外国文学杰作。丰子恺、朱生豪、冰心、杨绛等翻译家优美传神的译文，更为这些不朽之作增添了色彩。多数作品配有精美原版插图。希望这套书能成为中国家庭的必备藏书。

为方便广大读者，出版社还为本丛书精心录制了朗读版。本丛书将分辑陆续出版。

人民文学出版社

2015 年 1 月

前　言

大江健三郎(1935—　)是日本当代文学的代表性作家,亦是一九九四年诺贝尔文学奖获得者。少年时代的大江喜欢阅读《哈克贝里·芬历险记》《尼尔斯骑鹅旅行记》,由此培养了对文学的想象力。一九五四年进入东京大学法国文学专业学习,他从大学一年级开始创作校园剧本和小说等,早期作品《火山》(1955)、《野兽们的声音》(1956)就获得了较多的好评。尤其发表在一九五七年五月二十二日《东京大学新闻》上的《奇妙的工作》受到了日本战后派文学评论家平野谦的关注。此后,《文学界》《新潮》《近代文学》等著名期刊开始邀请他发表作品,他陆续创作了《死者的奢华》(1957)、《他人的脚》(1957)、《饲育》(1958)、《人羊》(1958)等作品,一九五八年七月以《饲育》获得第三十九届芥川文学奖,由此成为炙手可热的日本文坛新秀,当时他还是一位东京大学的在校生。

大江于一九六〇年二月结婚,一九六三年六月长子大江光出生。大江光患有先天性脑疾,这对大江是一次沉重的打击,但他最终选择了与残疾儿共生之路,《个人的体验》(1964)等诸多作品就是以他的这种人生体验为素材创作的作品。此后,他开始关注广岛原子弹爆炸等问题,这是与残疾儿"共生"之路延伸出的"共苦"之路,同时还开启了一种面向"他者"的视角,这是日本传统私小说缺乏的元素,他由此成为日本当代文学的重要推手之一。从明治时代开始,日本出现了一批绝望自杀或陷入颓靡的作家,而大江则是一位坚毅的探索者,一直在黑暗与痛苦中不停地摸索前行,为日本当代文学展示了一条通向希望之路。

大江本人对其与战后派文学之间的亲缘关系心知肚明,他在诺贝尔文学奖授奖仪式的致辞《我在暧昧的日本》中写道:

> **我觉得,日本现在仍然持续着开国一百二十年以来的现代化进程,正从**

根本上被置于暧昧(ambiguity)的两极之间。而我,身为被刻上了伤口般深深印痕的小说家,就生活在这种暧昧之中。

把国家和国人撕裂开来的这种强大而又锐利的暧昧,正在日本和日本人之间以多种形式表面化。日本的现代化,被定性为一味地向西欧模仿。然而,日本却位于亚洲,日本人也在坚定、持续地守护着传统文化。暧昧的进程,使得日本在亚洲扮演了侵略者的角色。而面向西欧全方位开放的现代日本文化,却并没有因此而得到西欧的理解,或者至少可以说,理解被滞后了,遗留下了阴暗的一面。在亚洲,不仅在政治方面,就是在社会和文化方面,日本也越发处于孤立的境地。

就日本现代文学而言,那些最为自觉和诚实的"战后文学者",既在那场大战后背负着战争创伤,同时也在渴望新生的作家群,力图填平与西欧先进国家以及非洲和拉丁美洲诸国间的深深沟壑。而在亚洲地区,他们则对日本军队的非人行为做了痛苦的赎罪,并以此为基础,从内心深处祈求和解。我志愿站在了表现出这种姿态的作家们的行列的最末尾,直至今日。①

从上文"我志愿站在了表现出这种姿态的作家们的行列的最末尾"可知,大江将自己定位为"战后派"文学的后继者。朝鲜战争后,日本经济回归正轨,同时日本成为美国的反共桥头堡,"对日本军队的非人行为做了痛苦的赎罪,并以此为基础,从内心深处祈求和解"的日本战后派文学失去了进一步发展的社会环境。所以,作为战后派文学的后继者,大江的文学探索必然充满了痛苦,《万延元年的 Football》就是这类文本,大江在作品开篇处写道:

在黎明前的黑暗中醒来,渴求着炽热的"期待"感,摸索噩梦残存的意识。犹如咽下的使内脏燃烧的威士忌,焦灼地期盼炽热的"期待"感在肉体深处实实在在地恢复,这样的摸索总是徒然。握起无力的手指,而后,面对光亮正不情愿地退缩的意识,承受着浑身骨肉分离之感,且这感觉正变为钝痛。无奈,我只得再次接受这隐隐作痛、支离破碎的沉重肉体。显然不愿想起这究竟是何物在何时的姿势,我只是手脚蜷缩地睡着。

《万延元年的 Football》最初刊载于一九六七年一月至七月的《群

① 大江健三郎《我在暧昧的日本》,载《万延元年的 Football》,许金龙译,作家出版社,二〇〇六年,第 223 页。

像》杂志，一九六七年九月由讲谈社出版单行本，曾经获得过第三届谷崎润一郎文学奖。作品人物根所蜜三郎陷入了深刻的人生危机，刚刚降生的孩子患有先天性脑疾，目前还放在保育院里；妻子陷入了酒精中毒；夫妻关系亦极度冷漠；亲密的友人也以惨不忍睹的形象自杀身亡了。这时，曾经参加过安保斗争的弟弟鹰四结束了一段在美国的放浪生活返回日本，其内心亦充满了创伤。在鹰四的建议下，他们决定返回四国故乡以寻求新生之路。这是大江三十二岁时的作品，亦是其于一九九四年获得诺贝尔文学奖时的获奖代表作之一。当时，瑞典皇家学院列举了大江的五部代表作，包括《个人的体验》(1964)、《万延元年的Football》(1967)、《M/T与森林的不可思议的故事》(1986)、《致令人怀念的岁月的信》(1987)、《燃烧的绿树》(1993—1995)，尤其高度评价了《万延元年的Football》。

《万延元年的Football》共分十三个篇章，其中第一篇题名为“在死者的引领下”，暗示了探索由死向生之路的作品基调。上引开篇段落中的“黑暗、噩梦、摸索、钝痛、支离破碎、沉重肉体”等一连串词汇无不指向深刻的痛楚，这与“在死者的引领下”的铺叙展开有关，与作家从日本的“暧昧”中感受到的痛苦亦不无关联。万延元年(1860)是日美关系史上的重要年份。为了交换“日美修好通商条约”的相关文件，当时的江户幕府派出了赴美使节团，这是自一八五四年日本开国之后派出的第一个正式的赴美使节团，标志着现代日美关系史上的一个重要节点。《万延元年的Football》是前后期大江文学的分水岭之作，这从作品时间结构的变化亦可以略窥一斑。作品由大江文学一贯的线性时间结构变为重叠式时间结构。例如，一八六〇年万延元年至一九六〇年第一次安保斗争之间的日美百年关系史是重要的时间铺设。与此相应，作品标题“Football”一词的多义性亦暗示了作品丰富的时空意象。而一八六八年明治维新至一九六八年维新百周年纪念这第二个百年史则是作品创作时期的重要历史背景。此外，作品中还嵌入了其他丰富的隐喻，其中最值得关注的是“根所”这一姓氏所隐含的深刻内涵，它使作品具有寻根文学的属性，其与“琉球语”的关联传说亦暗示了“冲绳”这一政治地理空间以及与此相关的跌宕起伏的东亚近现代史，其中可见大江对日本战争与战败的思考,对商品经济强力渗透的关注则构成了另一条重要的脉络。

作为一名人道主义作家,《个人的体验》后的大江文学的指归之处都充满了"希望",《万延元年的Football》亦然。大江在作品结尾处写道:

> 我和妻子、胎儿穿过那片森林出发了,我们不会再次造访山谷吧。既然鹰四的记忆已作为"亡灵"为山谷人所共有,那么我们没有必要守护其坟墓了。离开洼地后,妻子将努力使从福利院领回的儿子融入我们的世界,同时等待另一位婴儿的诞生。这期间,我的工作场所是充满汗水与尘土的污秽的非洲生活——我戴着头盔,叫嚷着斯瓦希里语,夜以继日地敲打着英文打字机,亦无暇反思自己的内心活动。我不认为用油漆在巨大的灰色肚皮上写有"期待"字样的大象,会踱到我这位埋伏在草原的动物采集队翻译负责人面前。然而,一旦接受这项工作,有一瞬间我认为这对于我总归是一次新生活的开始,至少在那里可以轻而易举地建起草屋。

作品结尾处一改开篇处的阴郁与痛苦,点明了对新生活的期待感,尤其对"胎儿""婴儿"的强调更凸显了对未来的展望。由此可见,《万延元年的Football》亦具有"始自于绝望的希望"①的内涵。这种始自于绝望的"希望"是大江文学的重要魅力之一,也是他为当代日本文学做出的重要贡献之一。

邱雅芬

二〇二〇年八月于北京

---

① 许金龙《"始自于绝望的希望":大江健三郎文学中的鲁迅影响之初探》,载《鲁迅研究月刊》2009年第11期,第29—52页。

目　录

一、在死者的引领下

在黎明前的黑暗中醒来，渴求着炽热的“期待”感，摸索噩梦残存的意识。犹如咽下的使内脏燃烧的威士忌，焦灼地期盼炽热的“期待”感在肉体深处实实在在地恢复，这样的摸索总是徒然。握起无力的手指，而后，面对光亮正不情愿地退缩着的意识，承受着浑身骨肉分离之感，且这感觉正变为钝痛。无奈，我只得再次接受这隐隐作痛、支离破碎的沉重肉体。显然不愿想起这究竟是何物在何时的姿势，我只是手脚蜷缩地睡着。

每次醒来，都要寻找失去的炽热的“期待”感。不是失落感，它本身是积极的实体。当意识到无法找到，便试图再次诱导自己重返睡眠的斜坡。睡吧！睡吧！世界不复存在！然而，今晨剧毒令浑身疼痛，阻碍再度入眠。恐惧欲喷涌而出。到日出至少还有一小时吧。在此之前，无法把握今天将是怎样的日子。如胎儿般浑然不知地躺在黑暗中。过去的这种时候，性欲恶习会乘虚而入。然而，现在二十七岁，已婚，甚至还有了放在福利院的孩子，一想到自己还要手淫，便生出一阵羞愧，转眼将欲望的胚芽捻得粉碎。睡吧！睡吧！睡不着就模仿熟睡的人！这时，黑暗中冷不防看见昨天工人们为建净化槽而挖的长方体凹坑。荒芜痛苦的毒素在疼痛的体内增殖，如筒装果冻般欲从耳、眼、鼻、口、肛门、尿道缓缓溢出。

我依然模仿熟睡的人，站起来在黑暗中摸索前行。闭着眼任身体各处撞在门上、墙上、家具上，发出呓语般痛苦的呻吟。当然，我的右眼即使在白天大大睁开，亦毫无视力。我何时才能明白右眼究竟为何要变成这样？那是一次可憎而无聊的事故。某日早晨我走在街上，一群陷入极度恐惧与愤怒的小学生扔来石块，一只眼睛被击中，我倒在了马路上。我简直无法理解那是为什么？我的右眼从眼白至眼仁横向撕裂丧失了视力。直到现在,我仍不明白那次事故的真正含义。而且,我害怕明白。如果你用手掌捂住右眼走路,你肯定会遇到许多埋伏在右前方的物体吧。你会突然撞上它们,会不断地碰了头和脸。就这样,我右半边的头和脸新伤不断,我是丑陋的。早在我的眼睛受伤前,母亲曾将我与可能变得英俊的弟弟相比,预言我成年后的容貌。我时常想起母亲的话,丑陋的特点逐渐显现,盲眼不过日日更新着丑陋,时时生动地凸显着丑陋罢了。天生的丑陋想躲在背阴处沉默,是盲眼的效果不断把它拉到阳光下。不过,我给予面向黑暗的眼睛一个任务。我把丧失了功能的它,比作面向颅内的黑暗睁着的眼。这只眼时刻注视着积满鲜血、微热于体温的黑暗。我雇了一个侦察兵监视自己内在的黑夜森林。就这样,我训练自己观察自我。

穿过厨房,摸索着打开门,这才睁开眼睛。深秋的拂晓,漆黑一团,只是遥远的高空泛出微白。黑狗跑来想扑进怀里,但它即刻领会了我的拒绝,默默地把身子缩成一团,黑暗中把小鼻尖如蘑菇般扬起来对着我。我把它抱在腋下慢慢前行。狗臭烘烘的。它呼吸急促,一动不动地任我抱着。我感到腋下发热,或许狗得了热病。我的光脚尖碰在木框上。我暂且放下狗,摸索着确认梯子的位置,而后在黑暗中朝放狗处抱去。它仍待在那里。我不觉笑了,然而微笑无法持续,狗肯定病了。我吃力地爬下楼梯。坑底随处是没过脚踝的积水。水不多,就像绞肉时流出的汁液。我直接坐在地上,感觉水透过睡裤和裤衩弄脏了屁股。而且,我发觉自己像失去了抵御能力的人似的,温顺地忍耐着。但狗当然能够拒绝被水弄脏。它沉默着,像是会说话,却默不作声。它在我腿上取得平衡,将颤抖发烫的身体轻轻地依偎在我的胸前。为了保持这平衡,它将钩状爪子扎入我的腿部肌肉。我感到自己似乎亦无力抵御这痛苦。五分钟后,我便不在乎了。对弄脏屁股、渗入睾丸和大腿间的水亦不在乎了。我感觉我这一百七十二公分高、七十公斤重的肉体,与昨日工人们从这里挖出来扔到远处河里的泥土总量相当,它正化为泥土。在我的肉体及四周的土壤、潮湿的空气中,仅狗的体温和两只如腔肠类动物腹腔般的鼻孔活着。鼻孔惊人地敏锐起来,无限丰饶般搜集来许多坑底贫乏的气味。它确实在最大限度地发挥功效,所以不但无法辨别搜集来的无数种气味，而且当我几乎失去知觉将后脑勺（我觉得是直接将后脑部的头盖骨）①撞在了坑壁上，我依然只是继续吸入上千种气味与少量的氧气。荒芜痛苦的毒素仍然充塞于体内，但已没有向外渗出的迹象。虽然炽热的“期待”感未回来，恐惧却消除了。我觉得一切都无所谓了。事实上，我对自己拥有肉体亦感到无所谓，只是没有任何眼睛看见满不在乎的自己，这是令我感到遗憾的。狗？狗没有眼睛。满不在乎的我也没有眼睛。自从下了梯子，我再次闭上了眼睛。

而后，我静观参加了其火化仪式的友人。今年夏末，我的友人用朱红色涂料涂满头部与脸部，浑身赤裸，肛门里插着黄瓜上吊死了。他妻子参加一个持续到深夜的晚会，当她病兔般疲惫地回到家中，发现了丈夫奇异的尸首。为何友人不与妻子一起参加晚会？他就是那样的人，让妻子独自参加晚会，自己则留在书房进行翻译工作（那是与我合作的工作），谁也不会感到奇怪。

友人的妻子从尸体前两米处径直跑回晚会地点。她吓得毛发倒竖，双手挥舞，无声地呼叫着，在夜深人静的大街上踏着自己的影子，穿着孩子气的绿鞋子倒胶卷般狂奔着。她向警察报了案就静静地抽泣，直到娘家来人接她。于是，警方的调查结束后，由我和友人的刚毅的祖母为朱红色脑袋、一丝不挂、大腿上粘着毕生最后的精液、确实难以抢救的死者料理了后事。死者的母亲陷入痴呆状态，帮不了忙，只是当我们要洗掉死者的装扮时，她忽然清醒过来予以反对。我和老妇人们谢绝所有吊唁者，仅我们三人为死者守了夜。死者富于个性的庞大数量的细胞正隐微而迅速地被破坏着，干涸的皮肤如水坝般拦住了黏糊糊地溶化了、变成了什么莫名之物的酸甜的蔷薇色细胞。友人仿佛奋力穿越一条狭窄的暗渠，在他就要从另一端钻出前，突然可怜地死去了。朱红色脑袋的友人的肉体，比他二十七年生涯中的任何时候都更充满了紧迫而危险的实在感，它躺卧在简易行军床上傲慢地腐烂着。皮肤的水坝即将决口。发酵的细胞群如酿酒般酿造着肉体自身真实而具体的死亡。生者必须将其饮下。友人的肉体与散发出百合香味的腐蚀菌

---

① 括号依据原著。以下同。

一起铭刻的浓重时光魅惑着我。其尸体在其整个存在期间进行了一次飞行,我在注视这纯粹的时间圈时,被迫理解了可以反复、如幼儿头顶般柔软温暖的另一种时间的脆弱。

我禁不住嫉妒起来。不久,最终闭上双眼的我的肉体在体验腐败时,不会有友人注视它、理解它的正当含义。

"他从疗养院回来时,我该劝他再回到那里。"

"不,这孩子不能再待在那里了。"友人的祖母回答道。

"这孩子在疗养院表现出色,很受其他精神病患者尊敬,已不能再留在那里了。你把这事忘了,别再责备自己了。事到如今,事情非常清楚,这孩子从那里出来过上自由生活,实在太好了!要是他在那里自杀,也许就不能把脸涂成朱红色、光着身子上吊吧。肯定会被尊敬他的其他精神病人拦住。"

"你能挺得住,我很受鼓舞。"

"人都会死,而且大多数在百年后,不会再有人讨论他们的死法。按自己最喜欢的方式死去是最好不过的。"

友人的母亲一直坐在床脚,不停地抚摩着死者的脚。她像受了惊的乌龟似的,把脖子深深地埋入双肩,对我们的交谈毫无反应。她的扁平的植物性的小脸很像她悲惨死去的儿子,好像渐渐融化的饴糖似的,表情松弛无力。我觉得自己从未见过如此写实地表现彻底绝望的面孔。

"像猿田彦似的……"亡友的祖母令人摸不着头脑地说道。

猿田彦。我差点被这散发着乡土气息的滑稽词汇唤起不太明确的意识,但我脑髓的脂肪质已经因为疲劳而变成肉冻,它虽然微颤着,但未能扩大到厘清意识的经纬。我无益地摇头,"猿田彦"这个词便如秤砣般,带着无法解开的语义封印沉入我记忆的深处。

现在,我抱着狗坐在积有少许水的坑底,作为令人怀念的记忆矿脉上明显的露出部分,"猿田彦"这个词又浮现在我的脑海中。自那天起,一直冻结着的有关这个词的脑髓脂肪质的肉冻融化了。猿田彦,猿田彦殿下在天界岔道口迎接下凡诸神。天宇受卖命作为闯入者的代表与猿田彦进行外交谈判。她集中新世界的原住民鱼类试图确立统治权，将默默抵抗的海参的嘴巴用刀子划开，说这嘴巴不答话。我们那脑袋涂成朱红色、心地善良的二十世纪的“猿田彦”，倒不如说是被划破了嘴巴的海参的同类。如此想来便泪如泉涌，泪水从脸颊流至嘴唇，滴在了狗背上。

友人在去世前一年，中断了在哥伦比亚大学的留学生活回国，之后进入一家为轻度精神异常者服务的疗养院。有关疗养院的所在地及友人在那里的生活，我只能从其自述中略知一二，因为他的妻子和母亲、祖母亦都未曾实地造访过那家据说位于湘南地区的疗养院。友人禁止身边所有人造访那里。现在看来，亦无法断言是否真有那么一家疗养院。

即便如此，我们暂且相信友人之言。那家疗养院被称作微笑训练中心或微笑道场。被收容者每餐都要服用大量镇静剂，所以无论白天黑夜，人们都在温和的微笑中度过平静的时光。那是湘南极常见的海滨别墅式平房，一间日光室占据了建筑物的一半。宽敞的草坪上安置了许多秋千，白天大部分患者坐在秋千上聊天。被收容的患者们严格说来不算患者，而是长期逗留的旅行者。服用了镇静剂的旅行者们变成了世上最温顺的家畜般的动物，他们彼此交换着温和的微笑，在日光室或草坪上生活着。外出是自由的，且没有一个人觉得自己被监禁着，所以也没有逃跑者。

进入微笑训练中心一周后，友人回来取新书和换洗衣服时说，他似乎比任何先于他住院的温和微笑着的患者们都更迅速愉快地适应了那怪地方。然而，又过了三周，友人再次返回东京，虽然仍在微笑，脸上却显出些许悲哀。他告诉他妻子和我，说给患者们分发镇静剂和食物的看护人员是位粗暴的男子，他常常对服食了镇静剂、连生气都不会的毫无反抗能力的患者们动粗，比如与你擦肩而过时，莫名其妙地猛击你的腹部。我建议友人向中心的负责人提出抗议，可友人说这么一来，院长会认为我们太过无聊而在撒谎，或只是得了迫害妄想症，或二者兼而有之吧。因为至少在湘南海岸不会再有像我们这样的无聊之辈，我们也多少有些精神错乱。而且，由于镇静剂的作用，我也不清楚自己是否真在生气。

但是，时隔两三天后，友人未服用发给他应该在早饭时服用的镇静剂，也将中午与晚上的药剂倒进了抽水马桶。于是，第二天早上他发现自己的确生气了，便伏击了粗暴的看护人。他自己也伤势严重，但总算把看护人打得半死不活。友人因此受到了温和微笑着的同伴们深深的尊敬。但是，与院长谈话后，他就必须离开那里了。那些与平时一样善良地傻笑着的精神病患者们前来送行。当友人向他们挥手告别离开微笑训练中心时，他的心中有生以来第一次生出一股深切的悲哀之情。

“亨利·米勒说过这样的话：‘我体验了与他相同的悲哀。’其实直到那一瞬间，我还在怀疑米勒之言的真实性。‘我也想一起笑，可是笑不出来。我非常悲哀，一生中从未如此悲哀过。’这不仅是表达的问题。另外，还有一句也是米勒的话，从那之后一直萦绕在我的脑际。‘无论采取什么方式，我们应该快活！’”

自离开微笑训练中心后，直至把脑袋涂得通红、一丝不挂地上吊自杀，米勒的话的确纠缠着友人。“无论采取什么方式，我们应该快活！”友人绝对快活地度过了他过早而短暂的晚年。他甚至陷入某种性变态，进入一种疯狂状态。火葬了友人后，我精疲力竭地回到家里，在与妻子的交谈中，我又想起了这件事。妻子一边等我回来，一边独自喝着威士忌。那是我第一次看到醉酒的妻子。

我一回家就直奔妻儿的房间。当时，我的孩子还在家里。黄昏时分，孩子躺在床上，用绝对无神的褐色眼睛平静地望着我。如果植物有眼睛，植物就是那样平静地回望偷窥者的。妻子不在孩子身边。我是在书库的暗处发现她的。她默默坐着，烂醉如泥。她坐在置于书架间的梯凳上，保持一种可笑的平衡姿势，仿佛鸟儿落在摇曳的树枝上。当我找到她时，我困惑之极，反而感到了自身的羞耻。我在梯凳侧面挖的洞内藏了一瓶威士忌。她拿出来就那么坐在梯凳上对着酒瓶喝了一口，而后一小口一小口地喝起来，慢慢地越来越醉。妻子的鼻孔至上唇部位油腻腻地冒着微汗，她好像机械娃娃似的想仰身迎接我，却站不起来。她的眼睛如李子般又红又热，但从衣服内露出的脖子和肩膀上的皮肤却起着鸡皮疙瘩。她的整个身体给人的印象，宛如一条胃部异常、盲目地吃了青草却又呕吐的狗。

“你病了吗？”我问得非常滑稽。

“没病。”妻子敏锐地觉察出我的困惑，带着明显嘲笑的口吻答道。

“那么，你真醉了。”

我对着她弯下腰去，她疑惑地回望我。我发现黏在她上唇边颤动着的汗珠，随着上唇的抿动滚落到嘴角，迎面扑来她那因酒精变得沉重而潮湿的肮脏的叹息。我从亡友身边带回的生者的疲劳再次染黑了我的全身各处，我想抽泣。

“你完全醉了。”

“没特别醉，虽然出了汗，那是因为害怕。”

“你怕什么？是担心婴儿的未来吗？”

“有人把脑袋涂成朱红色，光着身子自杀，这让我害怕。”我只对妻子说了这些，将黄瓜部分删除了。

“你不必为这事害怕吧？”

“阿蜜也许也会把脑袋涂成朱红色，光着身子自杀，所以我害怕。”妻子说着垂下了头，脸上露出明显的怯意。

刹那间我哆嗦了一下，从妻子那深棕色的发间，看见了死去的我本人的小画像。死去的根所蜜三郎的朱红色头颅，未完全溶化的颜料粉粒黏在耳垂后面，看上去如血滴一般。我的尸体也与友人的尸体一样，未来得及涂两只耳朵，这显示出想到这种奇怪的自杀方式后，缺乏充分的实施时间。

“我不会自杀，我没有自杀的理由。”

“那人是性受虐狂吗？”

“你为什么问我这事？而且是在他死后第二天，是出于好奇吗？”

“要是……”妻子从我嘶哑的声音中发现了发怒的征兆（可是我自己对此并不清楚），显得难过极了，“如果他真是性变态者，我就不用担心你了吧？”

妻子再次仰起身来注视我，像是为了取得我的认可。那血红的眼睛里流露出的极为露骨和绝望的无力感吓了我一跳，但她立即闭上眼睛拿起威士忌瓶又喝了一口。她圆鼓鼓的上眼皮，像弄脏了的手指肚儿似的黑黑的。她一个劲儿地咳嗽，流出了眼泪，嘴角溢出掺杂着唾液的威士忌。我本该关心滴在她衣服上的污迹，那件灰白色柞绸衣服是刚买的。然而，我从她那骨瘦如柴、如猿猴般青筋暴露的手中夺过酒瓶，也无聊至极地抿了一口。

友人确实曾在性变态的中途，也就是说在变态倾向的某处，喜忧参半地讲述过他一直有着性受虐狂的体验。这种变态，既非也许谁都可能偶然体验的那种轻度变态，也非绝不可告人的深度变态，虽然还不明显，但当事人却很明了。友人去了令性受虐狂们感到满足的凶暴而疯狂的女人们的秘密居所。第一天未发生什么特别之事。可是，三周后当他第二次拜访时，一个硕大的蠢女人牢牢地记住了他的嗜好，她宣告："你已离不开我了！"接着，便把一捆麻绳啪地扔在了赤身裸体俯卧着的友人的耳边。他这时才明白，那硕大的蠢女人真正作为确切的存在进入了自己的世界。

"我体验了自己的肉体仿佛变得支离破碎，每一处都软绵绵的，成了毫无知觉的一串小香肠似的感觉，而我的精神则完全脱离肉体飘浮在遥远的高处。"

友人如此说完，令人不可思议地泛起病弱的笑容注视着我。我又喝了一口威士忌，和妻子同样一个劲儿地咳着，微温的威士忌从衬衫里流到胸部和腹部的皮肤上。而后，我产生一种想用语言刺激妻子的冲动。妻子仍闭着眼睛，上眼皮黑黑的，仿佛某种蛾子的伪装翅膀似的，令我看不分明。

"虽然他是性受虐狂，这不等于你就不用害怕了。不能只凭这理由，就把他和我严加区别，断言我绝对不会将自己的脑袋涂成朱红色、光着身子自杀，因为性变态什么的终究不是什么大不了的事嘛。真正可怕古怪的东西盘踞在那人的灵魂深处，性变态不过是它带来的一种不良后果罢了。巨大而难以抵抗的疯狂的原动力躺卧在灵魂深处，无意中诱发了一种叫作性受虐狂的怪癖罢了。不是因为陷入怪癖而使友人的心中产生了自杀的疯狂，事实恰恰相反。而且，这种难以治愈的疯狂种子也在我……"

但是，我未说出这番话，这想法本身也未在我大脑疲劳而迟钝的皱褶中扎下细若水草的根须。它宛若杯中的气泡，是转瞬即逝的梦幻。

这样的梦幻稍纵即逝,不会给人留下任何经验。特别是当它沉默时更是如此。我们只需等待这不尽理想的梦幻,在无损大脑皱褶的情况下掠过脑际。如果成功躲过攻击,至少在它下次大举反攻,我们显然惟有将其作为经验明确接受下来前,可免遭其毒害。我控制住舌头,从背后抱住妻子身体的两侧让她站起来。用抱过亡友尸体的不洁之手支撑活着的妻子的身体——在濒临危机的紧张中分娩的人的神秘而脆弱的身体,我觉得这是一种亵渎。然而,我感到自己胳膊上同样沉重的两个肉体中,亡友的肉体更令我产生亲近感。我们朝婴儿等待着的卧室慢慢前行。妻子却在洗手间前好像抛了锚似的不愿走了。夏日的黄昏时分,室内空气昏暗微热。她划水般穿过其中进了厕所,在里面待了许久。如水般的空气越发暗了,妻子逆流而出。我好不容易把她带进卧室,放弃了让她脱衣的念头,就那么让她躺下了。仿佛要彻底将灵魂吐出似的,她长吁一口气后便沉沉地睡去,唇边粘着吐出的黄色纤维质,好像花瓣的细毛似的,虽然纤细却清晰地闪耀着。

婴儿依然睁大了眼睛望着我,但我全然不知他是否渴了饿了,抑或感到其他不快。仿佛阴暗的水中的水生植物,他睁着毫无表情的眼睛躺着,只是安静地存在着。他毫无要求,决不表达感情,甚至从来不哭。我有时怀疑他是否活着。我一早出门后,如果妻子今天白天一直醉着不管孩子,我该怎么办?现在,妻子不过是个熟睡着的醉女人。灾难的预感浓重降临。但是,我感到伸出自己的不洁之手触碰婴儿,这同样是一种亵渎。我萎缩了。而且,比起婴儿来说,我也觉得亡友更可亲。我俯视婴儿时,他一直用毫无表情的眼睛注视我。不久,那褐色的眼里袭来一阵睡意,仿佛海啸的吸力般难以抗拒。甚至没为他拿来一瓶牛奶,我就想蜷身躺下睡去。正要睡着时,我再次愕然地意识到,我惟一的朋友把脑袋涂得通红上吊死了,妻子突然不可思议地醉倒了,儿子是个白痴!而我既不锁门,也不解领带,便想将触摸过尸体的不祥之躯,夹在妻儿床间狭窄的缝隙中睡去。停止了对一切事物的判断力,此时此刻,我如同一只被别针别住了的昆虫般软弱无力。我感到自己正被确实危险,却仍莫名其妙的某物侵蚀着。我哆嗦着睡去。第二天早上,我已无法将前一天夜里切实感受到的事物充分复原,也就是说它未成为经验。

我的友人于去年夏季的某日，在纽约的一家药店碰见了我弟弟。有关弟弟在美国的生活，友人为我带回了一点线索。

弟弟鹰四作为学生剧团的成员去了美国，这个剧团由革新政党的右翼妇女议员领导，是一个仅由参加过一九六〇年六月政治行动的学生们组成的“转向”①剧剧团。他们在演出了名叫《我们自身的耻辱》这一忏悔剧后，以悔过了的学生运动家名义为妨碍总统访日一事向美国市民道歉。鹰四在告诉我他将加入这家剧团前往美国时，说他打算一到美国就只身逃离剧团自由旅行。但是，通过日本报社驻美特派员或嘲弄或羞耻地寄来的有关此剧的报道，我发觉鹰四一直未逃离。自华盛顿至波士顿、纽约的各大城市，他巡回演出了在那里上演的《我们自身的耻辱》。我试图分析弟弟为何一改初衷扮演起悔过自新的学生运动家角色，但这超越我的想象力。因此，我写信请求携妻一同在纽约的大学留学的友人，拜访弟弟的剧团，但友人无法与剧团取得联系，所以碰到弟弟实属偶然。友人走进百老汇的一家药店，发现矮个儿鹰四正倚着高高的柜台聚精会神地喝柠檬汁。友人从背后偷偷近前抓住弟弟的肩膀，这时弟弟像被弹起的弹簧似的猛转过身子，反而吓了友人一跳。鹰四一身脏汗，脸色苍白，神情紧张，仿佛正策划单枪匹马抢银行、想得不耐烦时突然遭到袭击似的。

“哎呀！阿鹰！”友人辩解道，“我从阿蜜的信中得知你来了美国。阿蜜结了婚，好像很快就让新娘子怀了孕。”

“我既没结婚，也没让谁怀孕。”鹰四用尚未从不安中清醒过来的声音答道。

“哈哈！”友人笑了，仿佛听了绝妙的戏言，“我下星期回日本，你有什么话带给阿蜜吗？”

“你不是要和夫人一起在哥伦比亚大学待几年吗？”

“事情发生变化了，这次不是受了伤的外部，而是脑子里出了点问题。虽然不至于被送进精神病院，不过我决定在一家不错的疗养院待一遇阵子。”

---

① “转向”是背叛之意。

友人如此说完，看见鹰四脸上如污迹般扩散的凶暴的耻辱感，觉得自己似乎明白了鹰四遭到突然袭击时的唐突痉挛的含义。心地善良的他从心底里感到懊悔。他刺痛了悔过的学生运动家最脆弱的伤口。两人陷入沉默，望着柜台对面架子上摆得满满的广口瓶，里面装满了内脏般甜得过火的鲜艳的粉红色液体。两人的影子映在瓶子歪斜的玻璃上，只要这边稍微动一下，粉红色妖怪便夸张地摇晃起来，似乎要唱出“美国！美国！”来。

六月的某个夜半时分，鹰四在国会议事堂前集会，当时他还是个尚未悔改的学生运动家。友人也来了，与其说出于自己的政治立场，倒不如说是为陪新婚妻子参加其所属小型新剧团的游行。发生混乱时，友人为了从武装警察的袭击下保护妻子，被警棍击中头部。仅从外科意义而言，那并非特别严重的裂伤。但自从那新绿飘香的夜半一击之后，友人的脑里缺少了什么，隐微的躁郁症成为其新属性。悔过了的学生运动家绝对不愿见到这种人。

友人对鹰四的沉默越发困惑起来，他紧盯着粉红色广口瓶，觉得自己的眼睛在困惑的炽热中融化，变为与瓶中同样的粉色黏液，从头盖骨湿淋淋地流出。现在，友人的眼前出现了幻影——南欧血统、盎格鲁·撒克逊血统及犹太血统的形形色色的美国人，把他们汗津津裸露着的胳膊肘紧压在银色的柜台上，他看见他那融化成粉色的眼球如同打进平底锅的鸡蛋，啪嗒一声无可挽回地落在了柜台上。纽约的盛夏时节，鹰四在他身边喷喷有声地将柠檬渣也吸进吸管，皱着眉头，用手背揩去额上的汗水。

“要是你有话对阿蜜说……”友人以此代替道别的寒暄。

“请告诉他我想逃离剧团。如果不成功，或许会被强行遣返。所以，请告诉他，无论怎样，我是不会再在那个剧团待下去了。”

“什么时候逃走？”

“今天。”鹰四非常坚决地说道。

在近乎狼狈的紧迫感中，友人觉察出弟弟正在药店等待着什么。弹簧般弹起的弟弟所表现出的惊愕的全部含义、忽然沉默的含义、被焦躁地喷喷吸入的柠檬渣的含义明显地联系在一起，变成一个环，显得生动起来。弟弟浮肿的小眼睛有点迟钝,给人以摔跤手的印象。友人从那眼里时隐时现的情感中,重新发现了对其傲慢的怜悯之情,这与窄路相逢的冤家碰在一起时的尴尬不同,于是友人平静下来。

“帮助逃亡的秘密联络员来这里吗?”友人半开玩笑道。

“我老实告诉你吧!”鹰四也做玩笑状威胁似的答道,“那药架对面,药剂师正往小瓶里装胶囊吧?(友人学着弟弟的样子扭过身子,看见背后摆满无数药瓶的架子对面,一个秃顶男人站在纽约盛夏那照相底片似的阴影里,背对着我们正聚精会神地进行细致的操作。)那是为我准备的药,是为我那发炎恼人的阴茎准备的!只要药瓶顺利到手,我就能从《我们自身的耻辱》中逃出来独自出发了。”

他们那令人费解的日语会话中镶嵌了“阴茎”一词,友人感到这令周围的美国人紧张。他们身处异国,周围那庞大的外部世界复苏了。

“那样的药不是很容易搞到吗?”友人为了对抗开始监视他们的外部世界,语气中略带了一本正经的威严。

“要是按正规手续去医院的话……”鹰四未注意到友人细微的心理变化,“但是,如果去不了医院,这在美国可就麻烦了。我现在递给药剂师的,是我求酒店医务室护士伪造的处方单。如果把戏被揭穿,年轻的黑人护士会被解雇,我也会被强制遣返吧。”

鹰四为何不按正常手续办事?他尿道的异常是淋病,况且那是他到美国的第一天晚上独自溜出旅馆,和一位年龄完全可以做他母亲的黑人妓女性交染上的。他好不容易逃离了日本。如果这种事曝光了,他们剧团的统率者,那位四五十岁的女议员肯定会立即把他送回日本。而且,鹰四担心自己既然尿道患了淋病,那么也有可能患上梅毒。他因此得了忧郁症,别出心裁地希望采取新行动的劲头萎缩了。

鹰四去过的那个街区,是黑人与白人居住区乱影般交错的地区。五个星期后,鹰四未见梅毒第一期症状出现。他借口嗓子痛,从剧团事务员处一点点要来抗生素。由于抗生素的作用,他感觉尿道的异常缓解了。他终于从全面萎缩中解放出来。由于长期滞留纽约(剧团以那里为根据地再去地方城市做短期旅行),鹰四结识了酒店医务室的护士,从她那里弄来了医师写给药剂师的处方纸。那黑人姑娘极富于服务精神，她不仅在处方单上为弟弟开足了最适于其尿道异常的药品的种类与数量，还吩咐弟弟去闹市区的药店，那里败露的可能性很小。

“我最初想用比较抽象的、无机的语言对护士说出阴茎不快的症状，就是说我想叙述客观所见。”鹰四说道，“虽然没有特别根据，但我觉得 gonorrhoea① 这个词汇有点夸张，会令对方感到震惊，所以我先试探着说我怀疑自己得了 urethritis②，可那姑娘理解不了这个词。于是我又试着说我得了尿道的 inflammation of the urethra③。当时，她眼里浮现出的理解之光岂止是抽象而无机的！它使我再一次认识了我疼痛的尿道的黏糊糊的肉体性本身。姑娘还问，你的阴茎 burning④ 吗？我被这极富于真实感的表达击了一下，觉得浑身因羞耻心的火焰而 burning，哈哈！”

友人也学着鹰四的样子放声大笑。周围的外国人侧耳听着鹰四频频使用的特殊单词，越发疑惑地望着大笑的他们。药剂师从药品架对面走出来，他汗流浃背，表情忧郁。鹰四那晒黑了的鸟儿似的脸上立即失去了笑容，欲吐的渴望与不安勾画在上面。见此情形，友人的心情也紧张起来。那位看似爱尔兰血统的秃头药剂师却很热情地说道：

“这么多的胶囊很 expensive⑤ 的，来上三分之一怎么样？”

鹰四立即恢复镇定说道：“哈哈！这几个星期以来，我一直与烦恼的尿道共同生活，与这相比什么都不 expensive！”

友人亦兴奋地说道：“为祝贺阿鹰在美国的新生活，药钱我来付！”

鹰四兴高采烈。瓶子里面的胶囊宛如聪明的女孩子，亮晶晶的，显得非常温柔。鹰四盯着它们看了一会儿后，说今天就把行李从旅馆拿出，马上开始他独自流浪美国的旅程。不管怎样，友人和鹰四想迅速离开了犯罪现场。他们出了药店，一起走到附近的汽车站。

“问题真的解决后，你会觉得自己一直郁闷着的事有多么愚蠢无

---

① 英文，意即淋病。

② 英文，意即尿道炎。

③ 英文，意即炎症。

④ 英文，意即灼痛。

⑤ 英文，意即昂贵。

聊。”友人说道，他似乎有些嫉妒看似非常幸福的鹰四与瓶内胶囊的邂逅。

“几乎所有的烦恼都是一旦解决了，就会觉得愚蠢无聊吧？”鹰四反驳道，“你特意回国进疗养院，要是你脑袋里那些乱七八糟的结扣解开了，这事最后不也是愚蠢无聊的白辛苦！”

“要是能解决的话！”友人怀着质朴的期待说道，“但是，如果解决不了，那愚蠢无聊之事就是我的全部人生了。”

“到底你脑袋里的结扣是什么？”

“我不清楚。如果有一天我清楚了，就能克服它，我会后悔地说，和这愚蠢无聊之物牵连上之后，我的人生停顿了好几年！反之，如果我向它投降，把它当作自己的全部人生而走向自我毁灭，那么那时我也能渐渐明白那结扣的本来面目吧。不过，那时即使明白了，对我也没有意义了。而且，我也不想把一个疯子在极限状态下理解的事情告诉别人。”友人突然涌起悲伤的热情诉说道。

鹰四看上去对友人产生了浓厚的兴趣。同时，也显出想尽快离开的样子。于是，友人知道他未完的诉说触及了鹰四的要害。这时汽车来了。鹰四上车后，从车窗递给友人一本小册子，说是抗生素费用的谢礼，而后便与汽车一起消失在辽阔的美国大陆的彼方。关于此后弟弟的消息，别说友人，就连我也未听到。正如他对友人说的，他马上离开剧团开始了他独自流浪的旅程。

友人一坐上出租车便立即打开了鹰四给他的小册子，那是民权运动的记录。最前面对开的两页上刊登着照片，上面有因烧烂膨胀使得细微部模糊难辨、看上去像稚拙的木刻偶人似的黑人及其周围的衣着寒酸的白人们。照片滑稽、悲惨、令人恶心，完全赤裸裸地展示着暴力，如可怕的幻影般震慑着观者的心。友人再次想起在这幻影下，自己要经常卑贱地屈服于沉重而恐怖的压力。犹如两滴水珠相互吸引似的，在友人的情感世界里，这幻影自然即刻与其头脑中莫名的郁闷联结在一起。他认为鹰四完全了解把卷首登着照片的小册子送给他的含意。鹰四是有意留给他的。鹰四也触及了友人的要害。

“你有过这样的经验吧？意识这架相机几乎无意识地拍下许多相

片，它们层层相叠，你过后发觉其最外层映着模糊不清、令人意想不到的影像。我搜寻这种记忆画面里明暗对比模糊的角落，想起我从背后接近阿鹰时，他正一边注视着那相片一边喝着柠檬汁。”友人说道。阿鹰那时好像在为非常棘手之事苦恼。那和阿鹰详细说明的抗生素处方单的来龙去脉不同，他好像在思考更严重的事态。你认为他是那种为一点性病想不开的人吗？他说“告诉你真相吧”的时候，我感到了一种特别的震撼，我怀疑他所说的真情和我实际听到的完全不是一回事，可究竟是什么呢？

秋天的黎明时分，我抱着狗坐在坑底。我不清楚友人头脑中日渐膨胀，并最终导致其以奇怪装扮自杀的某物是什么？我亦不清楚至少友人稍稍触及的弟弟头脑中的某物是什么？死亡突然切断了理解的经线。有些事情生者是绝对无法了解的。而且，生者愈发怀疑死者也许正是因这无法传达的某物而选择了死亡。有时这种莫名之物将生者引向灾难之所，但当事人也只能明了被其引领着的真实感。如果我的友人不是把脑袋涂成朱红色、肛门里插着黄瓜赤裸着上吊而死，而是比如在电话里留下瞬间的尖叫后死去，或许会留下线索。但是，如果把朱红色脑袋、一丝不挂、肛门里插着黄瓜，还有上吊的行为当作某种沉默中的呼喊，那么对于生者来说，仅有呼喊是不够的。我无法将这过于模糊的线索发展下去。然而，或许惟有我才是位于理解亡友最有利地点上的生者。我和他自大学一年级以来一直形影不离，同学们说我们如单卵双胞胎般相像。

即便在容貌上，与鹰四相比，实际上友人更像我。弟弟完全没有像我之处。我觉得比起存在于浪迹美国的弟弟脑里的某物，我更易触及曾实际存在于亡友脑里的某物。走出我们村子的山谷，便是可恶的朝鲜人村落。一九四五年秋的某个黄昏，那是二哥在朝鲜人村落被打死的那个黄昏。奔赴战场的两位哥哥中，仅二哥一人生还。从那天起，我和弟弟便是我们家剩下的仅有的男人了。病中的母亲对妹妹如此评论我和弟弟：

“那两人还都是孩子，容貌上还没什么明显的特点，可是过不了多久，蜜三郎会变丑，鹰四会变得漂亮，所以招人爱，人生道路平坦。你现在就要亲近鹰四，长大后也要和他同心协力。”

母亲死后，妹妹和弟弟二人被伯父家收养。妹妹听从了母亲的忠告，但她未及成年就自杀了。妹妹的白痴症状不如我儿子严重，但她是一个弱智姑娘，只对音乐——确切地说是对声音本身敏感。正如母亲所言，她必须依靠某个人才能活下去。

狗叫了。外部世界复苏了，从两边夹攻起坑底的我。我的右手弯成小铲子状，不断挠着正面的坑壁。埋在关东垆坶质土层中的小砖块已被我挠下五六块，落在了膝盖上。狗为避开小砖块，愈发贴近我的胸前。我的右手还在忙碌地一下、两下地挠着。有人从坑顶窥视着。我左手抱紧了狗向上望去。狗的恐惧传染给我，我诚然本能地恐惧了。晨光如白内障的眼球般白浊。拂晓时分，在遥远的高处泛出微白的天空现在变得阴暗低垂。如果我的双眼都有视力，或许晨光会更富于景致（关于光学的这种错误成见时常纠缠着我）。然而，在我仅存的独眼里惟有粗暴的阴郁早晨。在这早晨的都市里，我身体肮脏地坐在低于任何一个正常生活者的位置——即坑底，用手抠着坑壁。严寒与燃烧的羞耻心分别从外面和内里攻击我。比天空还要乌黑的粗短敦实的人影，仿佛黑暗的天空中即将倒下的塔，再度出现并盖住了坑口。仿佛站立起来的黑螃蟹。狗狂吠起来，我则恐惧而羞愧。无数玻璃凝结体的碰触声如雹子般灌入坑底。我拼命凝眸欲识别这像神一样窥视我的巨人的面孔，却因害羞而茫然浮起愚蠢的冷笑。

“那狗叫什么名字？”巨人问道。

这问题与我警惕着的所有词语完全无关。我突然被救上日常的陆地，浑身瘫软地放下心来。丑闻或许会因这男人而在附近传开，但那毕竟是日常范畴内的丑闻。它不是瞬间之前我所惧怕且感到羞愧的那种绝对丑闻。不是如若卷入，便会因恐怖与耻辱而令全身毛孔长出狮子狗般可恶的硬毛的丑闻，亦非用粗暴的排斥力排斥所有人性的丑闻。那是寻常的丑闻，就像与老女佣性交时被人看到的那种程度的丑闻。腿上的狗亦敏感地觉察出其保护人摆脱了什么奇怪的、与某物有关的危机，如兔子般沉默了。

“你是喝醉了掉下去的吧。”那男人继续把我那天黎明时的行动愈益彻底地埋入日常之中,“因为今天早上雾太大了。”

我警惕地朝他点点头(既然他全身如此黯淡,那么虽说是昏暗的晨光,我的脸亦肯定显现在晨光中),抱着狗站起来。大腿内侧的几滴如眼泪般流下的水滴,弄脏了一直干爽着的膝盖周围的皮肤。那男人不由得打了个趔趄,倒退了一步。于是,我可以从他的脚踝处仰视其全身。他是个年轻的送奶人,穿着一件特别的搬运服,如救生衣的空气筒中各放了一瓶牛奶似的。小伙子每呼吸一次,他的周围便响起一阵玻璃的碰撞声。我觉得他的呼吸似乎有点重了。他面部扁平,宛若几乎没有鼻梁隆起的比目鱼。眼睛则像类人猿般没有眼白。他不断用棕色的眼睛意味深长地注视着我,同时深深地呼吸着。他呼出的气息飘浮在短下巴处,看上去像白胡子似的。我不想看他脸上涌起的意味深长的表情,便把视线移向他那圆脑袋后面的红了的四照花树上。从距离地面五厘米处仰视,我看到四照花树的叶背全都亮闪闪地映着光线。那色彩是可怕且令人怀恋的燃烧般的红色,就像每次浴佛节时我在山谷村子的寺庙里见到的地狱图(那是曾祖父于万延元年发生的那次不幸事件后捐献的)的火焰色彩。我从四照花树上得到一个意思不甚明确的暗示,心里说道:“好吧!”而后,我把狗放在地上。被翻掘开的地上,绿色和黄色的草与黑泥凄惨地混杂在一起。狗似乎忍耐了许久,轻快地逃走了。我小心翼翼地爬上梯子。至少有三种鸟叫声与汽车的轮胎声向我涌来。如果不注意的话,因寒冷而颤抖的脚会踩空梯子。当裹着肮脏的蓝条纹睡衣、浑身发抖的我出现在地面时,送奶人又打了个趔趄,倒退了一步。我感到一种想吓唬他的诱惑。当然,我没有那么做。我进了厨房,立即在背后关上门。

“发现你在坑里时,我以为你死了呢!”送奶人见我目中无人地进了屋,觉得受到了莫名的欺骗似的,懊悔地叫喊起来。

我在妻子的房前窥视了一会儿,看她是否还睡着,而后脱掉睡衣擦了身子。我也想烧点热水洗掉污秽,但终究未动手。不知从何时起,我失去了保持身体清洁的意志。身子愈发哆嗦起来。毛巾会被染黑,我终于开灯检查,发现挠过坑壁的手指甲剥落出血了。我只用毛巾缠了手指,便哆嗦着回到自己那兼作工作室的房间,但并非为了寻找消毒药品。身子一个劲儿地颤抖着,不久便发烧了。受伤的手指针扎般地痛,身体则隐隐作痛。那是我常于黎明时分感到的痛感的最为剧烈的症状。我发现,我那无意识的手是想挖出土中的碎砖块,毁坏坑壁将自己活埋。颤抖和钝痛确实剧烈得令人难以忍受。那些日子,我在黎明时分醒来,感到身体支离破碎,浑身隐隐作痛。现在,我多少理解了这其中的一些含义。

二、合家团聚

弟弟突然结束了在美国的流浪生活。在接到电报说他即将抵达羽田机场的那天下午，我和妻子在机场见到了他那些年轻的朋友们。因太平洋洋面刮起风暴，飞机晚点，我们这些来接根所鹰四的人，便在机场酒店里要了房间等待晚点的飞机。妻子背对着窗户，窗上挂着合成树脂薄片拼成的遮阳帘（帘子并未完全挡住从外面射入的光线，室内微暗的光线仿佛无路可逃的烟雾）。换言之，妻子故意使脸部幽暗，这样便无人能看清她的表情。她坐在低低的扶手椅上，静静地喝着威士忌。妻子的胳膊黑黑的，仿佛濡湿的树干。她左手握着雕花平底大玻璃杯，光脚边并排放着鞋子、威士忌瓶和冰块桶。威士忌是她从家里带来的，冰块是在酒店买的。

弟弟的朋友们如窝中的兽崽般，挤坐在铺着床罩的床上，抱膝看着声音小得像蚊子叫似的小电视里的体育节目。这两个高中生年龄的大孩子（星男和桃子），我此前见过两次。弟弟让我的友人付了抗生素胶囊的费用便杳无音信后不久，他们二人就来找我打听弟弟的新住所。其后过了数月，当二人再来找我时，大概弟弟只给他们寄来了明信片之类吧，他们已查明了弟弟在美国的联络地址。但是，他们拒绝告诉我，只向我要些钱作为他们经手寄给弟弟若干物品的费用。他们的个性并未给我和妻子留下特别印象，只是弟弟不在，他们完全束手无策，由此可见他们对弟弟的倾倒，这令人有点感动。

我一边喝着在室内的微暗中显得黑黢黢的啤酒，一边透过遮阳帘的缝隙向外眺望。广阔的天空中，笨重的喷气式飞机和灵便的螺旋桨式飞机在不断地起降。与视线平行处，钢筋水泥旱桥横跨在跑道与我们放下遮阳帘潜伏于此的房间之间。参观机场的女学生们全都警惕地弓着身子走过旱桥。这群身穿制服的忧郁的小姑娘一走到桥拐角，就像跑道上的飞机,刹那间仿佛飘浮在阴沉沉的天空中。那姿势极不稳定。最初看似女学生们脚踝上脱落的鞋子似的东西其实是鸽子。几只鸽子乱哄哄地飞走后,只有一只像是被打落了似的,不自然地落在遮阳帘紧对面铺着干沙的向前延伸的窄道上。凝神眺望,原来那是只瘸腿鸽子。也许因此缺乏运动吧,它显然过胖,落地时很不自然。看似笨重的鸽子的颈部至腹部也有与妻子胳膊的皮肤相同的暗影。那肥鸽子突然飞起(或许防音结构的玻璃窗对面充满了令鸽子害怕的锐利声,但由于传不过来,所以总觉得外面的所有活动都缺乏连贯性),好像心理调查卡上的黑点似的,停在我面前二十厘米处,之后又突然飞走了。我吓得身子向后仰了一下。回头一看,只见妻子仍握着威士忌酒杯,弟弟的两位年轻的朋友仍盯着小电视机,但他们显然因我突如其来的动作吓了一跳。

“飞机这么晚点,是不是因为风暴太大了?”我为了掩饰尴尬说道。

“谁知道呢!”

“要是飞机颠簸得太厉害,弟弟肯定害怕,他比别人更怕尝尽肉体痛苦后的死亡。”

“听说,因飞机失事造成的死亡是瞬间发生的,所以没痛苦。”

“阿鹰不会害怕的。”星男终于忍不住满脸严肃地插嘴道。如果除去几句简短的客套话,这是今天下午他说出的第一句话,这引发了我的兴趣。

“阿鹰肯定会觉得害怕,倒可以说他是那种经常生活在恐惧中的人。小时候,他手指肚破了一点,伤口冒出百分之一毫克的血,便哇地吐出胃液昏过去了。”

那是我用小刀尖刺破弟弟右手的手指肚后冒出的血。弟弟对我夸口说,即使用小刀切开手掌,他都毫不在乎。于是,我试着威胁他。弟弟常常坚持说,他不害怕任何暴力和肉体的痛苦,也不害怕死亡。我们每次都在我彻底否定他之后进行这种游戏。弟弟总是好了伤疤忘了痛,他热切地希望通过游戏验证自己。

“血珠从他中指尖的小伤口静静地渗出,那圆球状宛若小鳗鱼的眼睛。我们两人看着看着,他便哇地呕吐起来,昏过去了。”为了嘲弄弟弟的具有献身精神的亲兵,我进行了详细说明。

“阿鹰不会害怕。我亲眼看到他在六月示威游行中多么勇敢!他绝对没有感到恐惧。”

我越发被其单纯而固执的反驳激发了兴致,妻子也注视着他侧耳倾听着。我再次观察起这个端坐在床上看我的年轻人。他给人一种刚脱离农村,可以说是年轻的逃亡农民的印象。发达的五官单独看并不丑,但不协调,仿佛彼此独立、相互对抗着似的,所以整体上有种滑稽感。那半忧郁半悠然的极具特点的迟钝,如同透明的网罩在脸上,这确实是农民的儿子所特有的。他毕恭毕敬地穿着一件色彩混浊的土黄色深浅条纹相间的毛衣,可那件衣服很快就会变得满是皱褶,沦为大死猫似的东西吧。

“阿鹰虽然希望做一个以暴力活动为常态的粗暴之人,可是即使偶尔成功,他仍给人一种鲁莽者的印象。这和勇敢不一样吧?”我并未特别想说服他,只想反击一下他的反驳便结束争论,“你也喝点威士忌或啤酒吧?”

“我不喝!”他说话的语气中带着极露骨、令人难以置信的憎恶。为了表示拒绝,他还特别伸出一只胳膊。“阿鹰说,喝酒的人受到攻击无力反击。他说,如果喝酒的人和不喝酒的人格斗,即使力量技术相当,也一定是不喝酒的人胜利。”

我打了个趔趄,为自己倒了啤酒,为妻子倒了威士忌。妻子看上去好像点燃了久违数月的生机勃勃的好奇心。在不饮酒者处于优势的情况下,我们两个像一对为拼死抵抗而团结起来的嗜酒者,一边紧握着各自的饮料,一边应付着年轻人伸到我们面前的粉红色的肥手掌。那短小厚实的手掌告诉我们,他刚刚脱离农村。

“那当然你的阿鹰是正确的,我今天第一次见小叔子,很高兴他是个这么正直的年轻人。”

妻子如此说完,年轻人用力挥动着手臂,断然转过脸去又看电视里无聊的体育节目,一边还低声询问少女交战双方的得分,脸上一副决不被醉女人戏弄的神情。当我们争论时,少女的眼睛一直未离开过电视机。我和妻子只得沉默下来,躲进各自的酒精饮料中。

飞机继续晚点，令人觉得它似乎真的要没完没了地晚点下去了。时至夜半，弟弟的飞机还是未到。透过一直挂着的遮阳帘的缝隙看到的机场，仿佛蒙在大都市上的混浊的乳色暗黑岩石上挖出的空洞，那空洞微微发出温暖的绿色与热情的橙色光亮。黑夜降临到了空洞的外围，却悬在那里纹丝不动。疲惫不堪的我们关掉了房间的灯。弟弟的朋友们看完了最后一个节目，现在电视已不显示任何图像，但仍继续枉然地闪着光线微弱的竖条，成为我们房间的光源。电视似乎还发出蜜蜂扑打翅膀时的嗡嗡声，我也怀疑那是否我自己脑袋的鸣响声。

妻子背对着跑道一直执着地抿着威士忌，一副准备拒绝虚构的破门而入者的样子。妻子的体内附有神奇的醉酒度测量仪的感觉，当醉到一定程度，就像鱼在各自不同水层栖息与活动似的，她决不会再醉下去，也很难清醒过来。妻子自我分析说，她的这种自动醉酒安全装置似的感觉，是从酒精中毒的母亲那里继承来的。处于安全醉酒层的妻子，如果达到某一特定界限，便决意睡觉并迅速入眠。她决不会醉至第二天，她只从再次寻找契机返回令人留恋的醉酒状态来开始新的一天。我反复对她说：

“你能用自己的意志维持醉酒程度，起码在这点上你与一般的酒精中毒者不同。或许几个星期后，你这突发的酒瘾就会过去。你不该把这短暂的酒瘾与母亲的记忆联系起来，把它说成是遗传性的，或使它变成习惯。”但是，妻子拒绝我的劝告，她也反复说：

“我能用自己的意志调节醉酒程度，这正好说明我的确是一个酒精中毒者，因为我妈也是这样。我醉到一定程度就不再喝了，我不是在抵制沉醉的诱惑，而是脱离那种愉悦的境界会令我不安。”

为诸多的恐惧和嫌恶感所驱赶，妻子潜入沉沉的醉乡。可她清楚，自己好像负伤后潜入水中的鸭子，如果浮出水面，不安的霰弹就会立刻袭来，所以即便在沉醉中，她也不能从恐惧与嫌恶感中完全解放出来。妻子一醉，两眼异样充血。她对此很介意，把它归咎于我们那不幸孩子出生时的那次事故，她显然因此而苦恼。她曾如此说过：

“朝鲜的民间故事说，眼睛红得像李子一样的女人是吃了人的女人。”

醉妻呼出的酒气充满了房间,我已从啤酒的沉醉中醒来,我的嗅觉能在妻子每次呼吸时,如脉搏般清楚地感到它的存在。暖气太热了,我们打开了双层窗户的一角换气。晚点的喷气式飞机的异常激烈的呼啸声,如旋风般从这狭窄的缝隙中灌入。我急忙睁大因疲劳而变得迟钝的孤军奋战的独眼,试图看清到港的飞机。但是我看到的只是两道平行光线,它们正要隐没进混浊的乳白色黑暗世界的深处。令我大吃一惊的原来是喷气式飞机出发时的机械声。我暂且明白,可我又多次上当。不过,喷气式飞机起飞的间隔时间变得很长,整个机场令人觉得似乎半瘫痪了似的。夜空被照得一览无余,它无路可逃,呆立不动。如干鱼色的飞机群,在温暖的绿色与热情的橙色的混沌中纹丝不动。

我们在房间里继续不屈不挠地等待晚点的飞机。弟弟的亲兵们另当别论,对于我和妻子来说,弟弟的归来理应没有积极意义,然而现在弟弟似乎即将带回一个重要动机,它可以触及我们全体欢迎人员的本质似的,室内的我们一味地等待着。"啊!啊!"桃子大叫起来,简直是笔直地站在了床上。她刚才一直把身体蜷成胎儿状睡在床罩上。直接躺在地板上的星男慢慢站起来走近床边。妻子紧握着威士忌酒杯,如黄鼠狼般直立着脑袋。我则背对着遮阳帘茫然呆立着。我们无法帮助梦魇中的少女,只是从显像管发出的光亮中注视着她那因恐惧而扭成倒三角形的面孔,如凡士林般泛出白光,上面挂满了泪水。

"飞机掉下来了!着火了!着火了!"少女抽泣道。

"飞机没掉下来!别哭了!"年轻人发出愤怒的粗重声。似乎在我们面前,那抽泣的少女令他感到耻辱。

"夏天,夏天!"桃子叹息道,而后无力地倒在床上,再次蜷起身子转向另外的梦境。

房间里确实是夏天的空气。我的手心开始出汗。为何这些孩子气的家伙们把弟弟当成他们的守护神?甚至在长夜睡梦中仍紧张地期待着他归来呢?弟弟能满足他们渴望的心灵吗?我对弟弟年少的朋友们充满了怜悯之情。

"喝一点威士忌,怎么样?"我招呼道。

"不,我不喝。"

“你是不是从来没喝过酒精饮料?”

“我吗?以前喝过。从定时制高中毕业后打散工的那阵子,我干三天活,第四天就从早上到半夜连续喝杜松子酒。虽然中途也睡一会儿,不过反正一直是醉着的,无论醒时还是睡时,所以做了许多愉快的梦呢!”他来到我身边,把遮阳帘弄得哗啦啦响。背靠着帘子,他用嘶哑的声音意外热情地说道。而且,他脸上浮现了微笑,这是我第一次见他笑。那眼睛炯炯有神,即使在黑暗中也看得分明。

“那么,怎么不喝了?”

“因为遇到了阿鹰,他说别再喝了!人生不能借酒浇愁!所以,我就戒了,也就不做梦了。”

鹰四发挥了教育本能。我以前从未发现弟弟的如此个性。弟弟极具权威地对年轻人说,人生不能借酒浇愁。打散工的年轻人竟然因此改变了自我毁灭的生活。而且,这年轻人悠然微笑地叙说着那段往事!

“说到阿鹰是否勇敢……”他看出我在这段有关酒精饮料的对话中已经折服,便将傍晚的议论旧话重提。虽然他像狗一样睡在地板上,但他一直闷闷不乐地考虑如何为其保护神恢复名誉。“你不知道吧,六月示威时,阿鹰独自干了件别出心裁的事。”为了用新理论向我挑战,他把身体向前探到能从正面看清我的位置,我也怀着隐微的疑惑回望他那两道黑黑的弹痕似的眼睛。

“有一天,阿鹰加入暴力团,把过去和未来的朋友们狠狠地又踢又打了一顿!”

年轻人偷偷地发出愉快而天真的笑声。我沉淀了的厌恶感又被棒子搅混了。

“这大冒险只表示阿鹰不过是个心血来潮、反复无常的任性小子,这与勇敢毫无关系。”

“你是因为朋友在国会议事堂前被打伤了,现在听说阿鹰加入打人团伙挥动了棍棒,所以恨阿鹰。”年轻人的语气中明显带有敌意,“所以你不愿意承认阿鹰的勇敢!”

“打我朋友的是警察,阿鹰也不可能打他,这完全是两回事。”

“可是,当时又黑又乱,谁知道呢!”年轻人阴险地暗示道。

“我不信阿鹰会恶狠狠地敲打别人的脑袋,竟把什么人的脑壳打坏,结果被打者发疯自杀。他从小胆小怕事,这点我了解。”

如此说着,我对这场乏味的争论渐渐失去热情,觉得由于疲劳和莫名的怨愤,腐蚀了的牙齿缺损了,口腔内满是不快与空虚的味道。亡友的回忆复苏了。他责备我,难道生者为一个对他来说最重要的死者所能做的,不过是与如此毛孩子进行乏味的论争吗?也就是说生者对死者一无所能吧?而且,虽然没有确切理由,但友人去世,妻子开始喝威士忌,我不得已把痴呆的婴儿送进福利院后数月的日子里(也许与此前的体验也有关系),一种朦胧的预感纠缠着我,我据此相信,我的死相将比友人的更无聊愚蠢且滑稽可笑。而且我死后,活着的人也许不会为死去的我做正经之事。

“你不理解阿鹰,你对他的事一无所知。你真的没有一点像阿鹰之处,你就像只老鼠,你为什么今天来接阿鹰?”年轻人用受了惊的哭腔说道。我把视线从他那可怜的哭丧着的脸上移开。他离开我,睡到床上伙伴的旁边,便不出声了。

我从妻子脚边拾起威士忌瓶和纸杯,喝起了那辣得呛嗓子的、气味低劣的东西。纸杯是吃夜宵时买来的供机场观光客享用的机内餐上附带的。妻子只买最便宜的威士忌。我嗓子灼痛,仿佛患了犬瘟热的狗,接连不断地咳了好一阵子,那样子实在既可怜又难看。

“喂!老鼠,半夜三更的,你为什么总盯着机场看?我有点话要说,老鼠。”妻子冷静地叫我。她正在醉酒的平均水位线上悠然潜行。

我小心地抱着威士忌瓶和纸杯,坐到妻子腿旁。

“如果阿鹰问起孩子的事,我该怎么回答?”

“不回答就可以了。”

“如果阿鹰接着问我为什么喝酒,我就不能再沉默了。”妻子发挥着醉酒带给她的不可思议的客观性说道,“不过,如果回答了其中任何一个问题,剩下的那个就没必要回答了,问题也就简单了……。”

“简单不了,如果你能那么清醒地意识到这两个问题之间的因果关系,那么你早已克服二者了。而且,不喝酒的你也许又怀上孩子了。”

“阿鹰会不会也教训我说，不要借酒浇愁！我可不想接受再教育。”她断然说道。我往她杯中加了点威士忌。“阿鹰也许以为我们带着孩子来接他呢。”

“他还没到具体想象孩子的年龄，他自己还没长大呢。”

妻子似乎在她的左腿与我的右腿间看到了孩子的幻影，她把酒杯危险地放在扶手上，伸出空出的手，仿佛描绘肥胖的或穿得鼓鼓囊囊的孩子的轮廓似的，做出一连串动作，加深了我的困惑和无处发泄的怨愤。

“我有一种预感，阿鹰也许会带来小熊维尼的布娃娃礼物，使大家非常尴尬。”

“他没有买布娃娃的钱吧。”我说道。我必须承认，与妻子不想对初次见面的小叔子谈及不幸的婴儿一样，我本人也想回避这个问题。

“阿鹰属于敏感型，还是迟钝型？”

“极端敏感和极端迟钝，二者兼有。总之，作为初次见面的新家庭成员，他不属于处在现时状态中的你所希望的类型。”我的话音刚落，年轻人在床上乱动了一阵子，便又像受到攻击的西瓜虫似的蜷起身子，小声地咳了一下。鹰四的亲兵试着进行了有节制的抗议。

“我不想被任何人审问！”妻子突然情绪激动，却又立即平静下来，仿佛在感情之球被抛向正上方到达的静止点上，说出了自我防卫之言。

“是啊，你不必受任何人审问。你没必要怕阿鹰。你不过是因为要见到新家庭成员而紧张罢了。除此之外，你没任何可怕之事。事实上，你现在什么也没害怕。”

我安慰妻子，我担心她从心灵深处那歇斯底里的自我厌恶或自我怜悯的螺旋阶梯无止尽地降下。而后，我又往她杯中加上威士忌。如果妻子未主动下决心入睡，现在就有必要让她从醉酒平均水位线向前迈出一步。比头痛和胃痛之类肉体痛苦更可怕之物，仿佛深夜猖獗的阴魂，就要袭击妻子那易受暗示的大脑了。妻子显然忍住恶心抿了一口。我睁大因黑暗而觉疼痛的视力衰退的眼睛，注视着妻子那内敛的孤独面孔。不久，妻子越过难关。闭着眼睛微微扬起的脸上的严肃轮廓消融了，随后露出女孩般的表情。她那握着平底大玻璃杯的手在膝盖上方摇晃。当我拿下杯子时，她那干瘦、青筋暴露的发黑手掌仿佛死去的燕子般落在膝盖上。她已睡着了。我喝干了她喝剩的威士忌，扭动了一下身子，打了个哈欠，学着年轻人的样子和衣躺在床上（你真像只老鼠！），想乘上摇晃的睡眠手推车。

梦中，我站在由宽敞的电车道转向岔道的十字路口。背后是熙熙攘攘的人流，不断有行人碰到我的胳膊和后背。林荫树枝叶繁茂，表明这是夏末。那浓密的绿色如同环绕我乡村山谷的森林。我仿佛把脸贴着水面看水底似的眺望着，与身后那混乱拥挤的日常世界相反，展现在额前的是另一世界，它位于幽深的寂静中。为何这个世界如此寂静？这是因为慢慢步行于马路两侧石板路上的都是老人，马路上驱车往来者也都是老人，酒店、药店、洋货店、书店的员工和顾客们也都是老人之故。路口的紧右侧有一家理发店。透过半开着的法式窗户，可见映在宽大的镜中的人们——被白布包至喉部的客人是老人，理发师也都是老人。而且，除理发店的客人和店员外，老人们都戴着压得低低的帽子，身着发黑的衣服，穿着雨鞋似的包住脚踝的鞋子。这静谧中的老人们给我留下了深刻的印象，我想回忆起某件确实令我惦念之事。而后，我发现满街的老人中，有我自缢身亡的友人和被送入福利院的痴呆儿，他们也把帽子压低至耳际，身着发黑的服装，穿着高靿儿鞋。他们在同伴们中间时隐时现，而且基本上与其他老人没什么区别，所以不能持续分辨出哪位是友人抑或婴儿。但是，这暧昧本身对我的情感体验并未特别构成障碍。挤满大街的所有安详的老人都与我有关。我想跑进他们的世界，却被透明的阻力拦住。我发出悲叹之声。

“我抛弃了你们！”

然而，我的呼叫仅仅变为无数的回音在头顶盘旋，不知是否传到老人们的世界了。老人们依然始终安详地走路，悠然地开车，认真地选书，在理发店的镜中纹丝不动。我陷入痛苦，仿佛被人践踏了内脏似的。我是怎样抛弃他们的？因为我未代替他们把脑袋涂得通红地上吊死去，我也未代替他们被扔进福利院，变成被打垮了的兽崽似的东西。现在为何明白这一切？因为我未与他们一同戴着压得低低的帽子，身着发黑的服装，脚穿高靿儿鞋，作为一个安详的老人出现在这晚夏的街道上，这就非常清楚了。

“我抛弃了你们！”

我已意识到这是一场梦，但这认识并未减轻安详的老人们的幻影所给予的压迫感。我极真切地经历这幻影。

一只重重的手掌放在我的肩上。不知是因为刺眼还是因为羞愧，我紧闭起双眼。当我硬睁开眼睛时，发现上穿獾皮（或其仿制品）领上衣、下配粗斜纹布裤的猎手般的弟弟正仔细地观察我。他的脸被晒成了古铜色，好像生了锈似的。

“哎哟！”弟弟招呼我，像是在鼓励我。

我坐起身子，只见一裸体少女正在床对面弯腰拿起一件深棕色衣服。时值隆冬季节，她只穿了一条小短裤便想直接往裸体上穿衣服。妻子与星男保护人似的密切地注视着这一切。裸体的桃子显得贫寒，仿佛被拔了毛的小鸡。我发现的并非色情，而是些许荒凉的凄惨。

“这是印第安人的鞣皮衣服，是我从美国买回的惟一的东西。为了凑钱，结果把妹妹的项链坠子卖了。”

“是吗？无所谓吧。”我掩盖住失去妹妹遗物的沮丧心情说道。

“我一直感到不安。”鹰四说道。实际上却是摆脱了不安的样子，将昨夜以来的威士忌酒瓶、玻璃杯、机内餐的餐盒愉快地踢到一边，走到窗前把已卷起的遮阳帘完全卷了上去。

早上，阴沉的天空中充满了泛白的微光。如蝗虫般紧贴着地面的飞机群伫立在阴郁的雾霭中。我从这里也发现了从裸体少女身上看到的荒凉的凄惨。不过，这是在无比巨大的规模中看到的。于是，我明白这感觉与其说是被昨夜醉酒的残渣和身体的衰弱、不足的睡眠引发，不如说它原本就扎根于我的体内。

微光从整个窗户射入。桃子把小脑袋从宽大的椭圆形皮衣领子里伸出，不知所措地晃动着。衣服的下摆卡在腰际，下半身仍赤裸着。她或许对此有所介意，然而表情却因天真无邪的自豪而闪亮，毕竟鹰四惟一的礼物归自己所有了。她虽抱怨皮衣的毛病，但听来却像在讴歌掩饰不住的兴高采烈。

“我的皮肤和这皮子有点不协调。我根本不知道哪根带子该穿到哪个孔眼里，阿鹰，你看有这么多带子！印第安人的计算是二进法吧？他们竟然能管理好这么多带子。”

“这跟二进法没关系。”年轻人一边伸出拙笨的手帮忙，一边愉快地应和着，“把皮子割开做成的带子不过是装饰品吧？”

“即便是装饰品，你也别扯掉啊！”

一家人欢聚在印第安皮衣的周围，于是妻子也加入进去麻利地帮桃子穿衣。我发现今早的妻子与弟弟的亲兵们如此融洽，甚为惊讶。那一定是在我痛苦羞愧的睡梦中，由晚点的飞机上下来的鹰四迅速施展魔法，令我妻子与他年少的朋友们的关系融洽了。现在，那困顿感——昨晚一直纠缠着妻子、我也感染上了的困顿感，只得由我独自承受了。

“小孩是严重的弱智儿，最后把他送进福利院了。”

“啊，我已经知道了。”弟弟忧郁地回答道，那表情足以安慰我。

“五周后，我们去接他回来。可是，那么短时间他就完全变了，我和妻子都认不出那就是我们自己的孩子，当然孩子也不认识我们。似乎发生了什么严重的事情。我感到比死亡更彻底的隔绝已形成。所以，我们……也就是说空手回来了。”我含糊地说道，想让妻子听见。

弟弟默默地听着，他的表情与我醒来的那一瞬间从他那发黑的、我尚未看惯的脸上见到的相同，也与提及孩子不幸时的语气相同，带着亲和诚挚的忧郁迅速滑入我的情感深处。我未曾料到弟弟具有如此老成而真诚的忧郁，我知道我触及了他旅美生活所带来的一部分东西。

“这些你也听说了吗？”

“不，没听说，但我知道似乎发生了什么残酷之事。”弟弟也压低了声音，几乎连嘴唇都不动地说道。

“听说我朋友自杀的事了吗？”

“听说了。那人有点特别。”

我觉察到鹰四连友人自杀的细节都已经知道了。我第一次从局外人口中，听到哀悼亡友之死的话语。

“我现在好像完全被散发着死亡气息的物体抓住了。”

“如果是那样的话，阿蜜，你必须挣脱它，登上生的领域。否则，死亡气息会传给你。”

“你是不是在美国获得了迷信家的精神?”

“是啊。”我想掩饰弟弟的话语给我内心的空洞带来的反响。弟弟看出我的心思,对我穷追不舍。“可是,小时候我的这种精神就很浓厚,之后我偶尔放弃它,现在不过是把它重新捡起罢了。你还记得妹妹和我盖了一间草房,我们在那里生活了一段时间吗?那时,我们想远离死亡气息而开始新生活,因为那是S哥被打死后不久的事情。”

我注视着鹰四,并未随声附和。鹰四也回望着我,眼里浮现出带着火药味的疑惑,它即将变成危险凶暴之物。一触及与妹妹的死亡有蛛丝马迹关联之事,他总是失去平静。这点现在也未改变。然而,仿佛超过弹力限度的钢铁突然折断了似的,鹰四眼中凝固起的东西转瞬间又消失了。我体验了新的惊奇。

“结果妹妹死了,可新生活的魔法还是有效的。妹妹是为了让我活下去才死的。因为妹妹死了,伯父才可怜我,把我送进东京的大学。如果我一直那么生活在伯父的村里,我早就忧郁而死了。阿蜜,你也快点开始新生活吧,否则就来不及了。”弟弟冷静地说道,语气极具说服力。

“新生活?我的草屋在哪里呢?”我嘲讽弟弟道。但是,我必须承认“新生活”这个词汇已开始动摇我。

“你现在到底过的是什么样的生活?”鹰四仿佛看出了我的动摇,认真地问道。

“朋友死后,我马上辞去了与他一起任专职讲师的那所大学的工作,其他就没有特别的变化了。”

我自大学文学系毕业后,主要靠翻译野生动物的收集及饲养记录为生。其中一部动物观察记再版,其版税维系着我与妻子的最低生活水准。不过,我与妻子现在住的房子及婴儿在福利院的费用都仰仗岳父援助。而且,自我抛弃了讲师职业,家庭开销的超支部分大概也是岳父替我们支付的,最初我对让岳父买房之类的事有所抵触,但特别是友人自缢身亡后,便对妻子依赖岳父的做法觉得无所谓了。

“精神生活怎么样?情况不太好吧?看你躺在脏地板上睡觉时,

我震惊极了。而且你起来后,我发现你脸上的表情、声音都和以前不一样了。坦率地说,我觉得你在衰弱、在下沉。”

“自朋友死后,我确实一直萎靡不振……还有孩子的事……”我畏畏缩缩地自我辩护道。

“可是,也拖得太久了吧?”鹰四追问道,“再拖下去,这种下沉型的表情将在阿蜜脸上凝固。我在纽约见过一个如废人般过着隐居生活的日本哲学家,他来美国进行杜威门徒的研究。由于完全丧失自信,结果变成那样……阿蜜,你有点像他了,脸和声音都像,特别是姿势和态度完全一样。”

“你的亲兵说我长得像老鼠。”

“老鼠?那位哲学家的绰号也是老鼠,你不相信吧?”鹰四现出困惑的微笑说道。

“我相信。”我说道,然而听出自己的声音明显充满了自我怜悯之情,我脸红了。

我确实同那位丧失了自信的哲学家一样,越来越像老鼠了。在为建净化槽的凹坑中度过了黎明时的一百分钟后,我一直回味着那种体验。我自知自己的肉体、精神都在下坠,下坠的斜坡明显地朝向死亡气息更浓郁之处。最初它体现为原因不明的来自身体各处的痛苦,现在我已彻底查清其内涵了。这种心理的痛楚并未因了解而得以克服,反而愈发频繁地向我袭来。而且,炽热的“期待”感一直未恢复。

“你必须开始新生活了,阿蜜。”阿鹰越发加重了说教的语气重复道。

“你就开始阿鹰所说的新生活吧,我也知道这对你是必要的。”像是阳光刺眼似的,妻子眯起眼睛同时盯着并肩站在窗边的两兄弟。

桃子已装扮得像个印第安小新娘了,头上还戴了同样皮制的头饰。妻子帮她穿好衣服朝我们走来。即使在晨光中,现在妻子也并不特别难看。

“当然,我也想开始新生活,可问题是我的草屋在哪里呢?”我迫切地说道。我感到我的确需要一间草屋,那绿色的、散发出令人怀恋气息的草屋。

“放弃你现在在东京所做的一切,和我一起去四国吧?作为新生活的开始方式,这不错啊,阿蜜!”鹰四表现出坦率的担心,他怕我当即回绝,但还是充满诱惑地说道,“我本来就是为了这个,才任由时差的筛箩摇晃着大脑,坐着喷气式飞机飞回来的。”

“阿鹰,如果去四国,就坐我们的车去吧!放上行李,也还能宽宽松松地坐三个人。行驶时,后面还能睡一人。我买了一辆旧雪铁龙。”年轻人加入我们的谈话。

“阿星这两年一直在汽车修配厂工作,也住在那里。而且,他买了辆废铁似的雪铁龙,自己一人把它修得总算能跑了。”桃子补充道。

年轻人从脸颊至眼睛周围泛起了红晕,看上去很羞涩。他非常兴奋地说道:“我已跟工厂说我不干了,桃子来告诉说阿鹰来信的那天,我就跟厂长说了。”

鹰四听了也有点困惑,但还是掩饰不住些许的得意之情,脸上露出孩子气的表情。

“这些人从不仔细考虑问题,真不得了!”

“给我们具体解释一下在四国的新生活,是不是像你祖先那样辛勤耕作?”

“阿鹰在美国给一个视察超市的日本旅行团做过翻译,游客中有个人对阿鹰的姓很感兴趣,一聊才知道他是四国你们那里超市连锁店的老板。他是个很有钱的人,现在控制了你们那里的经济。而且,阿鹰了解到他老早就想买你们老家的那间仓房,计划把它搬来东京开一家乡土菜馆。”

“也就是说,当地的新兴资本家想处理我们那间破旧的木结构怪物了。所以,如果阿蜜赞成卖掉,我想我们应该去看看即将被拆毁的仓房。我还想在村里确切打听一下曾祖父和他弟弟的事情。我也是为这个才从美国回来的。”

我不能立即相信弟弟这一计划的具体性。超市连锁店的老板肯定是最具现代意识者。即使弟弟突然发觉自己拥有非凡的实业家才华,可他能把山谷村落那荒废多年的房子硬卖给那位老板吗?乡土菜馆?可没那么漂亮,那是有百年历史的仓房。弟弟仍关心着我们曾祖父与其弟弟的恩怨,这倒给我留下了更深刻的印象。那时我们还住在山谷的村里,但一家人即将离散。鹰四听到了有关我们家族大约一百年前的那件丑闻的传言。

“曾祖父杀了弟弟,平息了村里的大暴乱,他还吃了弟弟腿上的一片肉,那是为了向藩里的官员证明自己与弟弟引发的暴乱无关。”鹰四用完全被恐惧震慑住了的声音复述着听来的传言。

我自己对那次事件也不甚了解。特别是战争时期,我觉得村里成年人们都忌讳谈这件事,我们家族也尽量做到无视曾祖父们的丑闻。然而,为了使弟弟摆脱恐惧,我对他讲了我偷听来的另一种传言。

“暴乱后,曾祖父帮助弟弟穿过森林逃到高知。他弟弟越过大海去了东京,改名换姓成了大人物。明治维新前后,他还给曾祖父寄来了几封信。曾祖父对此缄口不言,所以人们编造了你所听到的那个谎言。说到曾祖父为什么缄口不言,那是由于村里很多人因曾祖父的弟弟而被杀,曾祖父不想让他们的家人怨恨发怒。”

“总之,先回我家吧,然后再讨论新生活的计划。”我提议道,心里非常怀恋战争刚开始那几年我对弟弟拥有的绝对影响力。

“啊,好吧。问题关系到我们家族的仓房将于一百年后的今天从山谷的村中消失,这事该慢慢商量。”

“如果你们坐出租车去,我会用我的雪铁龙带上阿鹰和桃子追你们。”年轻人说道,他策划巧妙地将我们夫妇排挤到他们亲密的团聚圈外。

“坐车前我想喝一杯。”妻子说道。她完全解除了对小叔子的戒备心,恋恋不舍地用鞋尖碰了碰倒在地上的空酒瓶。

“我有一瓶在飞机上买的免税波旁。”鹰四立即拯救妻子。

“你也开始喝酒了吗?”我说道,企图打破弟弟在亲兵们中的偶像形象。

“如果我在美国喝得烂醉,我肯定会在什么黑暗处被打死。阿蜜,你知道我醉后的样子吧?”鹰四说着从包里扯出一瓶威士忌,“这是给嫂子的。”

“我睡着时,你们好像已经很熟悉了嘛。”

“因为你睡了很长时间。阿蜜,你总是做长长的痛苦的梦吗?”鹰四猛烈反击我的嘲弄。

“我睡着时说什么了吗?”我又不安起来。

“我不相信你会粗暴地抛弃谁。谁也不会相信这种事。你和曾祖父不同,你不是真能狠心对别人的那种人。”鹰四怜恤了我的狼狈。

我接过妻子直接对着瓶子喝过一口的波旁威士忌,也同样喝了一口,希望掩饰内心的羞愧。

“好吧!向阿星的雪铁龙出发!”英姿飒爽地穿着印第安皮装的桃子甚是幸福,我们重逢了的一家子随着她的一声令下出发了。拥有老鼠似的下坠型外表的我,作为最年长的男子加入到行进队列的末尾。我预感到自己最终将顺从弟弟那确实令人怀疑的计划。现今的我失去了足以与弟弟抗衡的坚韧的反抗力。如此彻悟后,那一小口威士忌带来的灼热竟在肉体深处要与“期待”感连在一起。我想凝神于其中,但发现通过自我放弃而获取新生的做法存有许多危险的清醒意识阻碍了我的思绪。

三、森林的力量

汽车好像出了故障似的，突然停在林海中。妻子坐在最后的座位上，如木乃伊般从胸部到脚尖裹着毛毯睡着了。我把几乎滚落下来的妻子扶回原处，内心惧怕这被迫中断的睡眠将给她带来之物。挡在汽车前方的是个背着大包袱的年轻农妇，她的脚边有个一动不动的动物似的物体。我凝视片刻，突然发现那是一个脸朝对面蹲着的小孩。在阴郁的森林风景中，他的小光屁股和一小堆异常明亮的黄色排泄物非常显眼。掩映于密密麻麻的常绿乔木间的林中道路在汽车前方缓缓降下，所以农妇和她脚边的孩子看似悬空约三十厘米。我无意识地将左半身斜探出去眺望。我有一种莫名的危险感。由于右眼失明，我的视界受到阻碍，我提防着从视界中黑色塌陷的岩石后面跳出莫名其妙的可怕物向我袭来。可怜那孩子的排泄延续着。我对他同情起来，与他陷入同样的焦躁、胆怯与羞愧中。

在阴郁繁茂的常绿树丛中，林中道路仿佛行驶在深沟的底部。停于此处的我们的头顶上，可见冬日的天空细长狭窄。午后的天空仿佛色彩变幻似的，一边褪去色彩，一边缓缓降下。夜晚，天空会像鲍鱼的贝壳包住贝肉般锁住广袤的森林吧。如此想来，隔离的恐惧感向我袭来。虽然我是在林海中长大的，但每当穿越森林返回自己的山谷时，我都无法摆脱这种令人窒息的感觉。这感觉的核心里，聚集了亡故先祖们的感情精髓。为强大的长曾我部①持续驱逐，他们不断进入密林深处，发现了仅有的能抵抗森林侵蚀力的纺锤形洼地定居下来。洼地中涌现优质水。逃亡团体的统率者——我们家族的“第一个男人”朝着

① 长曾我部也叫长宗我部，日本姓氏之一，传为圣德太子时豪族秦河胜的后代。

想象中的洼地莽撞地进入密林深处时的感情精髓,充塞了我窒息的感觉神经。长曾我部是极为巨大的他者,它无时不在,无处不有。我不听话时,祖母威胁我,"长曾我部来了!"其回音不仅使幼时的我,也使八十岁的祖母自己确实感到了与我们生活在同一时代的、极为巨大的长曾我部的气息……

汽车从地方城市的起点站出发,已连续行驶了五小时。在山巅的分岔口,除我和妻子外的所有乘客都转乘沿森林外围开往海边的汽车了。道路自地方城市进入密林深处,到我们的洼地后沿着山谷流出的河流向下,再与自山巅开往海滨的汽车线路会合。现在这条路衰微了。想到我们往返经过的道路正在密林深处衰微着,一种可恶的冲击缓缓传向心灵深处。杉树、松树、各种丝柏拥挤在一起,几乎令人觉得黑压压的暗绿中的森林之眼,正凝视着被这衰微的道路纠缠着的老鼠般的我。

农妇被行李拽得上半身直往后仰。我看见她仅脑袋低垂着,嘴唇快速地动着。孩子起身一边慢吞吞地提裤子,一边低头看自己的排泄物,并想用鞋尖碰一下。农妇猛然痛打孩子的耳朵。而后,她粗暴地捅着双手护住脑袋的孩子,绕到汽车的侧面。汽车载上新乘客,再次行驶在森林威胁下的沉默中。农妇和孩子专门走到车尾,坐在我们紧前面的座位上。而且,母亲坐在窗边,孩子抱着过道边的木扶手侧身而坐。于是,孩子剃光的脑袋和肤色难看的小侧脸,便一下子闯入我和妻子的视野。妻子用醉意犹存的李子似的眼睛注视着孩子。带着厌恶感的我的眼睛也被他吸引了。孩子的脑袋和肤色具有唤起我们最坏记忆的力量。特别对妻子体内过饱和状态下郁积起来、并在小小的诱因下开始结晶的物体来说,剃光的脑袋和完全没有血色的皮肤充满了最尖利刺激的毒素吧。它使我们直接向着我们婴儿做脑瘤手术的日子逆行。

那天早上,我和妻子等候在手术室所在楼层的病人专用电梯前。不久,外层门开了,我们看见电梯到了,但内侧的另一青色铁网门却抗拒着护士的力量,就是打不开。

"孩子不愿做手术!"妻子说着,像是毛骨悚然地要从那里逃走似的身子向后仰着,却仍拼命地往铁网里窥视。

透过青色的铁丝网,可以看见如夏日树叶的阴影般泛青的微亮中,婴儿躺在特儿室推来的滑轮床上,脑袋被剃得像犯人似的。他苍白的皮肤好像起了一层干皮似的,毫无生气。眼睛紧闭着,好像两道皱纹。我踮起脚尖朝他脑袋对面望去,只见与衰弱不安的紧张印象截然相反,那积满血液和脊髓液的黄褐色瘤子,精力充沛且感觉迟钝地与婴儿的脑袋连在一起。瘤子充满了威慑力。令人真切地感到它尽管包藏于自己的体内,却是自己无法驾驭的怪力所在。我们夫妇生下了这个婴儿和超越婴儿驾驭能力的瘤子。某日早晨醒来时,或许我们也发现我们各自的脑袋里鼓起了一个充满生命呼唤的异物,在与我们灵魂相关的所有器官和这瘤子之间,互流着大量快速进行新陈代谢的脊髓液。那时,我们夫妇也将剃了脑袋,觉得自己如粗暴的犯人般奔赴手术室吧。护士决意踢开铁网门。受到冲击的婴儿,张开伤口般黑红色无牙的大嘴哭起来。当时,他也还具有用哭声进行自我表达的能力。

"我总觉得医生会说,'来啊,把你们的婴儿还给你们',却把切除了的瘤子拿过来。"当护士穿过几重门,把婴儿床推向手术室时,妻子叹息道。

于是我和妻子都意识到,比起脸色苍白、闭上双眼的精疲力竭的婴儿,我们从那鼓起的黄褐色瘤子中发现了更为确实的存在感。婴儿的手术持续了十小时。我们夫妇两人疲惫不堪。其中我被叫进手术室输了三次血。最后一次输血时,我看见婴儿的脑袋被他自己的血和我的血弄得脏极了,我不禁以为它被煮在了滚开的肉汁里。抽血后,判断力不足的我的脑里浮现一种认识的方程式,即婴儿被切除瘤子,等于我自己被切除某部分肉体。我实际感到了肉体深处的剧痛。于是,我极力克制自己,不向坚忍不拔地做着手术的医生们提问:你们现在是不是正从我和儿子身上切除了非常重要的东西?不久,婴儿回到我们身边,他用茶色的眼睛安详地回望别人。除此之外,他失去了所有人的反应。我也感到自己接受了某神经网的切除手术,把无限的迟钝当作了自己的属性。而且,那切除术带来的缺陷，不仅明显地出现在婴儿本人和我身上，在妻子身上更明显。

汽车进入森林后，妻子喝着袖珍瓶的威士忌沉默了。汽车上的乘客都是生活在地方上的正派人，这举动将成为他们中间传播丑闻的材料，但我不想阻止她。然而，她在入睡前决心以清醒状态开始山谷村里的新生活，将剩余的威士忌连酒瓶一起扔进了丛林深处。我也希望将妻子引入梦乡的瞬间之醉是她最后一次醉酒。但是，她那即使醒着也还充血的眼睛紧盯着农妇儿子的脑袋，这情形我在自己身旁如体温般真切地感觉得到。我抛却了妻子可能戒酒开始新生活的幼稚想法，只期盼与婴儿的瘤子有关的妻子危险的情感体验不要在此再现，亢进得过于激烈。但我必须承认那是徒然的。妻子的呼吸渐渐粗重起来。被扔掉的威士忌实在令人觉得可惜。

售票员挺着下腹部，一边保持着平衡一边向汽车后部走来。年轻农妇对售票员视而不见，她表情严肃地皱着眉，透过车窗看着外面。我一直观察着孩子，虽然他也对售票员没反应，但我看出他明显地紧张起来。农妇和她儿子为躲避售票员，几乎坐到了我和妻子的座位旁。

“买票。”售票员催促道。农妇最初无视售票员的叫声，不久又突然变得雄辩起来。她指责售票员向她要求从山巅至山谷间的规定车费，她和儿子已从山巅走了三分之二的路程，如果孩子不叫嚷肚子疼（她一边说，一边捅了捅紧抱着木扶手的孩子的肩膀），她们说不定已经走回山谷了。售票员解释说，山巅至山谷间的票价最近调至最低价格了。由于这条线路的营运不景气，汽车公司决心采取新方针。由此也可发现密林深处之路衰微的征兆。看来售票员的理论压倒了年轻农妇。这时，令我感到吃惊和滑稽的表情出现在农妇令人生厌的红脸庞上，那脸庞刚才还因气愤涨得通红。年轻农妇哧哧地笑了，忽然用消除了紧张感的、强加于人的语调说道：

“我可没现金……”

不过，她儿子依然脸色苍白，神情紧张。刹那间，售票员打了个趔趄，再次成为孤立无援的乡村小姑娘，去司机处商量了。我希望能借着农妇那奇妙的嗤笑声，将妻子和我本人的紧张感一点点溶化掉。于是，我微笑着把视线移向妻子身上。她的脸部至颈部满是鸡皮疙瘩，惟有注视着少年脑袋的那双眼发烧般地放着光。我知道灾祸即将降临，真不知如何是好。怨愤在我体内跳踔，仿佛鼠状焰火似的喷着火花四处奔跑，却终归无处可逃。为什么我不阻止妻子扔掉威士忌瓶?！我听其自然地做了一个决定。

“我们下车吧，阿鹰该到车站了，我们请售票员转告阿鹰，让他开车来接我们。”

仿佛正顶着恐惧的水压作业的潜水员，妻子慢慢地侧过脸来奇怪地看着我。我感觉她现在正处于两种胆怯——内心的胆怯和想象被汽车抛于密林中而产生的胆怯的危险平衡中。与其说我对森林的恐惧在增加，把妻子固定于汽车座位前，我发觉是我在试图说服她，不如说我发现是我在自寻烦恼，想从农妇儿子那被剃光了的脑袋和苍白的皮肤所引发的婴儿的幻觉中逃离出来。

“如果电报没发到，阿鹰他们没来接我们怎么办?”

“即使必须走回去，天黑之前也能到山谷。实际上，那孩子本来也是想走回去的。”我说道。

“要是那样的话，我也想下车。”虽然还有莫名的不安，但妻子仍像获救了似的说道，这令我涌起一阵安心与怜悯之情。

售票员正不停地同司机说话，同时极造作地斜眼看那没带现金的农妇与她的儿子。我向售票员示意：

“我弟弟应该在山谷的汽车站接我们，你能不能把行李交给他，并让他开车来接我们? 我们要从这里走着去。”我说道。售票员用她那仿佛被脂肪包住了似的迟钝可疑的目光盯着我，我这才发觉自己事先未找出一个有说服力的假理由，不觉一阵狼狈。

“我晕车了。”虽然妻子机敏地帮了腔，但售票员仍是一副怀疑的样子。确切地说，她正琢磨着我的话，以便弄清事情的真相。而后，她说道：

“汽车不进山谷，因为洪水把桥冲垮了。”

“洪水？冬天有洪水？”

“夏天，洪水把桥冲坏了。”

“夏天以来，一直没修吗？”

“桥这边是新站，车到那里……”

“那么，我弟弟可能在那里等我们，他叫根所。”我说道。不过，夏天被洪水冲垮的桥到冬天仍未修理，这太奇怪了。

“我认识他，他开车来这里了。”竖起耳朵听我们说话的农妇插嘴道，“要是他不在车站的话，我家孩子就跑去仓房的根所那里……。”

年轻农妇误会了，她以为我们家所在的高地本身是个叫仓房的地方。这是我于二十年前在伙伴中常见到的误会。总之，我放下心来。如果必须在森林里一直走到傍晚，那么这种体验肯定将在妻子心中播下新的难以对付的种子。而且，如果晚上起了雾，那么漆黑的森林肯定会将妻子陷于某种恐慌中吧。

汽车把我们留在林中道路上开走了。农妇和售票员同时从最后面的车窗望着我们。她儿子也许仍脸色苍白地抱着木扶手吧，他没有从窗户露出脸来。我们向农妇她们点头，售票员痛快地挥了挥手，而年轻农妇却依然嗤笑着，将手指下流地握起来吓唬我和妻子。我又气又羞，满脸通红。妻子倒显出由于受到侮辱而获得几分解脱的样子。自我惩罚的欲望控制着她的内心世界。现在，这欲望因这位带着一个和我们婴儿同样剃光了脑袋、皮肤失去光泽、纹丝不动的孩子生活着的年轻母亲而得到一些满足。我和妻子各自抱紧了外套，任潮湿寒冷、散发着无数种气味的风从侧面刮来，行走在铺满了腐烂树叶的红黏土路上。每当鞋尖弹起落叶，就能看见壁虎肚子似的醒目的红色地面。与孩童时代不同，现在的我甚至感到红黏土地面也好像在威胁自己。我已变成老鼠般战战兢兢、形迹可疑者。既然想与一度脱离了的森林重新建立关系，那么森林之眼自然要带着猜疑心监视我。我真切地感到了这迹象，所以只是当几只鸟鸣叫着从乔木林高处飞过时，我便差点被红黏土绊倒。

“阿鹰为什么不在电话里告诉我们桥被洪水冲坏了？”

“阿鹰不是在电话里说了很多吗？出了那样的怪事，他没有心情提修桥的事，这也可以理解。”妻子替鹰四辩护道。

鹰四比我和妻子早两个星期出发去了山谷。他和他的亲兵们一起乘上雪铁龙开始了汽车大旅行。鹰四和星男不分昼夜轮流驾驶，除开把车装在前往四国的联运船上的一小时外，他们一直飞速行驶，三天后便到达了山谷的村子。鹰四从邮局给我和妻子打来长途电话，告诉我们山谷的村里一件首先给他留下深刻印象的怪事。那是一件发生在叫阿仁的中年农妇身上的事。阿仁替我们管理房屋，因此拥有耕种祖辈留给我们的一小块耕地的权利。鹰四出生时，她作为看孩子的小保姆到我们家，之后就不曾离开。婚后，也和丈夫、孩子一起继续住在我们家。

鹰四他们把雪铁龙停在山谷洼地中央的村公所前广场上。当他们扛着行李攀登在通往我们家的狭窄陡峭的石板路上时，阿仁的丈夫和儿子们气喘吁吁地下来迎接他们。鹰四他们不由得倒退一步，只见他们瘦骨嶙峋，乌黑的皮肤显出病态，特别是长着鱼状大眼睛的儿子们，令鹰四想起中南美难民孩子的表情。那些弱不禁风的儿子，拼命夺过鹰四他们的行李搬上去。阿仁那看似忧郁的丈夫想要对鹰四解释什么，那忧心忡忡的声音听起来好像在发怒。可是由于过于羞愧，鹰四只明白他希望自己在实际见到阿仁前，预先解释一下阿仁现正经历着的异常事件。不一会儿，他极不情愿似的从口袋里拿出折成四折的地方报的剪报给鹰四看。在褶痕起了毛的脏兮兮的纸片上，登着一张极大的照片，不由得令人觉得它肯定破坏了当天报纸的版面结构。鹰四看后震惊极了。照片的右半边是阿仁那骨瘦如柴的家人们，他们穿着泛白的夏装，像拍婚礼纪念照似的拘谨而规矩。占满照片左半边的则是极肥胖的巨大的阿仁，她身上裹着印花衣，用洋式风箱般的左手支撑着身体歪坐着。而且，包括她在内的所有人都像在侧耳静听似的，忧郁忍耐地注视着前方。

农妇患上“贪食症”

胃的要求没完了

丈夫从早干到晚

最近发现本县有日本第一魁梧女人。她是住本县东南部森林地带大洼村的金木仁女士。阿仁女士四十五岁，已婚，是四个孩子的母亲。一米五三的身高与常人无异，而异常的是体重，竟达一百三十二公斤！胸围一米二〇，臀围一米二〇，手臂粗四十二厘米。阿仁女士并非天生如此肥胖。六年前她四十三公斤，属于清瘦型。其“悲剧故事”始于六年前的某日。阿仁女士突然感到手足痉挛，并因贫血而昏迷。几小时后恢复意识，但此后开始为异常而无法抑制的饥饿感所困扰。一时口中无物，身体便无法支持。进食稍迟，则颤抖号哭，直至昏倒。

她现在每隔一小时进食一次。首先，早上起床要吃一锅煮菜、薯类、麦饭。而后直至正午，每隔一小时进食荞面糕或快食面。正午进食与早上相同的午饭。午饭与晚饭间又每隔一小时进食荞面糕或快食面。晚饭重煮一锅羊栖菜、干萝卜和魔芋，另加薯类、麦饭。这就是每日的备膳。如此异常的食欲使其体重六年间增加了三倍，现仍在发胖。

为此最大的受害者是阿仁女士的丈夫。要确保阿仁女士胃囊所需食粮并非易事。尤其是如此大量的快食面即是一笔大开销。阿仁女士靠做裁缝也有少许收入，然而在可怕的胃囊的需求面前，这些努力也是杯水车薪。村公所亦不忍看到他们夫妇的窘境，每月均补助伙食费，但仍无法应付。

阿仁女士的话：不能长时间站立，站立十五分钟就疲劳。裁缝的副业也做不好，每天的大部分时间只是坐着。因为不能坐公共汽车，所以去红十字医院时要乘卡车。晚上也睡不好，经常做梦。

鹰四茫然不知所措。这时阿仁丈夫说由于这个原因,为了赚钱,他们把上房借给了小学教师。不过,他们已和教师说好,鹰四他们逗留期间,请教师暂住小学值班室。他希望得到鹰四的理解。这就是阿仁丈夫最发愁的事情。

"阿仁坐在独屋①入口旁木地板房的暗处,但完全没有向纠缠着自己的不幸低头的样子,只是反复唠叨说肥胖可怜、可怜。你们来这里时,如果打算给阿仁带礼物,大盒快食面等肯定最受欢迎!"

出发前,妻子回娘家说了这事。岳父是个少有的人物,他到这把年纪还保持着灵活的头脑,能理解如此滑稽而悲惨的怪事。按鹰四所言,他从有关公司为我们送来了半打大盒快食面,我和妻子把送给"日本第一魁梧女人"的食品用火车托运后便启程了。

我和妻子不停地走着,道路与从两侧压迫着它的森林总是以同样表情向前延伸着,这给我缺乏远近感的独眼以一种原地踏步的感觉。

"天看起来有些发红,是我眼睛的缘故吗?阿蜜,即便眼睛充血,看东西也不会都染上红色吧?"

我仰望天空,乔木丛阴森森的,给人一种从两边压过来的幻觉。但是,那夹缝中的灰色天空确实渐渐泛起了红色。

"是晚霞!而且,你的眼睛已经不红了。"

"待在城市里,是不会有把这种颜色当作晚霞的能力的,阿蜜。"妻子辩解道,"灰色中渗入红色,这是在医学词典里看到的大脑原色照片的颜色。"

妻子还在被不幸记忆束缚着的印象群的圈中徘徊,她从坐进汽车的那少年剃光的脑袋想到我们孩子的脑袋,又想到头盖骨中被损坏的实质。醉酒的征兆从妻子的眼中完全消失了,充血消退后的眼睛仿佛两个暗灰色的凹坑。而且,妻子的面部皮肤如森林中的扁柏叶似的,被埋进了密密排列着的细微的鳞片中。有一个念头就要涌上心间,作为其先兆,我的舌头品出了恐惧心的酸味。

一辆吉普车宛若愤怒的野兽,飞溅起枯叶和泥土向我们开来。吉

① 离开主房另建的房间。

普车的接近使视野恢复了远近感，我便摆脱了踏步的感觉。

“阿鹰来了！”

“可是，雪铁龙怎么了？”我从一路猛开过来的吉普车上，看到了以做一粗野之人为荣的鹰四的个性。但是，为了抗拒妻子那明显充满露骨喜悦的声音，我发问道。

“阿蜜，那是阿鹰！”妻子自信地说道。

吉普车在离我和妻子五米远的地方掀起一阵红黏土的浪花，便冲入道旁的枯草丛中，将挡泥板擦着树木停下来，而后以和前进同样迅猛的速度倒车，再立刻调转方向停车。我伸出胳膊想从吉普车的挺进中保护妻子，但她冷不防倒退一步，我的胳膊只得尴尬地伸着，而后垂落下来。鹰四从吉普车的驾驶室中拧身探出脑袋，我希望他未看到这一幕。

“哎呀，菜采！哎呀，阿蜜！”鹰四豪爽地招呼我们，他穿着帽子垂在肩部的胶皮雨衣，像个消防员似的。

“谢谢了，阿鹰。”妻子终于恢复了在公共汽车上睡醒后就完全失去了的朝气，对弟弟微笑道。

“听说桥坏了？”

“是啊。我们的雪铁龙总算搬进山谷了，可一旦要来接你们，把它再拖出来可不容易，所以我把森林监察员的吉普车借来了，他还记得我，连胶皮雨衣都借给我了。”鹰四天真地夸耀道。

“阿蜜坐后面，菜采坐前面好。”

“谢谢了，阿鹰。”

“星男搬行李，只是过桥时扛着过，到对面就可以用雪铁龙了。”鹰四一边说一边小心谨慎地发动吉普车，这和遇到我们前判若两人。

“阿仁怎么样？”

“刚见她时吓了一跳，不过除了有时候看起来太丑外，那胖脸倒很显年轻，感觉不错，在四十多岁的山谷女人中算是有魅力的。哈哈！事实上最小的孩子是她发胖后怀上的。所以对阿仁丈夫来说，一百多公斤的老婆也有性魅力。”

“生活看上去苦吗？”

“没有报上报道的那么差，报纸记者和我一样，被她丈夫极度忧郁的表情骗了。说到为什么生活不很吃紧，那是因为山谷的那伙人给阿仁拿来各种食物。我真不明白山谷的小气鬼们怎么竟这么坚持了六年！见到过去和S哥同班的寺院住持时，我试着问他这个问题。住持说，那是因为山谷人的生活整体上进入停滞状态，这时大家对突然胖起来、体重超过一百公斤的怪同胞寄予了宗教性期望，像阿仁那样被莫名其妙的绝症纠缠住的人，或许正是集所有山谷人的灾难于一身的赎罪羊吧！这是住持的解释。他具有哲学人格，在为所有山谷灵魂负责的过程中变成了这样的人吧。阿蜜，你也可以见见他，他是山谷最有名的知识分子。”鹰四说道。这给予我一个鲜明的印象。阿仁是全体山谷人的赎罪羊这一想法中蕴藏着一股力量，它刺激着扎根于我灵魂深处的一个被埋没了的记忆。

“阿蜜，你记得那个叫阿义的疯子吗？”我正陷入沉思，想挖掘自己的记忆，阿鹰打断了我的思绪。

“是住在森林的隐者阿义吗？”

“是啊，一到晚上就下到山谷来的疯子。”

“记得，他本名义一郎，我很清楚他的事。山谷有孩子只知道隐者阿义的传说，有些家伙甚至以为阿义是个白天在森林里睡觉，只是晚上在山谷游荡的妖怪。可是，我家位于森林和山谷之间，所以有机会看见阿义傍晚时走下通往山谷的石板路。”我向被我们兄弟俩的谈话冷落在一边的妻子解释道，“阿义以野狗般异常敏捷的速度跑下山坡，我目送他的背影直到看不见，这时山谷正是夜幕笼罩。阿义精确无比地穿过了昼夜之间短暂的缝隙。在我的记忆里，阿义总是忧郁地耷拉着脑袋，没头没脑地赶路。”

“我见到隐者阿义了。”鹰四搪塞着我的回忆式的感叹说道，“我想半夜里是否能在哪里弄点吃的，曾开车在山谷转一圈，因为我白天忘了买东西。可是，超市关门了，其他商店本来就都处于破产状态，没有一家开门的，不过我碰到了阿义。”

“隐者阿义还活着？这太好了！不过他也老了很多吧？一直住在森林里的疯子能这么长寿，实在不可思议。”

“不过,阿义没给人特别像老人的印象。我们只是在暗处看见他,所以没看清,五十出头的样子吧。他是个耳朵很小的男人,没有特别像疯子的地方,只是从那过小的耳朵可以感觉到他长年发狂的沉积。他对我们的车感到好奇,从黑暗中突然靠近。桃子和他打招呼,他极认真地自报姓名,说自己是隐者阿义。我告诉他我是根所的儿子,他说他记得我,还和我说过话,可我一点也不记得他,真遗憾。”

“隐者阿义说的是我。S哥复员回来时,他来我们家见到了我和S哥,还和我们说了话。他来问战争是不是真结束了。他原是害怕被抓去当兵才逃进森林的,是村里惟一的逃避征兵者。S哥向他解释说,他已没必要再躲了,但他最终没能回归村子的生活。如果在城市,战后不久他可能就是英雄了,可在村子里,逃进森林的疯子决无可能再次加入山谷的人类社会。不过从战时开始,作为疯子,阿义的生存权得到了全村人的认可。所以,只要战后他依然保持原状,也是能活下去的。”我说道,心中涌起令人怀恋的遥远之情,几乎使我产生浑身无力之感。

“可是,我真没想到隐者阿义现在还活着!他肯定经历了相当严酷的生活吧。”

“而且,阿义还没衰弱,他是森林的超人。哈哈!我们和他分手后,在山谷转一圈回来时,他像一只认真的兔子,一蹦一跳地从车前灯的光圈中跳跃而过。那动作太敏捷了!他像是为拼命躲避车灯而跳跃。可是,我想他实际上是在向我们显示他的健在吧。真是个可爱的疯子。哈哈!”

我小时候,山谷总有一位长驻疯子。虽然也有好几个重度神经衰弱者和白痴,但被大家公认的真正的疯子只有一位,如此正统的疯子从未增加至二人以上,也从未出现过疯子绝迹的情况。那是山谷人类社会的特殊存在,但正因如此,定额为一名的疯子成了不可或缺的成员。我觉得我好像不止一次地见过可以说是国王般独一无二的山谷疯子们的更新换代。但从战争末期开始,隐者阿义担负起了这项不可或缺的独自一人的任务。曾有宪兵从城里来调查隐者阿义的传言。虽然村里的退伍军人们搜了山,但他们自然未捕获到阿义。因为他们大概谁都未认真搜寻,且密林深处不但到处埋伏着倒下的树木、爬山虎的障碍和沼泽地，其深处最终又与原始森林连在一起，进入那里搜索是不可能的。村公所前面的广场（那里位于我家正下方，我坐在长长的石围墙上，观看了整个过程）上围起帐幕，宪兵在里面等着。阿义的母亲在红白相间的帐幕周围，一边几乎用膝盖蹭行，一边不停地哀号了一整天。可是第二天宪兵离开山谷后，她又恢复为一名平凡的村妇微笑着干活了。

隐者阿义从青年学校毕业后就做了临时教员，是山谷里所谓“受过教育”者之一。一帮野蛮的复员军人曾喝醉后伏击过阿义，把深夜在山谷彷徨、寻找食物的阿义轰了出来。几天后的早上，人们发现隐者阿义在广场的村内民主化运动公报栏中写了诗。S哥说那是宫泽贤治的诗，但我从未在宫泽贤治作品集里见过这首诗。“我说你们聚众投石，这于你们是玩笑，于我却是死时看到你们嘴巴紧闭，面色苍白，神情异样！”

我在公报栏前快活的人群中读这首诗时，心想：“如果阿义真的说了‘这于我是死’，那么他究竟看到谁脸色苍白、神情异样了？”我试问S哥，S哥不但未回答我，而且嘴巴紧闭、脸色苍白、神情异样地瞪着我，并挥动着拳头把我轰跑了。

“我问阿义，最近人类的力量渐渐无情地渗入森林，这是否会对在森林中过隐居生活的人产生什么不良影响？阿义断然否定了我的说法。他坚持说：不，森林的力量正在不断增强。山谷的村子也许不久将会被森林的力量吸收掉。事实上，这几年来，森林的力量不断压迫着山谷。发源于森林的河流冲垮了有五十年历史的桥，这也是证据。如果我们认为隐者阿义是疯子，那么，我们是不是应该从他的这些观点中发现异常之处呢？”

“我不认为那是异常，阿鹰。”一直保持沉默的妻子首次介入话题。“坐上公共汽车后，我也一直感到这森林的力量在壮大。我被森林的力量压迫得差点晕过去。如果我是他，我不会逃进可怕的森林，我会愉快地参军。”

“也许菜采和隐者阿义有共鸣。”鹰四说道，“要说这么敏锐地感到森林恐怖者，是不是与发疯逃进森林者截然相反？我认为不是，这两种人在心理上倒属于同一种类型。”

在鹰四的吉普车出现前，我的恐惧心理被妻子那看似粗糙的皮肤所触发。如果恐惧的萌芽一直发育下去，它将开出什么花朵？鹰四的话使我得到一个启示。我在头脑中试图描绘出发疯的妻子跑进密林深处的情景，联想的锁链断了。我正回忆起柳田国男的文章——女人“赤裸着身子，只在腰际围着破布，红色的头发，眼睛闪着蓝光”，“跑进山里的农村女子常常是因为产后发疯，这也许是非常重要的线索”。

“阿鹰，山谷的酒铺卖威士忌吗？”我被自我防御的本能驱使着问道。

“阿鹰，阿蜜动摇我戒酒的决心。”

“不，是我想喝，你就加入到阿鹰的不喝酒的亲兵队伍中吧。”

“现在，我只是担心没有威士忌能不能睡着觉的问题，我已不再为故意喝醉而每晚喝它。阿星戒酒时得失眠症了吗？”

“我不清楚星男是不是真酒鬼。也许他本来就滴酒不沾，只是那么说说。他想夸耀英勇的过去，可他的年龄连一点英勇的积累都没有，谁知道他会撒什么谎！”鹰四说道，“我听星男给桃子解释性问题，实在太可笑了，那两个家伙还都没有一点性经验，却以为只要摆出专家的姿态就了不起了，哈哈！”

“那么，我得孤军奋战地进行戒酒训练了。”妻子表现出明显的失落，话语却只留下可怜的回音，并未引起他人的抗拒。

乔木林在风压下朝同一方向倾斜着，树木遮天蔽日。狭窄的天空渐渐带上黑红色，最终被染成晒黑了的肌肤色。薄雾在林中道路上低低地移动，仿佛从路周围森林下杂草丛中冒出的瘴气似的，在吉普车车轮部的低处缓缓爬行。我们必须在雾气升至眼睛的高度前逃离森林。鹰四小心谨慎地加速。不久，吉普车逃离森林，突然来到视野开阔的高地。我们停下车来眺望纺锤形的洼地。在红黑色的天空下，一望无际的森林都带上了深褐色的阴影，洼地便环绕于密林中。我们驱车驶过的林中道路在高地呈直角拐弯，再沿着森林的斜坡笔直地来到洼地山谷的颈部，从那里过桥，在进入山谷的石板路及沿河公路的交会处与它们会合，那条河则相反地从洼地流出，沿着高地底部流向海边。从地岗俯瞰，只见山谷的道路刚爬出洼地，就像沙地的河流似的，忽地消失在对面森林的边缘。同样，从高地看村落及其周围的旱田与水田，也感觉非常狭小。那是环绕于洼地的幽深的密林使人的空间感发生了混乱。正如疯子隐者观察到的，我确实感到我们的洼地不过是一个脆弱的存在。对于森林的侵蚀，它只能进行微弱的反抗。比起洼地的“存在”，那纺锤形中树林“不在”的印象更自然地浮现出来。惟有周围的森林才是确实的实体。如果习惯了这一感觉，就能看到庞大的失落感的盖子盖住了洼地。雾从流经洼地中央的谷底河流上涌起，村落现在位于雾底。我们出生的家建在高处，那一带也朦朦胧胧，只有长长的石围墙格外显眼。我想向妻子说明我家的位置，可是眼睛迟钝疼痛，我无法持续注视那里。

“阿蜜，我要先找一瓶威士忌。”妻子像要寻求和解，怯生生地说道。

鹰四饶有兴致地回头看我们。

“还是喝水吧？要是没干的话，这里有山谷人说是整个森林里最好喝的泉水。”我对妻子说道。

泉水未干涸。水从路旁森林一侧斜坡底部的一角突然涌出，形成一个双臂环抱大的水洼。如此小地方竟流出充沛水量，它形成水路流至山谷。在泉水的水洼旁有新旧炉灶，其内侧的土和石头都烧成了黑焦色，甚是残酷。孩提时代的我也和伙伴们在泉水旁砌过这样的炉灶烧饭做汤。我们每年重复一种仪式，由选择加入怎样的集团野营来决定山谷孩子们的势力分布。那是春秋两季仅两天的郊游，一旦结成的孩子团体终年有效。被自己加入的团体驱逐出去是最更可怕、最可耻之事。我在水洼边弯腰蹲下，想直接吮吸一口泉水。这时我有一种感觉，仿佛只在这里才保存了白昼的光线般，这小水洼明亮的水底，那一颗颗青灰色、红色、白色的圆圆的小石头；微微把水弄浑便漂升而上的细微的沙子；水面轻微的颤动，这一切都是二十年前我在这里所看到的！不断喷涌流淌的水流也和那时完全一样，那时它也不断喷涌流淌着。这感觉充满了矛盾，但对我本人来说却具有绝对的说服力。而且，它直接发展成为另一种感觉——现在弯腰蹲在这里的我，和曾经露出膝盖蹲着的小时候的我并非同一个人,这两个我之间没有持续的一贯性,现在弯腰蹲在这里的我与真我是异质的他人。现在的我丧失了回归真我的 identity①。无论我的内心或外表都没有恢复的线索。水洼中透明细小的涟漪发出细微的声响,我听见它们在告发我:"你真像只老鼠。"我闭起眼睛吮吸冰冷的水。牙龈受到刺激,舌上留下血味。我站起身,妻子便温顺地仿照我弯腰蹲下,仿佛我代表着喝泉水方法的权威。然而,现在我也与首次穿越森林的妻子一样,对于这水洼是毫无关系的陌生人。我哆嗦起来。极强烈的寒气再次进入我的意识。妻子也哆嗦着站起身,想微笑一下表示水甜,可是,紫色的嘴唇收缩了一下,只见她生气似的露出牙齿。我和妻子肩并肩沉默着,在寒冷中打着哆嗦返回吉普车。鹰四惨不忍睹似的移开了目光。

雾越来越大,我们朝着浓雾中的山谷驶下。吉普车关掉引擎小心翼翼地前行。这静谧中回响在我们周围的声音,惟有车轮弹起的小石子声,风吹挡风篷声,还有尖厉细微的落叶声——从林中道路通往山谷公路的陡坡上,大都是高高的柞树和山毛榉的疏林,其间仅混有些许红松。从高高的树梢上落下的树叶,被横向吹来的风力推向一旁,与其说是落下,倒不如说更像缓慢地横向流动着,无休止地发出细微的嚓嚓声。

"菜采,你会吹口哨吗?"鹰四认真地问道。

"会呀。"妻子警惕地回答道。

"要是晚上吹口哨,山谷那帮人会很生气。阿蜜,你还记得山谷的这种忌讳吗?"鹰四忧郁地说道,这与我现在的心境非常吻合。

"记得。说是如果晚上吹口哨,妖怪就会从森林里出来。祖母说长曾我部会来。"

"是吗?我现在回到山谷,才发现自己有许多事没记住。即使似乎记住一件,也对其准确度没有自信。我常在美国听见'uprooted'②这个词,我想确认自己的根才回到山谷,结果我的根已被完全拔除,我开始感到自己是无根的浮萍,我才被'uprooted'呢。我现在必须在这里

① 英文,意即身份。

② 英文,意即连根拔除。

扎下新根，为此我自然感到需要适当的行动。我不清楚需要怎样的行动，只是越来越强烈地预感到必须采取行动。总之，虽说回到了自己的出生地，但不一定自己的根还埋在这里。也许你会认为这是伤感之言，但草屋没有留下啊，阿蜜。”鹰四的语气中有无法恢复的疲劳感，这与其年龄不符。“我甚至连阿仁都没有记清楚。即使阿仁没那么胖，我肯定也想不起她从前的样子。从我身上认出自己曾照料过的幼童模样，阿仁哭了。当时我害怕地想，如果这个陌生的胖女人伸出长满脂肪的胳膊来摸我，我该怎么办？我希望那令人厌恶的畏惧没有传给她。”

到达山谷已是夜晚了。每个混凝土桥墩都朝不同方向变形了，歪扭的桥上设置了临时保护器材，高中生年龄的年轻人在桥对面鸣响喇叭发来信号，可是我们在黑暗中无法看清他们的雪铁龙。鹰四去森林监察员值班室还了吉普车和雨衣回来，他身上穿着从美国穿回的猎装模样的衣服，但仿佛立即收缩了似的，看上去贫寒矮小。我想象他在美国民众面前扮演忏悔学生运动家的情景。但如果从山谷仰望，那越发强大的黑色森林在谩骂：“你真像只老鼠！”必须听这骂声的人是我，而非弟弟。我胆战心惊地扶着妻子走过危险的临时便桥。在我的心里，回到山谷的喜悦萌芽依然萎缩着。从下方黑色水面上吹来的风中满含了冰冻的刺，它扎入我的眼睛，我差点将能看见的那只独眼也闭上。从我们身后的下方，突然传来一群莫名其妙的小鸟的咕咕叫声。

“是鸡，村里的青年小组在过去朝鲜人村落养的鸡。”

通往海滨的公路上，在离桥一百米的下方，有几座与山谷村落隔开的房屋。那里曾经住过朝鲜人，他们被迫从事采伐森林的工作。我们现在正经过桥中央，所以鸡叫声从百米下方直接传入我们的耳朵。

“这时候鸡也叫吗？”

“听说那里的几千只鸡快饿死了，可能是因为肚子饿的缘故吧。”

妻子在我臂腕中不停地颤抖着。

“要是没有领头人，山谷青年干不了一件正经事。如果没有曾祖父弟弟那种类型的人出现，他们就一筹莫展，在困境中抓不住自我解放的方向。”鹰四的语气带有明显的反感，“阿蜜，我回到山谷，对祖祖辈辈住在这里的人们，最先了解到的就是这点。”

四、见与可见的一切存在不过是梦中梦吗？

——坡[1]/日夏耿之介译

来到山谷的第一个早晨，我们在铺地板的屋里围着地炉吃饭。隔壁是宽敞的上房，它是未铺榻榻米的土屋，内有炉灶和用厚木板盖上盖子的水井。只见瘦成倒三角形、惟眼睛大大的四个孩子不知从什么时候起，在微暗的土屋里并排站着注视我们。妻子招呼他们一起吃，他们却一齐发出叹息声，这意味着“不，我们不吃！”的拒绝声。而后，最年长的孩子告诉我，阿仁说她想和我谈谈。我昨晚已见到阿仁，正如鹰四所言，虽然她非常巨大，但除去特别的瞬间外，决不丑陋。她那看似月亮般苍白的胖脸上，那轮廓模糊的忧郁的眼睛如鱼眼透镜般因泛白的泪水而浮肿。我只是从那目光中找到了我所认识的阿仁的痕迹。阿仁散发着野兽般的气味，所以妻子不久便突发贫血而弯腰蹲了下来，我们也就返回上房，惟有星男和桃子抱怨说想再多看一会儿阿仁。他们憋红了脸，捏着鼻子，彼此掐着对方的侧腹，忍着即将爆发出来的笑，盯着阿仁全身上下打量。阿仁的孩子们对他们表现出愤怒的敌意。今天早上，他们四个瘦孩子之所以拒绝妻子的邀请，或许因失礼的小年轻们皮笑肉不笑地坐在那里的缘故。吃完饭，妻子和小年轻们由鹰四带着去看仓房，我则由四个孩子领着去独间阿仁及其家人的住所。

“哎呀，阿仁，睡好了吗？”我站在土屋门口和她打招呼。与昨晚一样，她那又大又圆的忧郁面孔浮现在昏暗中。

阿仁像陶匠陈列作品似的，在身边摆满了脏锅和脏餐具。她把下巴放在咽喉部的脂肪袋上，痛苦地仰着身子，故作姿态地沉默着。晨光

---

① 美国诗人、作家爱伦·坡(1809—1849)。

从我的肩头射至阿仁那硕大的膝盖周围,我这才知道阿仁斜坐在像是把马鞍倒置过来的自制无腿靠椅上。昨晚我误以为那是阿仁那身肥肉的一部分,觉得她像个圆锥形的磨。在阿仁的无腿靠椅旁,其丈夫支起双膝正要站起,却又在中间静止下来陷入沉默。昨晚,那枯瘦如柴、闭目沉思的阿仁丈夫也沉默待命着,只要阿仁用缓慢的动作示意,他便极敏捷地跳起来,让阿仁吃荞面揉成的灰色炮弹,令人感到与其说在我和妻子与阿仁会面的仅仅五分钟内阿仁的食欲都不留情面,莫如说这是为具体说明阿仁现在陷入的困境而做的表演。

不久,阿仁痛苦地吐出大量空气后,充满怨恨地盯着我说道:"睡不着!尽做凄惨的梦,做没家的梦!"我立即明白阿仁想见我以及她丈夫仍满脸忧郁地支着双膝紧挨着她注视我的原因了。

"拆掉后运往东京的只是仓房,所以上房和独间不用拆吧。"

"要卖地皮吧?"阿仁追问道。

"阿仁,如果你的住房问题不解决,土地和上房、独间都原封不动。"

阿仁和她丈夫并未特别表现出放心的样子,但绕到父母背后注视着我的四个孩子都微笑了。我知道阿仁家人的不安基本消除,这令我感到愉快。

"蜜三郎先生,坟墓怎么办?"

"只能原封不动吧。"

"老二S的骨灰还在庙里。"阿仁说道。仅此几句对话,阿仁已疲惫不堪,眼睛周围现出令人生厌的乌黑眼圈,嗓子好像出现了无数风洞似的沙哑了。此时的阿仁确实呈现出超越人类日常性的异常丑怪的模样。我一边移开视线,一边残忍地想道:"阿仁最终将因心脏病发作而死去吧。"事实上,阿仁对鹰四讲述了迫近自己的死亡预感,据说她担心自己肥胖的身躯能否顺利放入火葬场的炉子。

"阿仁觉得自己胖得几乎什么也做不了,每天还必须大量进食,并将继续胖下去,这样的生活完全没有意义。听见胖得出奇的四十五岁女人,再次表明自己大量进食的日子是无意义的,这实在发人深省。阿仁并非心血来潮,她从各个角度确实感到自己的生存是无意义的,却从早到晚不停地吃那么多廉价食物，她的厌世情绪意味深远。”鹰四满怀同情地说道。

“把S哥的骨灰从庙里拿回来吧，我也想看看庙里的地狱图，今天就去看看。”我说完便走出土屋。这时，从背后传来阿仁低低的嘟囔声：“如果老二S还活着，就不会卖什么仓房！蜜三郎当家长，哎呀，不行！不行啊！”嘶哑声中包含着挖苦意味，但我未加理会。

仓房位于上房与独间之间的里院深处，我去那里找弟弟他们。灌了防火用灰泥的厚门自不待言，就连由铁丝网和木板做成的双重内门也敞开着。朝阳洒满了楼下的两个屋子，这使得屋内四壁的光叶榉木料的黑色及墙壁的白色分外明显，不过屋里空无一人。我走进屋子，查看刻在横梁和门楣表面木框上的许多刀痕，它们仍保持着粗暴的表情，这与威慑孩提时代的我毫无二致。里屋壁龛上挂着一幅扇面，扇底已变为棕色，用墨笔写的幼稚而拙劣的拉丁字母依稀可辨，其右下角的署名John Mang，在二十年前S哥教我读时已不很清楚了。曾祖父偷偷穿越森林，前往高知的中之浜见一位从美国归来的流浪者。S哥说，这就是当时曾祖父请他写的字母扇面。

二楼传来轻轻的踏步似的声响。我正要爬上狭窄的楼梯，右太阳穴却撞在裸露着的硬木料角上，痛得呻吟起来。发热的微粒子，在我那只瞎眼的球状黑色体内交错飞舞，令我想起威尔逊雾箱中飞舞的荷电粒子，也令我想起过去严禁进入仓房的禁忌感。我就这样茫然地呆立了一会儿，而后发现擦拭脸颊的手掌上沾着泪水与血。我用手绢按住太阳穴。这时，鹰四从二楼探出脑袋嘲弄我：

“阿蜜，你来菜采和其他男人的幽会地时，总是敲墙警告后静静地等待吗？这对于通奸者真是难得的好丈夫！”

“你的亲兵不在吗？”

“他们正在修雪铁龙。对于六十年代的小年轻来说，椽子结构什么的毫无魅力。即使告诉他们在密林环抱地区仅此一处，他们也无动于衷。”鹰四孩子气地向他背后的嫂子炫耀着这种建筑式样。

我上了二楼。只见妻子正抬头看支撑着椽子结构的光叶榉木大梁，未注意太阳穴受伤正流血的我。我每次撞了头，都会成为莫名羞耻心的俘虏，所以这样正好。不久，妻子陶醉地叹息着回过头来说道：

“好大的光叶榉木啊！看上去还能支撑一百年呢。”

我发现妻子和鹰四都面红耳赤。这令我感到弟弟所言“通奸者”这一词汇的细微回声仍徘徊在仓房顶棚的梁柱间。然而，这感觉没有实质性意义。自婴儿事件后，妻子就从意识中摘去了所有的性欲萌芽。我们都有一种切实的预感，由于接近性问题，我们都发现也许必须彼此忍耐嫌恶感和痛苦。妻子和我都不希望忍耐，所以我们很快放弃了性问题。

“如果森林里随处可见这么大的光叶榉树，那么仓库很容易建起来吧。”

“不一定吧。对于曾祖父他们来说，盖这间仓房似乎负担很大，倒可以说这建筑物似乎很特别。”我慢吞吞地说道，尽量不让妻子发觉我正忍受着太阳穴伤口的疼痛，“即使光叶榉树很多，这仓房也是在村子经济疲软至极时建成的，所以感觉一定很特别。实际上，就在它建成的那年冬天便发生了农民武装起义。”

“真是不可思议。”

“也许正是因为事先预感到要发生武装起义，曾祖父才觉得有必要建一座防火建筑吧。”

“阿蜜，我对如此深谋远虑的保守派曾祖父感到厌恶。他弟弟也一定感到了这点，所以他反抗兄长，成了农民们的领袖吧。他是反抗派，他看到了未来的方向。”

“阿鹰，和他弟弟相比，曾祖父或许也充分看到了未来的方向，实际上，他去高知带来了新知识。”

“去高知的是曾祖父的弟弟吧？”鹰四反驳道。他希望如此，所以有意选择谬误。

“不是，最先去高知的是曾祖父，不是他弟弟。只是后来有一种说法，说他弟弟在武装起义后逃往高知再没回来。”我心术不正地粉碎了他的错误记忆，“如果兄弟二人中的一人穿越森林见到约翰·万次郎，并获得新知识之事属实，那么可以证明那人就是曾祖父。回国后的约翰·万次郎只在高知待了一年,那是嘉永五年至六年的事情。万延元年[1]暴乱时,曾祖父的弟弟十八九岁。假如曾祖父的弟弟在嘉永五年或六年去了高知,那么他是十岁左右穿越森林,那是不可能的。"

"但为了武装起义,在森林深处开辟一个练兵场训练粗野的农家子弟们的是曾祖父的弟弟。而且,那些训练方法应来自在高知获得的新知识。"鹰四虽然有些动摇,但仍固执己见,"成为镇压武装起义方的曾祖父,不可能把以暴动为目的的民兵训练法传授给弟弟吧?难道他与敌人合谋发起了暴动吗?"

"也许吧。"我故意冷静地说道,但我听出自己的声音因焦躁而变得尖厉起来。我从小就得经常反击鹰四,他总想给曾祖父的弟弟带上英勇反抗者的光圈。

"阿蜜,你流血了?又撞头了吧。"妻子注视着我的太阳穴,"你为什么对如梦般的往事那么着迷?连伤口流血都不顾……"

"如梦般的往事中也有重要内容。"鹰四第一次在我妻子面前表现出明显的不悦。

妻子从我垂着的手中取下紧握着的手绢擦拭我的太阳穴,并用沾在手指上的唾液濡湿伤口。弟弟注视着我们,那目光仿佛在看隐蔽的肉体接触。随后,我们三人陷入沉默,仿佛为了避开彼此的身体似的,我们拉开距离走下楼梯。仓房里灰尘不多,但在那里待一会儿后,仿佛鼻孔里紧紧地粘了一层灰尘膜似的,有一种满是粉尘的感觉。

午后稍迟,我与鹰四、妻子,还有两个小年轻去寺院取S哥的骨灰。阿仁的儿子们预先跑去联络了,所以寺院应该会像浴佛节时那样,将曾祖父捐赠的地狱图也展现在正殿。我们来到停在村公所前广场上的雪铁龙处,村里的孩子们或嘲笑这旧车的老朽,或讽刺我那紧贴在右耳上的宽大的橡皮膏。我们不理会这些。惟有妻子自昨夜未喝威士忌以来,一直处于一种恢复期的愉悦中,连孩子们对驶出的雪铁龙发出劈头盖脑的骂声都令她感到有趣。

当我们乘车进入寺院时,那曾与S哥同窗的住持正与一位年轻男

---

① 即公历一八六〇年。

子站在院里说话。我发现他的容貌与我记忆中的完全没有变化。那银光闪闪、理得短短的少白头上,附着一张如鸡蛋般清洁的善良笑脸。他曾和一位小学女教师结婚,但女教师和旧时同事之间公然传出艳闻,在山谷弄得人人皆知后逃去城里了。他仍浮现出虚弱的孩子似的微笑生活着。对于了解在山谷社会生活中,如此灾难将带来怎样残酷影响者来说,这或许会留下特别印象。总之,他度过了危机,并未失去温和的微笑。可是和他说话的那位青年却相貌粗犷,与他截然相反。我们山谷有这样两种脸形,大部分人的脸形可归为其中某一类型,但是这位警惕地注视着从雪铁龙上下来的我和妻子的青年,其脸形的确很有特点。

“那个男的是山谷养鸡青年小组的核心人物。”鹰四告诉我和妻子。

鹰四下了雪铁龙便走近那位青年低声交谈起来。他似乎为见鹰四才在寺院等候的。在他们进行排他性谈话期间,住持、我和妻子只得相互交换着暧昧的微笑等待着。青年长着溜圆的大脑袋,额头如头盔般宽广地伸展并弯曲着,所以整个头部看上去像是面部的延续。那向两侧突起的颧骨、宽厚的下巴,简直是个海胆精。而且,他的小眼睛和薄嘴唇又都集中在鼻子周围,脸看上去像被巨大的牵引力扯向两边。我不仅从他的容貌,也从他与鹰四交谈时露骨地表现出的不必要的傲慢态度中,感到某种东西正被唤起。那并非记忆,而似散发着灾难气息的预感。当然,我的自我封闭倾向越来越严重,每当遇到新的、有特色的事物,总会引发如此反应。

鹰四仍与青年小声交谈着,并把他带到雪铁龙处。高中生年龄的小青年们依旧待在他们最舒适的窝——雪铁龙里。鹰四让青年坐在后排座位后,向司机星男发号施令,雪铁龙便向山谷入口处驶去了。

“运鸡蛋的小卡车坏了,他来求阿星修理发动机。”鹰四解释道,天真地向我炫耀惟有他才能接近山谷青年小组。他一定认为自己挽回了在曾祖父去高知的争论中所处的劣势,从而使受到伤害的孩子气的竞争意识恢复了平衡。

“你不是说鸡快饿死了吗?”我问道。

“那是因为山谷那帮年轻人做事乱来。鸡蛋销售不顺利,饲料费也不够，应制定根本性对策，可他们满脑子都是鸡蛋运输车的事！当然，如果小卡车也坏了的话，那就一发不可收拾了。”住持替鹰四回答道，脸上现出腼腆的微笑，仿佛作为山谷人，他也与青年们同样感到了羞愧似的。

我们走进正殿看了地狱图。我在体验了黎明时分一百分钟的穴居生活后不久，于四照花树的树叶背面——那映照着阴郁日光的树叶背面，看到了燃烧般的红色。现在，我又在地狱图的火焰河与火焰林中再次发现了它。特别是火焰河，那红色的波浪中满是发黑的斑点，就那么与完全变红了的、现出点点斑痕的四照花树的树叶的记忆联系在一起。我立即凝神于地狱图。火焰河的色彩和精心细致地勾勒出的柔和的波浪线，令我的心绪平静下来。许多平静的情感从火焰河注入我的灵魂深处。火焰河里有许多死者仿佛被狂风吹动着似的，他们头发倒竖，举起双臂呼叫着。也有死者仅将瘦骨嶙峋的屁股和腿脚伸向空中。他们苦闷的表情中也有使人心情平静之处。因为他们的样子虽然明显地沉入痛苦中，但表现他们痛苦的肉体本身却有着庄重的游戏印象。他们看上去已习惯了痛苦。那些在岸边裸露着冷冰冰的阴茎，头部、腹部、腰部正遭受燃烧着的岩块袭击的死者们，也给人留下同样的印象。女死者们正被挥舞着铁棒的鬼怪赶往火焰林，甚至令人感到她们想继续非常亲密地和鬼怪们牢牢保持折磨与被折磨这一相互关系的锁链。我对住持解释了我的理解。

“地狱里的死者们确实痛苦得太久了，所以已经习惯了痛苦，倒不如说也许只是为了保持秩序而表现出痛苦的样子。这地狱受苦时间长短的定义实在有些偏执。”住持同意我的观察。“比如在这焦热地狱里，以人间一千六百年为一昼夜的单位计算，一万六千年才是这里的一昼夜，所以，确实很长啊！而且在这个地狱里，死者都要按这最长单位一直受苦一万六千年，无论怎么难以适应的死者都会在不知不觉中习以为常吧。”

“阿蜜，这大石块似的脸朝对面的鬼怪精神抖擞地辛勤劳作着，但不知是肌肉的阴影还是伤疤，浑身都是黑洞，整体上显得很颓废，倒是被他殴打的女死者看上去挺健康，确实令人感到死者与鬼怪很亲近，他们已不觉得鬼怪们可怕了。”

妻子也赞同我的看法。当然,看样子她并未理解我从这张地狱图上感受到的宁静,倒是早晨以来的好心情的光彩正逐渐褪色。而且我注意到鹰四转过脸去,谁也不看,把身体转向正殿安放佛像处的金色黑暗,顽固地沉默着。

“阿鹰,你怎么认为?”我招呼他。他并不理会我,只冷冷地回过头来,用郑重其事的口吻说道:

“阿蜜,我们该去取S哥的骨灰了吧,这比画重要。”

住持的弟弟正从正殿木板窗外狭窄的走廊上看稀奇似的看着我们。于是,年轻住持让他带鹰四去取骨灰盒。

“小鹰从小就怕地狱图。”住持说道。而后,他把话题转回到见鹰四的青年身上,开始评价当今山谷的日常生活。“村里人无论考虑什么问题都没有长远规划,所以马上陷入困境,跌得满地乱滚。像来找小鹰朋友修小卡车的那个青年所属的小组,他们养鸡失败的事就是典型例子。只在眼前的无聊事上花时间磨蹭,结果到了一切不可收拾时,他们会不负责任地认为反正凭借外力局面也许会发生变化。特别是超市问题就是这样。村里的商店,除了一间酒铺兼杂货铺,而且是酒铺部分没倒闭外,都因进入山谷的超市所造成的压力倒闭了。可是,商店的那帮人不但不进行自卫,反而大都以某种形式从超市借钱。也许他们期待着当借款人无力还债、局面不可收拾时,超市会忽然消亡,没有任何人来催讨欠款这样的奇迹出现吧?仅仅一家超市,就把山谷人们,用老话讲,赶进了全村逃亡的境地啊!”

这时,鹰四抱着白布包从灵堂返回。与刚才的抑郁截然不同,他甚至显出一丝愉悦之情。

“阿蜜,S哥的铁眼镜框和骨灰一起在骨灰盒里,所以我清楚地回忆起了戴眼镜的S哥的模样。”

山谷青年小组的一位成员替星男和桃子把雪铁龙还到寺院。我正要上车时,鹰四却露骨地说道:

“S哥的骨灰盒由菜采拿吧。阿蜜经常不小心碰到脑袋,做不了搬运工。”

我想这不仅因为鹰四敬爱S哥,他也想尽可能把像老鼠的我与S哥分开。鹰四让抱着骨灰盒的妻子坐在助手席上,一边开车一边追怀S哥的往事。我在后面座位上蜷腿躺下,反复回味着地狱图的火焰色。

“菜采,你还记得海军飞行预科实习生的冬装制服吗?S哥在盛夏时节,身着藏蓝色冬装,拿着军刀,穿着飞行员的半高勒儿皮靴爬上石板路。每当遇到山谷人,他就像纳粹军人那样,跺响半高勒儿皮靴的后跟敬礼。我觉得那硬邦邦的皮后跟发出的咔嚓声,和‘根所S二,现在复员回来了!’的威武声好像现在仍响彻山谷。”

鹰四是如此说的,可我记忆中的S哥却与这种外向型的活泼无缘。复员回来时,上桥前他确实穿着海军飞行预科实习生的冬装制服,但他在桥上扔掉了帽子、半高勒儿皮靴和军刀,将上衣脱下夹在腋下弓着腰爬上石板路。

“S哥被打死那天的情景,我记得更清楚,现在还经常出现在梦中,每一个细节我都记得非常清楚。”鹰四对妻子说道。

S哥脸朝下摔倒在碎石子和白色粉末状的干泥巴上。那碎石子已被踏得粉碎、棱角圆滑。在秋天清澄的阳光下,不仅公路,那被野草覆盖的悬崖,悬崖对面芒草丛生的斜坡,以及遥远的河滩都反射着白光。而且,这一片白色中,河流燃起最强烈的白色。S哥头朝河那边,脸颊贴着地面。鹰四弯腰蹲在他头旁五十厘米处。狗发出磨牙般尖细的呻吟声,围着他们乱窜。鹰四和狗也泛着白色。被杀的S哥、鹰四和狗都被蒙上了一层白色的光云。鹰四的大拇指边上的小石粒,一滴泪水在小石粒的灰尘膜上留下一点黑色斑痕,但它转瞬便干了,犹石粒上仅留下一个发白的燎泡。

S哥的光头被打烂了,像个黑色扁平袋子,露出红色物体。头和其中露出的物体都干了,犹如被曝晒的纤维质。除了被太阳晒得炽热的泥土和石子外,一切都没有气味,就连S哥那被打烂的头也像纸工艺品般没有气味。S哥的双臂如舞者似的,随意松软地举在双肩上。双腿呈边跳跃边跑状。他身穿海军飞行预科实习生上体育课时穿的衬衫和裤子,从中伸出的脖颈、臂腕、脚上的所有皮肤都像鞣皮似的发黑,这使黏于其上的泥土的白色更显眼。不久,鹰四注意到一群蚂蚁排着整齐的队伍进入S哥的鼻孔,并各自衔着一粒红色的小颗粒从耳孔撤出来。鹰四心想,S哥的尸体之所以干燥收缩并不发出任何气味,这都有赖于蚁群的工作。如此下去,S哥会像取出内脏晾干的干鱼般变成剥制标本吧。蚁群把紧闭的眼睑内侧的眼睛吃光了。眼睑深处现出核桃大小的红色的洞,其中泛红的微光把往来于耳鼻三岔口的蚂蚁们的细腿照得亮闪闪的。S哥的面部肌肤上有一层如发黑的玻璃般半透明的薄膜,可见其下有一只蚂蚁淹死在血滴中……

“这些不全是阿鹰你实际看到的吧?”

“当然这是在梦幻世界中被附加上去的。但现在我不知道S哥被打死那天,我在离桥一百米下方的公路上看到的事实在哪里与梦幻接合?因为记忆在梦幻的滋养下快速地成长着……”

我本人没有自发的动机去挖掘有关S哥之死的记忆。但为了鹰四的精神健康,我感到有必要指出,他的记忆根本上被梦幻的创作所支配,这情况比他本人意识到的还要严重。

“阿鹰,你相信是阿鹰亲眼所见并不断更新的记忆,其实一开始就只是一个梦幻。S哥干燥的尸体印象,也许是你根据被轮胎轧后晒干了的癞蛤蟆的记忆虚构的。你所描绘的S哥被打烂的黑脑袋和其中的露出物,显然让人联想到被轧扁的癞蛤蟆,想到那内脏腐化流出的被轧扁的家伙。”我评论道。而后,我对鹰四的记忆提出反证。“你绝对不可能看到死后的S哥,尤其不可能看到倒在公路上的他。只有拉着手推车去领尸体的我,和帮我装尸体的朝鲜人村落的人们才能看到。朝鲜人确实打死了S哥,但他们亲切和善地对待死去的S哥,就像对待自己家人的尸体似的充满了爱心。他们还给我一块白绢布,我用布盖住手推车上的S哥。为了不让它随风飘动,我在布上压了许多小石子,然后推着沉重的手推车返回山谷。我觉得手推车放上重物时,推比拉容易保持平衡。而且,我怕尸体掉下来,或变成鬼怪站起来咬我,所以始终警惕着。我把S哥运回山谷时已是傍晚时分,但石板路两旁的人家没有一家大人出来,孩子们也只是躲着偷看。他们觉得死去的S哥好像灾难的媒介物,害怕自己受到牵连。我把手推车放在广场上暂且回家,只见你嘴里含着一大块糖,两边嘴角流着深棕色口水站在土屋里。

那口水就像村里上演的剧中，服毒者紧咬的牙缝中流出的血。妈妈卧病不起，妹妹也学着妈妈的样子装病躺在她身边。总之家里没有一个人帮我，于是我去叫正在仓房后面地里劈柴的阿仁。她还是个苗条而健康有力的姑娘。我和她下到广场，发现手推车上的白绢布被盗了，尸体露在外面。我记得当时S哥的身体完全收缩了，看上去只有躺着的孩子那么大。浑身沾满了干泥，散发着血腥味。阿仁和我想抓住他的肩膀和腿抬上去，但太重抬不动，我们也会沾上血污。于是，阿仁叫我回去拿收好的防空演习担架。我正费劲地想拉下挂在土屋房檐上的担架，这时听见妈妈正对妹妹评论你我的容貌。我记得你当时好像还在土屋的黑暗中吃糖，看都没看我一眼。S哥的尸体直到晚上才从石围墙下的路上搬上来，然后就放进仓房了，所以你最终什么也没看见吧？”

鹰四开着雪铁龙认真地注视着前方，我只观察到他从脖颈至耳根通红并微颤着，时而从嗓子深处发出含糊不清的“啊啊”声。我的怀旧谈对其记忆世界进行了根本性修正，他显然受到了冲击。我们默默地行驶了一阵子。而后，妻子仿佛安慰鹰四似的说道：

“不过，说阿鹰一直站在土屋里，对装在手推车里运回的S哥的尸体漠不关心，这有点不自然吧。”

“我差点忘了。”我到达记忆的另一深层说道，“我命令阿鹰不许从土屋出来，为了让他听话我才给他糖。而且，我和阿仁之所以专门从石围墙下的路上把尸体搬上来，也是为了不让土屋里的阿鹰和睡在榻榻米房里的妈妈、妹妹看见S哥的尸体。”

“我确实记得糖的事。不过，那是S哥用短剑柄把第一次袭击朝鲜人村落时抢来的大块糖板砸碎后给我的。我连那把海军短剑的形状和颜色都记得很清楚。之后，S哥再次去袭击，被打死了。总之，S哥送我战利品糖时兴高采烈，非常快活。我想，他是为了让我这个小弟弟和他本人更激动，而特意用了海军短剑的剑柄。身穿洁白衬衫和裤子的海军飞行预科实习生，倒握短剑砸糖板，我至今仍在梦中见到这令人陶醉的情景。梦中的S哥总是面带明朗的微笑，挥舞着闪闪发亮的短剑。”鹰四充满热情地说道。他似乎相信，被我修正意见刺伤的部分因此将得以立即治愈。

我以自己的订正为诱饵，希望重新引出鹰四记忆中的谬误，而后再次击垮它。我从中发现了一种世故的快感。虽然我对如此自己感到厌恶，但我仍热衷于从鹰四刚刚在妻子头脑中形成的S哥的肖像上剥去英雄的光环。

"阿鹰，这又是来自你梦幻的记忆。仅仅是梦幻中的发明，却在你记忆中与实际发生之事以同样密度固定了下来。第一次袭击时，S哥和他的同伴确实从朝鲜人村落抢来了私酿酒和糖。可是，S哥复员回来后立即想让妈妈去精神病院做检查。从那时起，他和妈妈的关系就恶化了。他羞于让妈妈知道他抢回了糖，就把糖藏在仓库的稻草堆里。我把糖偷出来自己吃了，也给了你。更直截了当地说，S哥不可能在第一次袭击后兴高采烈。为什么呢？当时，朝鲜人村落已经死了一个人。第二次袭击原本没有攻击目的——山谷的日本人方面也牺牲一人偿命，想彼此不告到警察处就把问题了结。可是在赎罪的袭击中，谁承担被杀的任务？答案早有了。也就是说，S哥知道那是他的任务。关于S哥在这两次袭击期间是什么样子，我只有一个模糊的照片似的记忆，但那不是我想象出来的照片。当时，其他人喝了抢来的私酿酒醉了。我记忆画面中的S哥却没喝酒，他在仓房里屋的暗处，一动不动地脸朝对面弓腰躺着，也许是在看壁龛处约翰·万次郎的扇面。我记得我在那时找出他藏的糖，放一小块到嘴里，却被他发现了，觉得很不好意思。不过，那也许是不久我理解了他的内心——觉得在朝鲜人村落的偷盗是可耻而愚蠢的，之后虚构了这个和阿鹰一样的梦幻记忆，因为我也确实经常梦见S哥。在我们成长的各个阶段，S哥的死发挥了重要的影响力，所以我们做了很多有关他的梦。可是，现在和阿鹰说起来，我发现你我的梦境似乎气氛完全不同。"我说道。我已后悔过于深究鹰四，所以提供了和解的话头："也许你我接受S哥之死的影响方式完全不同。"

鹰四沉思着，并不理会我的和解活动。他正摸索自己记忆世界与梦幻领域中每个可疑的角落，策划一举推翻我记忆力的霸权地位。此前，妻子一直被认为不过是局外人，然而我和弟弟的争论在她心中引发了棘手的不安。

“为什么S哥明知将被杀死却参加了袭击,而且果真被杀？为什么S哥必须担起赎罪的任务？想到一动不动地躺在仓房深处黑暗中的S哥,我就觉得害怕。而且,想象一个年轻人等待着第二次袭击的到来,这让我怕得要死。特别是今天早上看了仓房,所以不由得进行具体的想象,就连你们S哥的脊背我都能清晰地想象出来。”妻子说道。现在,妻子正从通往威士忌的心理蚁穴的斜坡猛然下滑。从昨晚至今早刚刚开始的新的戒酒生活将遭受挫折。“被杀掉偿命的,为什么必须是S哥？是因为他在最初的袭击中杀死了朝鲜人吗?”

“阿蜜,不是那么回事吧?”鹰四认真地插嘴道,“只是因为他是领袖。不用你说,我也知道这来自梦幻记忆,我觉得我记忆中有一个壮烈场面——身穿海军飞行预科实习生冬装制服的S哥,指挥着山谷青年团向朝鲜人村落顽强不屈的精兵们挑战。”

“阿鹰,追溯你记忆的谬误,就发现其中注入了一个热切的愿望,这是显而易见的,我也有同感。但是,S哥绝非山谷青年们的领袖,事实恰恰相反,这连十岁的弟弟都看得很清楚。人们甚至常把S哥当作消遣的玩意儿。因为在战后不久的山谷里,不可能有人思考并同情复员回来那天S哥的古怪举止基于怎样的内在动机。说真的,S哥是人们的嘲笑对象。在山谷的村子里,这种恶意嘲笑将发挥多么惊人的破坏力,恐怕你们两人都不能完全理解。在复员回山谷的年轻人中,S哥是惟一的窝囊废吧——他没有以身相许的女友。即便如此,S哥总算作为男人加入了村里的共同社会,但在被迫袭击朝鲜人村落的蛮横的复员军人团体中,他终究年纪最小,而且身体瘦小无力,胆子也小。说到为什么要袭击朝鲜人村落,那是村长及从事农业生产的有势力者怂恿青年们,逼得他们不得不为之。最初的起因是进行黑市交易的朝鲜人团伙多次揭发村里的农户藏匿大米,然后朝鲜人把那些大米卖到地方城市。对于做了假申报藏匿大米的农户来说,依靠警察力量反而不利,所以寄希望于拥有与朝鲜人抗衡力量的山谷蛮横势力,那蛮横势力的成员大都是农家子弟,所以也有参加袭击的阶级必然性。不过,我们家的农田经营在农田解放前就失败了,我们没有一粒藏匿的大米,倒是阿仁和朝鲜人搭上关系偷买黑市米。可是,S 哥还是参加袭击了。当他粗暴的同伙杀死朝鲜人后,他便接受了替罪羊的任务。这对于孩提时代的我是无法理解的。病中的妈妈说,想带她去精神病院的 S 哥才真疯了。甚至在阿仁将 S 哥的尸体弄干净后,妈妈都不来仓房看,因为她对 S 哥愚蠢而绝望的冒险感到生气,结果真的憎恶起 S 哥,也就没为他举行葬礼。只是战时遗留下来的居民小组的成年人们,在阿仁的请求下火葬了尸体。于是,S 哥的骨灰至今一直被扔在庙里。如果正式举行葬礼,那么把骨灰盒放进根所家的坟墓不是很简单吗? 妹妹的骨灰早就放在里面了。”

“是被迫的吗?”妻子特地问鹰四,但他未回答。他之所以嘴巴紧闭,是因为我触及了妹妹的死。

“我不认为是被迫的,他也许主动向伙伴要求接受任务。可是,被打死的 S 哥的尸体被伙伴们遗弃了,所以我不得不拉着手推车去领尸体。”

“为什么呢? 为什么?”妻子非常胆怯地继续问道。

“我不可能进行事后调查。那帮参加袭击并亲眼见到 S 哥被杀死后逃回来的家伙们,当然不想和 S 哥的遗属有什么联系,我不可能从他们那里打听出什么。那帮人现在也几乎不在山谷了吧,其中有人去地方城市做了职业罪犯。那是我高中时,看到地方报上的大篇报道才知道的。我一直怀疑袭击时是否那家伙杀死了朝鲜人,看到报上的相片,我立即明白了,杀人会成为习惯吧。”

我想换一个话题使问题一般化,但陷入恐慌的妻子不配合,她执拗地追问想缄口不语的鹰四。

“阿鹰,在你的梦幻记忆里,为什么? 为什么呢?”妻子反复询问,强迫鹰四回答。

“梦幻记忆?”鹰四发挥出自幼即有,但并非天性的坚韧的忍耐力,开始说话,但他并未充分回答妻子的提问,“我在梦中从未怀疑过 S 哥为什么非要接受那项任务,因为他确实是作为生来就具有牺牲精神的英雄形象存在于我的梦中。而且,无论是否在梦中,我都未曾像阿蜜那样用批判的目光对他。现在听你问为什么,反倒是我受了打击。为什么？这种事没必要在梦中问他。而且在二十年前的现实世界中，据阿蜜说，我当时在大口吃糖，所以肯定也不可能问为什么。”

“为什么？为什么呢？”妻子遭到鹰四礼貌的拒绝，便不再问我们，但她自己内心的空洞发出一连串“为什么？为什么？为什么为什么为什么？”的回响。“那是为什么呢？太可怕了！想象在仓房暗处，年轻人一动也不动地躺着，那纹丝不动的圆脊背真让人觉得可怕！我今天晚上肯定会在梦中见到这情景，像鹰四那样让它扎根在自己的记忆里……”

我对弟弟说，让他把雪铁龙开回住持所说的那家酒铺兼杂货铺前。我们早就回到村公所广场，把车停在那里说了很久。我们买了一瓶廉价威士忌从石板路返回。

妻子一到家便立即喝起威士忌。她不理睬我和鹰四，默默地面对地炉端坐着，慢慢地，却是扎扎实实地沉入醉意中，令我想起第一次见她喝醉那天的情景。那书库里的她与现在的她——被山谷铺张之家昏暗的照明与地炉火光夹击着的她，显然非常相像。这从鹰四的眼中也很明了。他现在第一次看见妻子醉成这样，虽然装作漠不关心，但从他确实受到震撼的眼中，我找到了我在那天的一切情感体验。鹰四回国后，妻子常在他面前喝醉，但那是亲人团聚范围内的醉，而非从其眼睛和皮肤表层即能看到通往灵魂深处令人厌恶的黑暗螺旋梯梯口的醉。她冒出细密的汗水，汗水如虱子般密密麻麻地附在她狭窄的额头、黑眼圈、翘起的上唇，还有脖颈上。眼睛通红的她，已在我和鹰四存在的引力圈外，并沿着通往散发出劣质威士忌酒气、如湿淋淋冒出汗水般不安的灵魂深处的螺旋梯，缓慢地，却是扎扎实实地降下。

妻子对外部一概漠然不理，所以和星男一起回来的桃子做了晚饭。星男把引擎拆开了运来。在骨瘦如柴的四个孩子的注视下，他继续修理引擎。土屋里充满了透明的、如烟雾般淡淡的汽油味。至少星男成功地令四个孩子转反感为尊敬了。我也觉得自己从未见过像他那么勤快的小年轻，便放弃了对他的先入之见。他来山谷后充满自信，我甚至感到他滑稽的脸上似乎呈现出一种美丽的和谐。我和鹰四喝着威士忌，躺在沉默不语的妻子的正对面，将死去妹妹收集的老唱片放在老式手提留声机上听——李帕蒂[1]在其毕生最后的音乐会录音里弹奏肖邦的圆舞曲。

"妹妹听钢琴的方式很特别,她决不放过每一个音符,所有音符都认真听。无论李帕蒂弹得多快,她都能听出钢琴发出的每一个音,也能把和弦一个个地分解出来。妹妹曾经告诉我,这张唱片的降 E 大调圆舞曲里有多少个音符。我是个笨蛋,把那数字写在笔记本上丢了。妹妹的耳朵确实不一般。"鹰四用低沉嘶哑的声音说道。我想这也许是妹妹死后,弟弟第一次主动谈起她。

"妹妹能算出那么多数字吗?"

"不能,所以她用铅笔在大纸上点满了像小垃圾似的点,那画面好像把银河的天体照片仅仅临摹成了清晰的点,那就是作品十八号圆舞曲的总音符量。我费了很长时间计算那张图表,却把计算结果弄丢了,实在遗憾!我认为妹妹铅笔点的数字一定正确。"鹰四说完后,却忽然抚慰起我来,"这样看来,阿蜜夫人也很特别啊。"

我想起那位把脑袋涂成朱红色上吊自杀的友人,鹰四说那是个很特别的人。把那句话与其现在所言重叠在一起,令我感到深深的震撼。如果他说 S 哥也是很特别的人,那么我已不想对其梦幻记忆进行任何自作聪明的修正。那是真正感到他们所有死去的人们、被无法言传的不安纠缠着的人们灵魂深处存有某物之人说出的话。

① 迪努·李帕蒂(Dinu Lipatti,1917—1950),罗马尼亚钢琴家。

五、超市天皇

严冬时节晴朗的早晨，土屋的手压抽水泵冻住了，我们便在隔着一块狭窄的桑田，即与灌木茂密的山腰相连接，我们曾把它叫作世田和的狭长后院的井中放入重重的吊桶打水。弟弟独占了第一桶水，他没完没了地洗脸、洗脖子，连耳背都洗了，并露出上身，执拗地搓胸部和肩部。我站在旁边，无聊地等他让出水桶。这时，我发现小时候怕冷的弟弟改变了性情。他也许是故意露出脊背让我看，那上面有一块遭钝器殴打后皮肤和肌肉组织溃烂留下的乌黑疤痕。我第一次见这疤痕，仿佛自己肉体遭受的痛苦记忆复苏了似的，胃部感到一阵可恶的压迫感。

吊桶还未轮到我时，桃子带着海胆怪物穿过土屋来到世田和。这相貌粗犷的山谷青年在寒气逼人的早晨，只穿了条草绿色工作裤和一件袖子长得盖住一半手指的衬衫。他一边不停地哆嗦，一边低垂着又圆又大的脑袋，看样子只要我在那里，他便不会开口与鹰四讲任何话。他脸色苍白，这似乎不仅由于寒冷，也由于发自体内的深度疲劳。我最终放弃了洗脸的念头，回到地炉边，以给他们密谈的机会。不过，我现在对不洗脸也无动于衷。至于牙，由于数月未刷，已像兽牙般黄了。而且，这性格改造并非有意为之，是亡友和入住福利院的婴儿在分别之际留给我的。

“阿蜜，那年轻人不觉得冷吗？在庙里时，他也是穿初秋的服装……”妻子顾虑到鹰四他们，悄声问道。

“觉得冷吧，刚才哆嗦得很厉害呢。他为了做一个具有禁欲主义忍耐力的怪人受到同伴们注目，才在隆冬时节也不穿外套和上衣。也许只凭这些，在山谷里也是很难赢得尊敬的，但加上那家伙的容貌和无视他人的表演，还是很独特的。”

“如果只凭这些就能产生青年小组的核心人物，这也太简单了。”

“不过，装得这么天真的怪人的心理结构未必简单，这里潜藏着村子年轻人的政治复杂性。”我说道。

不久，鹰四与青年极亲密地并肩回到土屋，他用力与青年握手，那气势令旁观者都感到鼓舞，而后送走了一直沉默的青年。就在青年跨过门槛的那一瞬间，我看见在户外阳光的照射下，刻在青年宽脸盘上的粗野的忧郁中带着排斥力，使得正窥视他的我即刻畏缩起来。

“阿鹰，出了什么事吗？”妻子也和我一样畏缩了，她胆怯地问道。

鹰四并不直接回答，好像正在训练的拳击手，把毛巾围在脖子上来到地炉边。仿佛正忍耐着异常滑稽之事，又仿佛刚刚接触了无可挽回的凄惨景象，他的面孔被撕裂在方向相反的两种激烈情感之间。而且，他一边用凶猛而充满热情的目光试探性地注视着我和妻子，一边大声笑道：

“说是不知因为饿，还是因为冷，几千只鸡全都死光了，哈哈！”

我的心为倒下死去的数千只不幸的鸡所压倒，在刚从鹰四的表情中看到的滑稽与悲惨混杂的不安中沉默了。我想象虽然装出不怕冷的样子却哆嗦不停的海胆怪物及其伙伴们呆立在数千只干瘦的死鸡堆前的景象。于是，连我都被他们巨大的困惑勾起一阵嫌恶与羞愧感。

“所以，他来求我和超市天皇商量如何处理这几千只死鸡。我不能不管，去一趟城里吧。”

“超市天皇？就是和超市连锁店老板商量，死鸡也不可能变成商品吧。是想大量制作固体汤料吗？”

“养鸡费多半是超市天皇负担的。虽然青年小组想从超市的控制中独立出来，但考虑到购买饲料和鸡蛋上市过程，就很难摆脱控制了。所以，现在鸡都死光了，青年小组受到的损失也是投资人天皇的损失。大家希望我和天皇交涉，多少削弱一点他向青年小组追究责任的锋芒。不过，都是愚蠢之辈，所以小组中也有些幻想家吧，他们幻想超市天皇也许会为他们想出一个有利的处理办法。”

“如果山谷人吃了几千只死鸡中毒了，那可就没救了。”我甚为忧郁地叹息道。

“饿着肚子冻僵的鸡，也许和冷冻加工的清洁蔬菜一样卫生。我去要上两三只不太瘦的来，权当去城里的报酬，也好让阿仁摄取点蛋白质，怎么样？”鹰四说完，妻子如此答道：

“虽然阿仁有贪食症，但动物蛋白对肝脏不好，听说她基本不吃。”

匆忙吃早饭间，鹰四就驾驶青年们的卡车往返城里所需的时间和燃料补给地点之间的距离问题与星男进行了详细交谈。星男的汽车知识的确实用而全面，只要鹰四提出问题，他便简单明了地予以回答，整个谈话过程干脆利落。当星男就卡车引擎的缺陷进行说明时，他确切地预料到，在穿越森林的数小时中必将发生机械故障，最后决定星男也一同前往。

“阿星是专门修理破旧汽车的，只要带上他，不管开什么车跑长途，真没问题！越烂的车，阿星越了解它的构造，带阿星去一定有用。”桃子努力表现出公正的态度，而后发出孩子气的、充满了羡慕的叹息声：

“啊！文明社会现在正上演什么电影呢？碧姬·芭铎还活着吗？”

“把桃子也带去吧，不到二十岁的小姑娘说话太夸张了可不好。”鹰四说完，桃子浑身透出喜悦，脸上也露出了天真的微笑。

“阿鹰，开车要小心，森林里的路都结冰了吧？”

“OK，尤其在回来的路上我会小心的。因为我要给菜采买回半打威士忌，是比村里买到的好一些的。阿蜜有什么要我办的吗？”

“没有。”

“阿蜜现在于人于己都无所求了！”鹰四嘲弄冷淡的我。

我觉得，鹰四准确地嗅出我内心缺乏“期待”感。也许所有看到我肉体的人们，他们的眼睛里都明显带有某种征兆——讲述我已失去“期待”感。

“阿鹰，再帮我买些咖啡。”

“我会满载而归的！我将从超市天皇那里提取仓房定金，你们夫妇也有权用这笔钱享受一下。”

“阿鹰，如果可以的话，我想要滴落式咖啡过滤器和磨好的咖啡豆。”妻子说道，语气中逐渐表现出她对进城做一次小旅行亦怀有憧憬之情。

鹰四与其亲兵们吃完了早饭,便立即成群跑向村公所前广场上的雪铁龙。前院的地面因霜柱而鼓起来了。我和妻子早饭才吃了一半,便颤悠悠地站在前院目送他们。

“阿鹰不断深入到小伙子们中间,可你虽然来到山谷,却和躲在自己东京的屋里没两样……”

“阿鹰想再次扎根,而我似乎连要扎的根都没有。”我悲哀地回答,连自己都对自己声音的回响感到厌恶。

“阿星好像对阿鹰想和山谷青年们加强联系的想法持批判态度。”

“他不是在帮阿鹰为青年小组做事吗?”

“只要是阿鹰做的事,无论什么阿星大都热心帮忙。可是这次,他内心好像觉得不满,是不是在嫉妒阿鹰的新伙伴呢?”

“如果真有其事,也许是因为此前一直生活在农村的阿星,对山谷青年们有一种近亲憎恶的情感。阿星对农民很了解,而阿鹰几乎记不起山谷的生活了,所以阿星已经不可能像阿鹰那样毫无保留地信任山谷的青年们吧。”

“阿蜜也有同感吗?”妻子追问我,但我未做回答。

雪铁龙的排气声近乎威胁地、放肆地涌向我们站着的石围墙上,在山谷留下错综复杂的回音,而后消失在高大的林木遮蔽下的长方形天空中。当雪铁龙自己也和回音同样迅速地消失后,在一切归于宁静的清晨的山谷里,一面鲜艳的黄色三角旗奇妙地升起来。那是和我们家同样古老的酿造家的酒窖旗杆上升起的鲜艳旗帜。在万延元年武装暴动中,山谷也仅酿造与根所两家遭到了同样的袭击。现在,酿造家整个家族离开村子了,被收购的土墙仓房的墙壁被打通建成了超市。

“旗上绣着 3S2D……”我兴趣盎然地说道,“那到底是什么略语呢?”

“是 SELF SERVICE DISCOUNT DYNAMIC STORE,昨天看的地方报里夹的广告单上登着,也许是超市连锁店老板去美国旅行时学来的办法。即使那英语是日本人发明的,我觉得那总归是句强有力的漂亮话。”妻子满腹狐疑地说道。

“你真是很佩服吗?”我一边说一边仔细搜索有关山谷每日景色的

不清晰的记忆,以确认这面旗是否每天清晨都在此飘扬。“我觉得我好像第一次看见这面旗……”

“也许因为今天是特价日才挂出来吧。阿仁说特价日里,沿森林的村子自不必说,也有顾客从邻村坐公共汽车沿河边路过来。”

“总之,超市天皇似乎是个有才干的人啊!”我说道,那面在忽起的风中飘舞的三角旗立即令我束手无策起来。

“的确是啊。”她虽这么说,却被另外的忧虑所纠缠,“如果森林里的所有树木都被冻坏,就那么直立着腐烂的话,洼地的人们对那臭气能抵抗多久?”

我为妻子的话语所诱惑,想眺望四周的森林,却被引发具体抗拒的预感所侵袭,只得一直俯视霜柱的结晶开始变形的地面。我吐出的冻结的气息朝地面降下,虽然随着越发强烈的停滞感逐渐横向扩散,却不轻易消失,就那么飘浮着。这时我感觉,受冻害而腐烂的赏叶植物那肥厚叶群的几乎令人窒息的恶臭记忆复苏了。我颤抖着催促妻子:

“哎呀,我们还是慢慢把早饭吃完吧。”

然而,妻子回头迈步时,脚下的霜柱断裂了,她一下子失去平衡,双手与双膝都粘上了冻泥。经过酩酊大醉的长夜,她的平衡感在翌日清晨衰退了。所以不仅物理性力量,单凭心理作用就会使她极不连贯地突然倒下。而且,她现在的鼻孔中也许亦恢复了恶臭记忆,这使其平衡感变得越发迟钝。是枯死在我们东京家中的赏叶植物群的亡灵让她摔倒了。

婚后,妻子在兼做餐室的厨房南边建了仅一坪大小的玻璃温室,种植橡胶树、天南星、各类凤尾草和兰花类植物。隆冬时节,一旦有寒流预报,妻子便在厨房整夜燃起煤气炉,每隔一小时就从床上爬起来将暖气送入小温室。我提出折中方案,或整夜在厨房与小温室之间的隔墙留个缝隙,或在小温室里放小炉子。可是,从小惧怕盗贼和火灾的妻子不听我的意见。因如此神经质妻子的悉心照料,小温室从地面至矮顶棚,完全淹没在繁茂的植物群中。但是,今冬对每晚都醉眠于威士忌中的妻子来说,很难从深夜至拂晓连续照看小温室,我本人也害怕让醉醺醺的妻子在深夜里使用煤气炉。这时,有预报报道今冬第一次寒流即将到来。我们仿佛大军压境时人心惶惶的弱小部族般等候着。难眠的寒夜过去了。我一大早去厨房隔着玻璃门朝小温室窥视，发现所有植物群的叶子都长了发黑的斑点。不过仅从视觉而言，那并非特别不祥的样子。虽然叶子全受伤了，但还未枯死。我打开玻璃门进入小温室，在那里终于受到强烈震撼，我明白了观叶植物群遭受的真正灾害。严重打击我的是小温室里弥漫的浓烈臭气，那是像濡湿的狗嘴里发出的气味。我的意识暂时被臭气控制，觉得两边带青黑色深浅斑点的橡胶树和天南星，好像站着死去的彪形大汉；蹲在脚下的阔叶兰的乌黑斑块，则像患病的狸猫。我没了气力，就那么返回卧室。狗嘴的臭气沾满全身肌肤，我在臭气的困扰下入睡。午前，当我再次起床时，看见妻子正默默地吃迟了的早餐，从她身上也袭来一阵我已熟悉了的狗嘴臭味，为我复原了她于失意状态中在小温室里度过的时间。妻子开始在威士忌的深层醉意中飘荡后，我家出现了种种荒芜迹象。但从未以如此强迫性的、侵袭我们真实感觉的方式出现过。我抑制住嫌恶感的抗拒，再次朝玻璃门对面窥视，只见在强烈的阳光下，乌黑的斑点已扩散至整个叶面。自叶柄枯萎的叶子低垂着，仿佛从手腕处折断的手掌似的，植物群正极露骨地走向死亡。

如果山谷周围森林中的所有树木都冻坏了，那么村里人会觉得他们好像被上亿条濡湿的狗嘴里发出的臭味包围了吧，这并非适应了日常生活感觉的人所能抵抗的。如此想来，在断裂的霜柱上即将失去平衡的感觉亦袭上心头。于是，我们都怀了毛骨悚然之感默默地折回屋里，郁闷地吃完了早餐，这与鹰四在时的气氛完全不同。

午后，邮递员送来一封寄给桃子的信。他还通知说，我们留在山谷邮局候领的小件行李寄到了。小件行李是一种叫“乐便器”的用具，是妻子在杂志的广告栏中发现后求东京的娘家买的。据产品目录介绍，那是像无底椅子似的物品。如果把“乐便器”放在普通便器上，可以使用坐便器的姿势，在不增加膝盖负担的情况下排泄。妻子要把它送给阿仁，想把“日本第一魁梧女人”从巨大的肉体重量可能为其排泄时造成的苦恼中解救出来。不过，问题在于“乐便器”的轻金属管构造能否抵得住一百三十二公斤加 α 的重量。而且，能否既不刺激因循守旧的阿仁,又能说服她使用,这也是问题所在。然而,无论怎样,“乐便器”的到来为我们的好奇心注入了活力,所以闷在家中百无聊赖的我和妻子立即走下石板路。

我们在途中发现,超市前有异常活跃的人群,我们不觉停下脚步。在我山谷生活的记忆中,这热闹非凡的气氛即刻与祭日的喧闹联系起来,在稍微离开超市出入口拥挤的人群处,盛装的孩子们正热衷于传统的跳房子游戏,这热闹也是与祭日的记忆联系在一起的。其中一位小女孩,身穿织有金色和绿色凤凰图案的绯红色盛装,系着银色腰带,不仅背后挂着一个拳头大小的金色铃铛,短脖颈上还绕着一条鲜红的仿狐皮围巾。那一定是粮食紧缺时期,其父母用若干大米的代价换来的。小女孩每踢一次石头,铃铛便喧嚷一下,震慑了周围的孩子们。打通墙壁、贴上合成树脂胶合板的土墙仓房的房檐处,落下大红垂幕,上面印着绿色宣传标语。

聚集魅力
掀起爆炸性话题的旋涡
为回报 3S2D 的人气而举行
空前大降价,本年度最后特价日!
全店暖气开放

“全店暖气开放,这不错啊!”

“阿蜜,只是放了几个铁炉子罢了。”妻子说道。她已带着桃子来买过几次食品了。

已买完东西的女人们也聚在出入口隔开的大玻璃窗(其上用白色油漆写着许多商品的特卖价格,所以从我们站着的地方看不到里面)前不肯离去。其中也有把额头顶在玻璃窗上窥视的。不久,一个农妇抱着塞满物品的纸袋走出来,好像印第安女人似的将五彩缤纷的毛毯从肩膀裹至头部。于是,聚在外面的女人们中刮起一阵羡慕的叹息旋风。披着毛毯的矮个子农妇,好像被围着她伸出长臂触摸毛毯的女人们搔了痒似的,面红耳赤地大笑着扭动身躯。我离开山谷很久了,在我眼里,她们似乎全都来自外村,但事实当然并非如此吧。必须承认山谷居民们自己形成了如此风俗。

我和妻子正想默默离开,无意中发现寺院的年轻住持胸前抱着购物包从女人们背后走出来。他也发现了我们,便朝我们走来。那微笑着的善良的脸上,眼看着泛起了红晕。精心洗过的短短的少白头发带着银色光泽。头发下那烧成玫瑰色的眼圈和面颊,使住持的整个面孔给人留下刚出生不久的兔子似的印象。

"我来买新年用的年糕。"年轻住持很不好意思地解释道。

"买年糕?山谷的施主们送年糕的习惯变了吗?"

"所有山谷人家现在都不捣年糕了。人们都在超市或用糯米交换或拿现金购买。就这样,山谷生活的基本单位一个个地消失了,就像草叶细胞渐渐变形似的。菜采子,你用显微镜看过草叶吧?"

"嗯。"

"叶子的每个细胞都有固定形状吧?如果坏了,变得软绵无形,那就意味着细胞受伤了或死了。如果这种形状的细胞增加,草叶就会腐烂。山谷的生活也是这样,如果基本要素一个个失去形状,那肯定很危险啊!是吧?可是,我没法劝村里人再用祖传石臼和旧杵汗流浃背地捣年糕,大家会猜想我是为了要年糕才这么说的!啊哈哈!"

植物的比喻强烈地刺激了我们,妻子也仅能对住持的笑容报以勉强的微笑。又有两三个女人从超市出口走出,受到等候在外的人们的欢迎。"烂货!"其中一位发出自嘲般粗野的叹息声。那是个面部热成赤铜色的中年妇女,挥舞着蓝色合成树脂做的高尔夫球杆玩具,皱着眉头咯咯笑着。

"所谓烂货,就是这么不值钱的东西的意思。"我翻译给妻子听。

"即便是玩具,高尔夫球杆什么的,在这山谷确实不值钱。"妻子不可思议地说道,"为什么买那玩意儿?"

"不是买的,那些人手里拿的毛毯啦、玩具啦都是奖品。出口处有个抽奖台,能抽到各种没什么用的东西,所以连买完东西的那帮人都聚在那里监视别人那点可怜的运气。"住持背过脸去说道。

我和住持站在妻子的两边朝邮局走去,我们围绕着数千只鸡和降临到青年小组头上的灾难进行了交谈。住持已知鸡死之事,但当他听说鹰四为了与超市天皇商议战败处理事宜而去了城里，不禁面带怒色地责备起来。

“现在才来求小鹰，为什么当初鸡没死时，他们不和超市天皇联系呢？那帮人办事总是没章法，把什么机会都耽误了。”

“青年小组不是想尽可能从超市天皇那里独立出来吗？即使因为售销手段，他们处在必须向他全面屈服的状态……”我发表了局外中立者的意见。

“说来，那帮人不肯痛痛快快签约直接把鸡蛋全部交给超市，他们也想拥有在市场和小卖店扩大销路的自由，结果导致失败，因为那原本不合理。阿蜜，鸡场的地皮和建筑物都是超市老板的。战后，村里把朝鲜人村落的土地转给了一直在林中从事强制劳动的朝鲜人。其中有个男人，从同伴那里把土地买下，垄断后据为己有，经过不断发展，变成了现在的超市天皇。”

我感到了极大的震惊。阿仁与其家人及山谷的老相识们，在了解到我和鹰四将把仓房卖给超市连锁店老板后，也不向我们透露一点天皇的经历。

“如果阿鹰知道了这些，再和超市天皇进行交涉就好了……我担心山谷的青年小组是不是给了阿鹰足够的信息。”妻子对一直无视我们的存在、与鹰四低声交谈的海胆怪物表现出明显的疑虑。

鹰四为了与青年们合作而积极出面，他也许会碰到小挫折，我对此只能做冷漠的想象。关于超市天皇的经历，村里人对我保持彻底沉默，这沉重地压迫着我的全部意识，我只能如此。

“即便他已归化日本，但给朝鲜血统的男人冠以天皇的称呼，这是山谷人的做法，充满了深深的恶意，可为什么谁都不告诉我这事呢？”

“阿蜜，这很简单。二十年前被迫去森林从事采伐劳动的朝鲜人，现在控制了当地经济，山谷人不愿承认这个事实。而且这种感情郁结在阴暗处，这也是把那男人故意叫天皇的原因。山谷已显出晚期症状了！”

“也许真是晚期症状。”我黯然承认，感到其中似乎确实显出根深蒂固的晚期症状。我也感到在山谷人与超市天皇的关系中，似乎潜藏着某种莫名其妙的阴暗恶劣的东西。“可是,在我回山谷后所见所闻的范围内,没什么显出特别的晚期症状……”

“山谷人早就适应了晚期症状,而且他们磨炼了一套本领,使进山谷的外人完全看不出来。”

“超市天皇究竟是个什么样的人物?”

“你是指他是不是坏人?可是,阿蜜,我不能直接指责那人,因为如果说做生意的方法,山谷人倒比他更恶劣。不过,最终被逼得走投无路的是山谷人,鸡的事就是这样。我有时也感到害怕,不知他对山谷人有什么企图,但目前就这些,我不好说什么。”

“可我还是觉得不舒服,总觉得整个山谷好像有什么不妥。”

“对我们来说,不仅是不舒服的问题……”住持刹那间用可怕的眼神目不转睛地看了看我,而后悲哀地说道,“阿蜜,这很难解释。总之,能清楚知道的就是晚期症状!”

他似乎提防我的下一个问题,重新抱好年糕袋,慌慌张张地走了。

我默默地快步走下石板路,落在后面的妻子小跑着追上来。我们在邮局取了“乐便器”包裹,便从石板路返回。妻子顺便去超市,为我们和阿仁一家买年糕。我对被改为超市的土墙仓房抱有生疏和抵触感。然而,从山谷外来的妻子虽然与这些并非完全无关,却至少不构成障碍。走出超市的妻子沮丧至极,因为她抽中了一个绿色塑料青蛙。

“这是我婚后第一次抽奖,却……”她抱怨道。

解开“乐便器”包装,便露出一个将两支桨弯成 U 字形,再用支柱连接而成的简单器具。实际见到这东西,便觉得要说服阿仁使用并非易事。我们不觉犹豫起来。“烂货!”阿仁也许会满含恶毒地拒绝,那恶毒要比聚在超市前的女人们的语言更尖刻几倍。她也许会猜疑那是我在不厌其烦地想办法嘲弄她。

于是,我把“乐便器”说明工作交给妻子,自己则把阿仁的儿子们叫到前院,一边将有关未曾谋面的超市天皇那令人不安的幻想萌芽一个个捻碎,一边把包装绳头和瓦楞纸板收集起来,燃起一小堆篝火。孩子们也知道青年小组的鸡全部死亡之事。据他们说,为了防止山谷人来偷死鸡,青年们在鸡舍四周设立了警备。昔日的朝鲜人村落被埋入多层式鸡舍与鸡粪干燥架中。那一带被封锁在浓重的臭云中，仿佛令人作呕的蜂窝。今天早上，一只只鸡们可怜地倒在狭小的窝里。阿仁的儿子们和小伙伴们去察看情况，却被看守的青年们赶了回来。

“那些年轻人很凶啊！又不是我们的责任！”阿仁的长子露出温和狡猾而难于捉摸的表情批评道，“除了那帮发火的年轻人，谁会偷死鸡！”

阿仁的瘦儿子们一起发出尖锐的笑声。这嘲笑声中显然包藏着所有山谷成年人对养鸡失败的青年小组怀有的冷漠的客观态度。于是，我第一次对山谷青年小组生出怜悯之情，他们现在正受到难对付的怪物般的超市天皇和同样难对付的山谷成年人的夹攻。复员青年小组团伙的暴力活动以S哥之死为顶点，成年人利用他们达到了某种目的。但是，他们对青年小组及其活动的普遍态度是建立在根深蒂固的戒备与蔑视上的。我摆脱山谷走向外部世界，可以客观地回顾村里的日常生活。而且，我现在已过了S哥去世时的年龄，所以才明白了这一切。话虽如此，以前山谷孩子们悖逆成年人，他们把故作鲁莽的年轻人当作偶像崇拜。现在的孩子们对青年小组则与成年人同样冷漠。篝火熄灭了，冰冻的地面上留下泥泞的黑色溃疡。孩子们无聊地踩着。

“你们可以回家了，家里有年糕呢。”妻子从独间出来告诉阿仁的儿子们。他们却无动于衷，继续踩着篝火的遗痕。他们对所有食物都显得固执而自负。阿仁总是诅咒自己极旺盛的食欲，仿佛食物上长着痛苦之刺似的。或许她的儿子们受其母亲影响而厌恶食品了，所以才这么瘦吧。

“阿蜜，阿仁很高兴啊。”妻子说道。

“她没生气吗？”

“开始，阿仁看到那东西说你愚弄她，可她后来明白是我订购的。她真的用了‘愚弄’这个词！”

“啊，是吧。因为至少在我小时候，‘愚弄’这个词是这山谷的日常用语呢。我们开玩笑时，我妈马上生气地骂我们‘怎么愚弄大人’。问题是新产品看上去对阿仁有用吗？”

“我想有用吧，只是阿仁得注意别翻倒受伤了。刚才试了试，大致还可以。”妻子报告完毕后，孩子们仍侧耳倾听着，顽固地不肯离去。妻子不愿当他们的面述讲具体细节。她突然说道：“阿仁问起，所以我对她讲了孩子的事。”

“没办法。既然你把那种东西拿给她，那么你想对她吐露点秘密，以缓解她难为情的心理也正常。”

“可是，如果你听了阿仁对这事的反应，你也就不会这么和善了。当然，我不相信她的看法……”妻子克服着某种障碍说道，“阿仁说，婴儿的异常是不是从阿蜜那里遗传的。”

我被炽热的愤怒震撼了。一刹那，这愤怒足以将超市天皇带来的不祥阴影从我脑海中驱除。遭到来历不明的敌人的攻击，我莫名其妙地面红耳赤起来。同时，我尽力摆好自我防御的姿势。

“她的怀疑根据真是无聊，只说阿蜜还没上小学时，曾有过一次严重抽风。”看我满脸涨得通红，妻子也羞红脸慌忙道出内幕。

“那是看小学生文娱会时，突然抽风昏了。”我说道。我在最初打击的余震中完全放下心来，但还是尝试着用舌头品味着积压在浑身各处的无法拭去的愤怒余热。

阿仁的儿子们发出尖厉刺耳的笑声。这孩子气的大笑中满含了勇敢的轻蔑，他们因此将心理上对我和妻子的借贷关系化为乌有吧。我对他们怒目而视，可他们依旧毫不畏惧地笑着，肩并肩高高兴兴地回到肥胖的母亲和年糕那里去了。我和妻子也回到地炉边，今晚妻子又将醉酒吧。我害怕她内心的疑惑会不断膨胀。为了预先捣碎她疑惑的种子，我觉得必须向她说明看小学生文娱会时，那突然向我袭来的恶鬼的本来面目。而且，我的怀旧谈不可带有冲击力，以免反而把她逼到陡峭的醉酒斜坡上。我小心翼翼地说道：

那次文娱会在战后恢复举办前，作为山谷小学的最后一次文娱会，常成为人们的话题，所以应该是战争开始那年秋天举办的那次。当时，我爸在中国东北从事真相不明的工作。不用说我们孩子们，就连还在世的祖母和妈妈都不清楚他的工作内容。他为此多次卖地筹钱漂洋过海，每年有一大半时间在中国度过。大哥和 S 哥分别上了东京的大学和城里的中学，山谷家中的成员是祖母和妈妈，还有阿仁，下来就是我和弟弟、刚出生的妹妹这些孩子。因此,阿仁和三个孩子,拿着寄给爸爸的文娱会请柬出门了。阿仁背着妹妹坐在小学最大教室的第一排正中,我和弟弟在她两边双腿悬空地坐在小学生木椅上。我可以清晰地回忆起那情景,就像当时我用第三只眼从教室的天花板俯瞰着似的。

舞台是用两个讲台拼成的,设在我们面前一米处。高小的学生们在那里表演。最初,头上包着手巾的学生们(如果从山谷高小学生的人数来推测,应该不过十四五人,但这在还是孩子的我看来,已是小规模人群了)在耕种田地。也就是说,他们是过去的农民。这些人丢掉锄头,把斧头和镰刀等当作武器开始作战训练。领袖上场了。他是山谷的一个年轻人,是在孩子眼里也非常漂亮的男子。在他的指挥下,武装起来的农民们进行夺取藩实权人物首级的作战训练。把一个黑包当作首级,分成两派的农民们训练争夺"假首级"。第二幕,一个装束气派的男人上场,教训农民们不得夺取实权人物的脑袋,但兴奋的农民们不理会。于是,他对农民们说:"那么,我来夺取实权人物的脑袋!"一个蒙面男子从等候在暗处的农民们面前经过。这时,装束气派的男人冷不防地砍过去。扮演蒙面男子的学生的头部蒙了一块黑布,上面绑着黑球,所以看上去比一般孩子们高很多,非常可怕。被砍男子的"真首级"伴随着沉重的声响滚落到舞台上。这时,砍人者对农民们怒吼道:

"那是我弟弟的头!"农民们打开蒙面布,看见那是年轻领袖的首级,他们羞愧地痛哭起来……

关于剧情,阿仁提前告诉我们了,我也在排练阶段多次看过,非常熟悉其中的机关,"真首级"是用装满石头的竹笼子做的。但是,不知是在"真首级"落下,还是被"那是我弟弟的头!"的怒吼声惊吓了,或者按我记忆世界里的真实情况而言,正好在这二者合成的最充满危机的那一瞬间,我吓得号啕大哭着跌倒在地板上,开始抽风并昏了过去。当我再次清醒过来时,已被抬回家中,听见枕边的祖母正对妈妈说:

"即便是曾孙,那血缘关系也真可怕啊!"因为非常害怕,所以我仍闭着眼睛,僵直了身子装作一直昏迷着。

"你还记得我第一次出版译著时,山谷小学的一位隐退教师给我寄来一封信吧？举办这场文娱会时，他是副校长。他的专业是数学，但正研究乡土史，所以写了那个剧的剧本。可他在信中写道：那年冬天战争爆发，第二年改为国民学校制，他便因这文娱会的剧本被降为一般教员了。于是我立即写信问他，我曾祖父真的杀了他弟弟吗？他回答说，那传说似乎有误，正确的史实是你曾祖父让作为武装暴动领袖的弟弟逃去高知了，他本人现在赞同这种观点。当时，我也向他问过我爸去世的详细情况，结果他的回答是我妈对此事应该略知一二，可她不但不想了解，而且还想尽量忘掉，所以现在没人知道真实情况。”

“阿鹰不是想见那位隐退教员吗？”妻子说道。

“阿鹰确实对我家死者的各种秘密或真相很关心，可我怀疑那位乡土史学家是不是能满足阿鹰的英雄主义。”我如此说完，便结束了谈话。

太平洋战争爆发后，我爸写信告诉我们，他即将放弃中国的工作回国，此后却不知去向。三个月后，下关警署将其尸体交给妈妈。他的死非常可疑，招来许多传言。有说是在联运船上心脏病发作死的，有说是临近进港时投海自杀的，还有说是在警署接受调查期间死的。去领尸体的妈妈回村后亦保持缄默。战后，S 哥多次想从妈妈那里问出父亲死亡的详细情况，都遭到了断然的拒绝。S 哥焦躁不安，这成为他策划把妈妈带去精神病院接受检查的直接原因。

傍晚，山谷入口处突然刮起狂风。它倒捋着纺锤形洼地，为每户山谷人家带来一股烧烤大量肉类的怪味，直接煽起人们肉体的不适或想呕的感觉。我和妻子用手绢掩住鼻子和嘴巴到前院，环顾山谷入口及其下方。我们仅能看见几缕升起的青烟，而且它混入呈旋涡状涌起的新雾团中，难辨其状。青烟要不断摆脱浓雾，继续升入红黑色深沉的夜空，却变形扩散，仅能见其残渣。当以黑色森林为背景时，即刻清晰地闪现出唾液般的颜色。阿仁的丈夫和儿子们从独间出来，站在离我们几步之隔的后面，亦眺望着下方的天空。孩子们不断抽鼻子，想弄清这异臭到底是什么。在不断加深的微暗中，孩子们的小鼻子好像发黑的手指，但它们发出响声，栩栩如生地强调着自己的存在。村公所前的广场上也出现几个黑色人影仰望着天空。

夜幕完全笼罩了山谷，鹰四和他的亲兵们回来了。他们全都疲惫不堪，且显得有些脏。除了沉默不语的星男，鹰四和桃子气宇轩昂。鹰四如约为妻子买来了半打威士忌。看着那一排酒瓶子，妻子到底退缩了。鹰四还给星男买了件皮夹克，给桃子买了件毛衣。不过身穿新衣的他们，也被黄昏时布满山谷的异味笼罩，且如保护膜般更加浓烈。

"阿蜜和菜采，你们怎么满脸怀疑的样子？"鹰四故意曲解我和妻子对他们散发出的臭气的反应，"不过，我们可不是在密林深处发生了交通意外的亡魂。虽然我们在封冻的路上，而且是在雾中驾驶着离合器有点故障的破车疾驶，但阿星天才般地驾驶着，好像狗在冰冻路面上敲响利爪自由奔跑似的，阿星驱车行驶在黑压压的林中路上。机械文明时代，可以产生能让机械本身发挥动物般第六感官的种族。"

鹰四显然想振奋星男的情绪，可这位高中生年龄的技师对此并无太多反应。他一定在充满危险的林中道路的疾驰中耗尽心力，或经历了某种痛苦的体验，从而削弱了年轻的元气。

"阿鹰，你确实不是亡魂，可你很臭！"我直截了当地说道。

"那是因为把几千只死鸡全都烧掉了，哈哈！把鸡舍的木板全部揭掉，把僵硬的鸡和软软的鸡粪全都一起烧掉了。提起那气味，真可怕！一定湿乎乎地渗进我们血液了。"

"山谷人没提意见吗？"

"当然提了！可没人理睬他们。最后警察来了，因为成了熊熊大火。不过，青年小组的四五个人堵在桥头等着，警察一言不发地回去了，青年们发现了自己能够抗衡警察的实力，大家都抖擞了精神。几千只鸡死了，被白白烧掉了，这给了青年小组一个智慧，总算是收获吧。"

"没必要赶警察。即使赢了一个警察，如果救援的警力来了，也会马上败下阵去，所以那是没意义的……"星男终于忍不住插嘴道。这使我想起在机场等候鹰四的那天深夜，这年轻人执拗抗辩的样子。不仅为了自己保护神的名誉，即使悖逆该保护神，他也要坚持自己的观点。

"可是阿星，当时开始下雪了，从城里或海滨镇上过来的交通都中断了，只要对付了那一个警察就可以了。'你要是干坏事，我就报告警察!’你确实是受道德教育长大的那种类型。”

“我不是说你不能和警察斗。那年六月,无论阿鹰做什么,我不是都支持了?”星男顽强抵御,“我这么说是因为我不明白阿鹰为什么不惜与警察发生纠纷,也要为养鸡小组工作。”

桃子一直独自看着家里的来信。这时她抬起头来,用对待孩子的嘲弄口吻唱歌似的挑拨道:

“阿星那么说,是因为他想独占阿鹰,所以议论也没用。阿星像个姑娘似的,只是唠唠叨叨的嘴硬罢了。快吃了晚饭睡觉吧,菜采给我们准备好吃的了!”

年轻人脸色铁青,对桃子怒目而视。他激动地张口结舌,议论也就结束了。

“和超市天皇的交涉怎么样?”我问道,但从鹰四迟迟不汇报中心议题的态度中,我已确信答案一定不妙。

“非常不理想。山谷青年小组今后必须进行艰苦斗争,才能摆脱超市天皇更严酷的束缚吧。天皇提出的具体方案,就是把鸡一只不剩地全部烧掉。他也许害怕山谷人吃了死鸡,超市的食品销量会减少吧。我回来说把鸡烧掉,有些家伙露出贪婪的目光,觉得很可惜,所以说超市天皇的担心切中要害。把几千只鸡浇上汽油烧掉,这是无益的劳动,但我愿意相信通过这种劳动,那帮家伙软绵绵的蠢脑袋里的贪婪任性的根性或多或少变成倔强的憎恶了。”

“山谷青年小组送你去城里时,他们描绘了怎样美好的结局呢?”我痛心地问道。

“他们什么也没想,他们完全没有想象力,所以期待我作为他们的替身发挥想象力吧。可是,我没有给他们美味的想象力点心,我只是为把他们怎样正为最恶劣的饥饿而痛苦的现实暴露在他们那布满眼屎的眼里才去城里的。哈哈!”

“你知道超市天皇出身于朝鲜人村落吗?”

“那家伙今天自己告诉我了,说 S 哥被杀那天,他也在部落里,所以我也有个人理由与山谷青年小组一起和他作对。”

“不过阿鹰,你想和山谷青年小组欺负那可怜的乡村警察,无论于公于私，只要你愿意，这理由什么的，你怎么都可以编出来吧？在我看来，阿星的态度是最公正的。”鹰四的话增添了我对超市天皇新的不安，为了避免不安的枝叶繁茂起来，我把问题扯回与星男的争论上。

“公正？你还用这个词汇吗？”鹰四现出忧郁的表情说完，便陷入了沉默，这使得注视着他的我也感到一阵寂寥。

桃子一直嘀咕着：“来呀，该吃丰盛的晚餐了！该吃丰盛的晚餐了！”她想催我们都去吃饭。这时，她终于找到了直接与鹰四搭话的机会。

“阿鹰，我家人都在看阿蜜翻译的写大猩猩的书，当他们得知我住在阿蜜先生的家里，好像就完全放心了。阿蜜是个受社会承认的人呢！”她故意装出一副感动的样子。

“阿蜜是个完全从社会生活中退下，却仍受到社会承认的人。”妻子解释道，她已喝完了第一杯威士忌，“阿鹰和他完全是不同类型的人，这点很清楚吧？”

“是啊。”鹰四从我身上移开视线回答道。

“曾祖父、祖父，还有他们各自的妻子都是和阿蜜同一类型的人。我们家族除他们外，其他人基本上都死于非命，他们却安然长寿。菜采，阿蜜要到九十岁得癌症，而且是轻微癌症！”

“阿鹰想从我们家族中找出典型，而且好像有些太性急了。”我不很干脆地反驳道。可是除星男外，没人听我说话。“如果不是发现自己就是那个典型，那么这所有努力都只属于幻想世界，不会为现实带来鼓舞，阿鹰你说呢？”

饭后，鹰四把从超市天皇处拿来的一半定金分给我妻子。可是，已经醉了的妻子并未理会。我正要把钱放进口袋，鹰四说道：

“阿蜜，为了训练山谷青年小组，我组建了一支球队，你能不能捐助五万日元？我从城里买来了十个球放在雪铁龙上，开支太大了。”

“球那么贵吗？”我冷漠地问大学时曾是球队队员的鹰四。

“球是用我的钱买的，可候选队员中，有人每天要去邻镇做建筑工，如果开始一段时期不支付他们日工资，他们根本不会踢什么球吧。”

六、百年后的 Football

黯淡的肉体位于一片漆黑中，梦中的我听见竹子冻裂的声音。声音变成锐利的钢爪，在熟睡的炎热脑袋上留下搔痕。梦境展开，关于山谷农民暴动的场面，终于移至战争末期，山谷每户人家动员一位成年人去大竹林伐竹那天的追忆。从那里倒流，又制作了朝向万延元年的新梦境。我再次陷入沉睡中，不愿醒来面对拥有朝鲜人强健肉体与不可思议表情的超市天皇，还有新出现的难以对付的担忧，允许孱弱而不安的自己继续慢慢做完那早已熟悉的噩梦。

新梦中，身穿土黄色国防服、背着钢盔、头顶发髻的农民们在不停地劳作，砍伐出大量竹枪。他们生活在万延元年与战争末期共同的"时间"中。他们是挥舞着竹枪将万延元年之战推向辉煌的人们，也是必须在装甲飞机与登陆艇侧翼展开拼死进攻的人们。我母亲也挥动斧头伤害着竹根，可她惧怕一切刀具，仅将斧头执于手中便引发贫血，无精打采的脸上挂着汗珠，闭紧眼睛盲目地砍着。竹林很茂密，事故也在所难免吧。母亲抡起斧头，立即将斧头连同手背一起打在了背后的竹子上。歪向一旁的斧刃碰在她头上发出撞击声。她缓缓地把斧头扔在里白①丛中，又缓缓地把手掌贴在后脑勺上，而后拿到眼前，只见掌心上沾满了血污，那鲜红色好像法事点心上涂的颜色。我因深及肉体根部的嫌恶感与胆怯而结为坚冰。可是母亲恢复了生机，对我昂然自得地说道：

"受伤了，这下可以免除训练了！"她根本不顾斧头和受了伤的竹子，从里白丛生的斜坡半跪着滑了下去。

我和母亲躲在仓房。这时，一队扛着竹枪的山谷人从石板路爬上

---

① 多年生常绿羊齿类植物。

来。他们的指挥者是年龄不详的鹰四,他是山谷惟一真正见过美国和美国人者。山谷人即将用竹枪迎战从海滨城市登陆进攻的美军。对于他们来说,鹰四是最值得信赖的领袖吧。可是,竹枪队却先向我和母亲躲藏的仓房涌来。

“即使上房被捣毁,仓房也不会着火,万延元年时也没着火呀!”母亲说道,她那额发脱落的污秽的大脸盘紧绷着,表情充满了敌意,“你曾祖父从仓房的窥视窗开枪击退了暴徒呢!”

母亲催促我。我虽然手中有老式步枪,对操作方法却一窍不通。眨眼间上房被毁,独间也被纵火。火光中,只见绝对无处逃跑的胖阿仁,仿佛甲虫的幼虫,流出大量痛苦的体液滚动着。暴民们的指挥者弟弟,现在与万延元年曾祖父的弟弟化为一体,不断挑衅着躲在仓房里的我、母亲和家神们。守护在他周围的是他通过练球训练出来的山谷青年小组。海胆怪物及其他小伙子都穿着老式横条纹睡衣制服,头上顶着乌黑的大发髻。而且,所有暴徒都异口同声地特别谴责我。

“你真像只老鼠!”

我梦中的意识,是在山谷的高处飞来飞去的两只健全的眼球,拖着一把像无线麦克风上垂落着的短线圈似的神经。我把老式步枪倚放在膝上,在仓房里一筹莫展。我的肉体连同眼球一起被谴责声击落。我呻吟着醒来。梦中的情绪波动仍积压在醒后的浑身各处。而且梦境已不存在,仅满含悲伤的动摇不安异常庞大起来,压倒了醒来的我。我切实地怀念那已放入净化槽,并用水泥盖封住了的长方形凹坑。妻子在我旁边纹丝不动地睡着。由于酒精的残余和睡眠的热量,如幼儿般热乎乎的。然而醒来的我,身体却在不断冷却。

自洼地中心部逆山谷而上,有一条河钻入两侧兀立的密林深处。所以,从山谷入口处的高岗眺望,人们以为洼地在那里关闭了。其上方的河床是裸露的岩盘,两侧覆盖着大片竹林,石板路则离开河畔变为向上的陡坡。坡道两侧散布着一些小村落,洼地的人们称村落人为“乡下”人。纺锤形洼地呈楔状裂缝挤入森林,大竹林则与这裂缝呈直角交叉,是分隔洼地与“乡下”的一条宽带子。事实上,当山谷人用从竹林伐出的竹枪武装起来,聚集在国民学校的院子里时,前来视察竹枪训练的县政府官员失言道：

“大洼村的人都是制竹枪的老手！”这使村长及村里有名望者大发雷霆。结果，村长前往城里抗议，小官吏被罢免职务。老实规矩的村民们反抗县政府强权，并取得了胜利。这是突如其来的震怒带来的不可思议的变化。对于山谷的孩子们来说，这其中包藏着难以理解的秘密。那天早上，我跟着和梦中同样害怕斧头等一切刃物的母亲，与山谷的成年人们一起进入大竹林。周围是巨大的破竹声。每当这破竹声与村民们激愤的记忆重叠在一起，孩提时代的我便感到莫名的恐惧。战后，当我第一次在社会课的课堂上听说万延元年农民暴动之事时，老师强调农民们的武器是从大竹林中砍出的竹枪。我终于明白战时村长他们激愤的含义。战争期间，武装暴动的记忆被认为是压在所有山谷人身上的耻辱，大竹林则是万延元年暴动最鲜明的证据。山谷人再次被赶往那里，不得不砍出同样的竹子，并将它们削得同样尖利。官员的话语再次刺激了他们的耻辱感，他们绝对不会充耳不闻。祖先们为反抗体制而伐竹，顺应派的村长们曾为此感到羞愧。他们现在是为奉献国家削竹子，希望从自身彻底清除万延元年的阴影。

我也确实听过母亲梦中的话语，时隔二十余年，它再次回响于耳际。父亲死后，大学毕业的大哥立即上战场了，S哥则申请当海军飞行预科实习生。母亲极度失望，终于患上被迫害妄想症，曾说山谷人可能会来袭击，他们将拆房纵火。母亲还说如果发现袭击部队，则必须立即逃进仓房躲起来，所以应提早训练。我不以为然，母亲便苦口婆心地向我解释，我家在万延元年遭受了怎样的暴行，想让年幼的儿子也感受自己的恐惧。

母亲把万延元年武装暴动的原因，归为山谷农民们的贪得无厌和强烈的依赖心理。她说，藩主在流经山谷的河流汇入濑户内海处建有七万石①的居城②。最初，农民们向藩主借银钱遭到拒绝，于是大村长根所家借出了同样数额的款项。农民们却抱怨“贷款利息”和“租地利

① 石：大名、武士的俸禄单位。

② 居城：封建诸侯所住的城堡。

米[①]”过高。他们从竹林砍来竹枪，首先袭击了根所家，捣毁烧光了上房。接着袭击了山谷酿造家的酒窖，喝得酩酊大醉，并沿途袭击大户，广收暴徒，蜂拥至海滨城里。母亲说若非曾祖父躲入仓房，用那支从高知搬回的枪独自开枪抵抗，暴徒们也许也占领了仓房。而且，被山谷老奸巨猾的农民们煽动起来的年轻人的核心人物，曾祖父的弟弟自封为整个山谷的“头领”。他不但前往交涉“借银钱”事宜，而且事败后成为暴徒们的头领站在了武装暴动的最前列。从根所家内部看，他烧毁自己的家，是最恶劣的疯子。我父亲在中国从事令人不可思议的无聊工作，由此丢掉性命财产，他继承了家族中的疯狂血液。大哥从法律系毕业后，也工作过一段时间，他并非自愿当兵，所以另当别论。可是，S哥自愿申请成为海军飞行预科实习生。通过父亲，其体内流淌着与曾祖父弟弟相同的血液，那不是自己的孩子！

“不过，你曾祖父是个了不起的人物！暴徒们只有竹枪，而他准备了步枪。他建了毁不掉烧不坏的仓房，从那二楼开了枪！蜜三郎和鹰四，你们哪个能像曾祖父？”

这问话中自作聪明地插入了教育目的。如果我默不作声，母亲会一直不甘罢休。如果我不得已说我会像曾祖父那样，母亲则报以怀疑的冷笑，而后陷入沉默。

关于武装暴动的原因，那位与我有书信往来的老教员乡土史家，既未否定，亦未积极肯定我母亲的意见。他具有科学态度，强调在万延元年前后，不仅本领地内，即使整个爱媛县内也发生了各类武装暴动，这些力量和方向综合在一起的矢量指向维新。他认为本藩惟一的特殊之处，就是万延元年前十余年，藩主担任寺院和神社的临时执行官，使本藩的经济发生了倾斜。此后，本藩向领地城镇人口征收所谓“万人讲”日钱，向农民征收预付米，接着是“追加预付米”。乡土史家在信末引用了一节他收集的资料：“夫阴穷则阳复，阳穷则阴生，天地循环，万物流转。人乃万物之灵长，若治政失宜，民穷之时，岂不生变乎！”这革命启蒙主义中有一股力量。与我相比，它更激励了鹰四的情感。正如妻子

---

① 利米：作为利息偿还的大米。

所说,如果那位隐退乡土史家现在仍未患癌症或心脏病,鹰四也许应该去见见他。我则无论在梦中抑或在现实中,不仅不会加入暴徒行列,即使躲入仓房,我也不会使用步枪战斗。我有如此的心理状态,所以我与武装暴动不会发生任何关系。但是,鹰四希望成为与我完全相反的类型。至少在我的梦里,这希望已经实现……

独间那边传来声响,也许是患贪食症的中年女人为噩梦所威胁,便在黑暗中爬起,吃着什么仅能填满肚皮却缺乏营养之物。还是夜半时分。我在黑暗中伸出手,摸索妻子理应喝剩的威士忌酒瓶。这时,我的手指接触到挖去了肉的螃蟹壳似的冰冷的物体。我打开枕边的手电筒,只见那是油浸沙丁鱼罐头的空罐盒。我一边留意不照到熟睡的妻子,一边移动狭小的光圈找出威士忌酒瓶,就那么在手电筒的光亮中喝起威士忌。我想回忆妻子昨晚是否一边喝酒一边吃了沙丁鱼,却想不起来。妻子的饮酒习惯,现在确实成了我日常生活的一部分。看她喝威士忌喝醉,就像看她抽烟似的,我已不大介意了。

我一边喝威士忌,一边端详着油浸沙丁鱼的空罐盒。盒上凿开了一扇爪形窗户,一把小叉极准确地直立在中央。罐盒外侧的白铁皮蒙上了一层白色油脂,镀成金色的内侧则透过剩余的一层薄薄的油脂和鱼屑闪耀着。妻子用易坏的开罐拉手卷起罐头盖,而后将多层坚硬的白铁皮筒卷到罐盒边。看见盒内现出一条条尾鳍纤细的沙丁鱼,她一定感到了一种原始的喜悦,就好像从可能刺伤嘴唇的牡蛎壳中取出柔软的牡蛎要吃似的。她吃着沙丁鱼,用沾上油脂和鱼屑的脏嘴唇抿一口威士忌,再舔那抓了鱼的三根手指。过去,妻子的手指没力气。如果要打开油浸沙丁鱼罐头,她总请我帮忙。自从有了独醉的习惯后,她的手指变得有力,我却反而感到一种令人心酸的颓废。面对渐渐胖起来的妻子,我涌起怜悯苦闷的莫名愤怒。为了把这愤怒塞入原先的那个坑穴,我闭上眼睛吞下了大量威士忌。烧灼咽喉皮肤的物体,烧灼了我的胃和脑里的黑暗。于是,我进入无梦的睡眠……

早上,为了将山谷的小伙子们集中起来进行首次练球,鹰四和亲兵们去了正放寒假的小学操场。我和妻子也体验了焦躁的空虚感,觉得我们自己也必须做点什么了。这感觉越发强烈起来,我便让阿仁的儿子们帮忙,把上房的榻榻米和地炉搬去仓房二楼,重新开始曾与亡友共同进行的翻译工作。这是一本愉快的回忆录,英国的一位动物采集家在书中追忆了他在爱琴海度过的少年时代。这书原本是亡友发现的,是他心爱的读物。我开始工作后,妻子也读起旧版漱石全集,那是她从上房储藏室找小炉子时一并找出的。总之,我们有事做了。

友人刚毅的祖母说,把友人译完部分的草稿和笔记之类全部托付给我。可葬礼后,其亲戚提出反对意见,结果友人所译部分付之一炬。他的亲戚们害怕从遗留的草稿和笔记中,又跳出一头将脑袋涂成朱红色、浑身一丝不挂、肛门中塞入黄瓜的怪物,威胁生者的世界。微弱的火苗从焚烧的草稿和笔记中升起。当然,我无法掩饰那火苗照出了深深的安心感。然而,我并未因此完全从怪物那里解放出来。为了重新翻译他负责的那部分书稿,我查阅了留有其注解和画线的企鹅版文本,发现其中设置了好几个突然捕获我的陷阱。比如,有一章描写喜食草莓的希腊龟,其空白处有一幅友人从动物图鉴临摹下的三平方厘米大小的乌龟草图,它如实地反映了友人的幽默——其感受性中最为柔软而稚气的部分。下列语句中所画的旁线,又为我送来回响着友人声音的信息。“他开始说:‘那么,道声再见吧。’他的声音因颤抖而中断,挤出的泪水沿着满是皱纹的脸颊落下。‘我向神发誓,我决不哭!’他抽泣着,大肚皮鼓了起来。‘不过,我好像是在和我真正的家人道别,我觉得你们好像属于我。’”

妻子一直默默地读着漱石作品,也似乎总能遇到震撼心灵之处。不久,她拿走我正用的词典,查找漱石写入的英文,而后对我如此说道:

“你知道在修善寺为胃溃疡所苦的漱石,日记中有一些英文单词和词组吗?我觉得这些词似乎都适合最近的你,比如 languid stillness, week state, painless, passivity, goodness, peace, calmness①。”

“什么?painless?你以为我现在完全没感到痛苦吗?我很累,连干坏事的力气都没有。也就是说,也许这就是所谓最善良的衰弱者吧?可是,你真相信我处于 peace 状态吗?”

---

① 英语,即无精打采、虚弱状态、无痛的、消极被动、善良、安宁、平静。

“阿蜜,至少在我看来是这样。我们结婚以来,你从没像这几个月这么温良过。”妻子带着嗜酒者清醒时夸张的冷静坚持道。

我将越发温良下去,直至达到动物的极限,最终变为如蔬菜般完全温良之物。我努力控制自己,不深入这令人不寒而栗的幻想。我曾读过一个故事,说室町时代有位老和尚想变成木乃伊,他计划逐渐减少自己的饮食,使自己进入墓穴时,一旦呼吸停止,肉体便立即开始干燥。秋日的拂晓,我经历了一百分钟的穴居生活。通过扮演反动物性人物,我想尽可能温良地诱来死亡。我怀着极度恐惧从那里返回,相信自己再次开始了日常生活。然而在妻子看来,我现在仍与抱着热烘烘的狗、浸湿了屁股、纹丝不动地坐在净化槽坑底的我一样。我真像只老鼠。羞耻心渗入我全身毛细血管的各个角落,令它们卑微地发热。妻子始终醉醺醺的,而且自我封闭。如果连如此的妻子都看得明白,那么我便很难再次邂逅“期待”感了。新生活?草屋?它们绝对不会光顾我吧。

“你自己觉得你开始新生活了吗?”

“新生活,就是我还在继续喝威士忌,这点你知道吧?山谷的威士忌质量低劣,气味太难闻,这可瞒不了人。”妻子将我的问话仅仅理解为意在刺伤她的讥讽。于是,她也回敬我带刺的挑衅性语言。“不过,阿鹰应该是向阿蜜倡导新生活,而不是向我。”

“你说得对,这是我自身的问题。”我萎缩着承认道,“可是,关于你的嗜酒问题,我有件事想向你确认。”

“你的问题是我把现在的酒精中毒看成是不久即将自然逝去的一种青春体验呢,还是反而感到那是我面向衰老的青春崩溃的最初表现,我必须至死和它相处下去?这二者哪个正确?是吧?我酒精中毒的最初根源是我妈的遗传。而且,我已不是每天早晨都能修复昨日颓废的年龄了,所以正确的答案是后者。每当皮肤出现新皱纹,我都知道我将和这皱纹一同迎来死亡,我已到了这样的年龄。”

“如果你多少怀着赌气的心情故意夸大自己的缺点,那你错了。你确实已到了那种年龄。如果想再生一个孩子,今年内就得下决心,明年就来不及了。”

我立即为自己说出的话深深后悔起来。话中的毒素即使于我也太强烈了。我们同时陷入沉默。妻子的眼睛变得如李子般通红,那是因为泪水而非威士忌。她眼里充满了悲伤的敌意,注视着我如此说道:

“如果像阿蜜说的,我们都能认识到来不及的时候到了,我们也许彼此会更加温柔一些。”

“我们去看阿鹰他们练球吧?”带着自我厌弃的心情,我采取了回避策略。

“阿蜜,那我给球队做午餐盒饭。这么干起活来,也许会看到新生活的希望,山谷丑闻的雾气也会散去一些吧。”妻子像在嘲弄自己,又像在嘲弄我。她说完便回了上房。她所说的山谷丑闻,是在山谷广为流传的一个谣言,说根所家老三儿子的老婆因酒精中毒而完全无能。这是她自己从超市听来的。

通过妻子反驳我的方式,我感到,她自身抗拒内心崩陷的意志尚未完全被酒精的破坏力溶化掉。我本应向她伸出援助之手,可我自己却不断为崩陷而倾斜,脚下有些站立不稳。

“你真像只老鼠!”满仓房的家神们呼叫着。我不予理睬,专心翻译。我感到远处传来踢球声和喊声,可又好像是我的耳鸣。

正午过后,阿仁最小的儿子来叫我,说寺院的年轻住持来看我。回到上房,只见整个土屋弥漫着竹叶味的蒸汽。妻子刚从架在灶上的大锅里取下那令人怀恋的旧蒸笼。阿仁的两个儿子被蒸气裹至头部,住持则被包至胸部,他们注视着妻子的一连串动作。那来叫我的孩子也气喘吁吁地回到哥哥们身边,隐入蒸汽中了。

妻子从面颊至耳朵热得红扑扑的。她正要摸那蒸笼里的东西,阿仁的儿子们得意扬扬地齐声警告道:“烫!烫!”

妻子被弹了回去,就势把手指放到红耳垂处。孩子们发出充满善意的笑声。

“做了什么?”我放下心来,也加入到蒸汽弥漫中的妻子身边的团聚中。

“粽子!是阿仁教我的。孩子们从森林里给我摘来了山白竹叶。”与仓房中的对话完全不同,妻子充满朝气地大声回答道,“阿蜜,我做的粽子似乎成功了。你记得小竹叶粽吗?”

“粽子是去森林从事采伐劳动者的干粮，山谷自古就这样。阿仁的爸爸是职业伐木工，所以阿仁的做法一定正宗。”

妻子把“正宗”的粽子给了我们每个人，足有两只拳头那么大。我和住持不知如何处置沾着热水滴的竹叶。我们在盘子上把粽子弄成小块吃起来。阿仁的孩子们则在浸湿了的手掌上滚动着粽子，他们未破坏粽子的形状，高明地从边上咬起来。用酱油调了味的糯米团里，放有猪肉和新鲜香菇馅。那包粽子的山白竹叶，虽然边上干枯难看，但即便是这样的叶子，在如此季节摘来，孩子们一定费了相当的力气，也许还必须克服恐惧吧。见阿仁孩子们如此美味地吃粽子，我逐渐相信，山谷孩子们冬天不愿进森林的习惯至今应该仍未改变。

“这粽子很好吃，可是有大蒜味。至少我在山谷时，粽子自不必说，山谷的所有食物都不放大蒜。”我对妻子评论道。她正把剩下的所有粽子从蒸笼放入一个浅长木箱。在我孩提时代的记忆中，这木箱叫摩箩布它。蒸笼和木箱都是按阿仁的主意从储藏室找来的吧。

“什么？”妻子满脸疑惑，“阿仁特别交代要放大蒜，所以我去超市和肉一起买来了。”

“阿蜜，这是山谷风俗逐渐变化的一个典型例子！”住持谦恭地用手指夹起一块粽子说道，“战前，大蒜和村里的生活没有一点关系。大多数人也许只知道大蒜这种植物的名字。可战争开始后，来伐木的朝鲜劳工建起了村落，那里的朝鲜人是吃一种叫大蒜的臭根的可鄙的家伙们，大蒜就这么进入了村民的意识。阿蜜，你也经历过这事吧？村民们强行带朝鲜人去森林伐木时，为了显示自己的优越，他们刁难说如果不把粽子拿来作干粮，就不得进森林什么的，所以朝鲜人也做起了粽子。不过，按照他们自己的味觉，他们加入了放大蒜这一发明吧。这反过来影响了山谷的粽子制法，大蒜调味法传进村里。由于村民的虚张声势和没主见，山谷的风俗就这么变了。大蒜不是村里的传统调味品，现在却成了超市的流行货，让天皇暗自窃喜不已。”

“这缺乏主见在我的烹饪中成功了就行了。”“即使违背传统！”妻子反驳道。

“是成功了，即使伤感地打分，我也承认你做的粽子比我妈做的好吃。”

“确实,确实!”住持也附和我的赞赏。可是,妻子只是满腹狐疑地瞥了我们一眼,完全不为所动。

住持的小圆脸好像善良的范本。他不知所措地抽动着那张脸对我说:“真是美餐了一顿!你大哥的笔记本找到了,是S去世前放在我那里的,我只是把它拿来……。”

“总之,我不练球,所以很无聊,到仓房二楼说一会儿话再走吧。”我招呼住持道。这不仅为了使他鼓起勇气,我也真想和他聊聊。“你从没对万延元年的武装暴动发生过兴趣吗?”

“关于暴动,我亲自做过调查,还做了记录。因为即使没有血缘关系,本寺祖上仅次于你先祖,在暴动时发挥了重要作用。”年轻住持明显地流露出摆脱了窘境的喜悦,充满热情地说道。

妻子无视住持自我意识中细微的反应,她热情地指挥着阿仁的儿子们,时而让把粽子拿到他们的母亲那里,时而传令小学操场上的星男开上雪铁龙来取粽子。并且,当我和住持正要离开上房时,她追击穷寇似的说道:

“阿蜜,下午我也去看踢球,我想听听大家对放了大蒜的粽子有什么反应。”

仿佛幻想片中的怪兽喷出火焰似的,诚惶诚恐的我和年轻住持喷着大蒜气息往仓房去了。住持拿来的大哥的笔记本,是用紫红色布封面装帧的小册子。对我来说,大哥总是住在城里的宿舍或东京的公寓,假期也很少回家,是位关系疏远的亲人。他大学毕业不到两年便阵亡了。当时山谷的大人们常常引以为鉴,说让儿子接受高等教育完全是无益的投资。我听后非常难过,这是他留给我惟一深刻的记忆。我接过笔记本,把它放在亡友留下的企鹅版图书上。我感到我未当住持的面立即读笔记本,这令他感到意外。可是说实话,大哥留下的文字并未唤起我生机勃勃的好奇心,却发现有种尚显模糊却很难对付的不祥预感,令我的心慢慢地变冷。我决定完全不理会笔记本,便立即问住持:

“我母亲说,曾祖父从二楼窗户开枪击退了暴徒。看这像枪眼构造的窗户,似乎真有其事,这反而令人感到可疑。你说呢?说枪是曾祖父去高知旅行带回的，好像万延元年时，爱媛农民有可能用枪武装起来了似的。”

“你曾祖父是这一带的大村长，所以农民这一说法是不对的，他有枪也不奇怪。可是，与其说那枪是你曾祖父自己去高知带回的，倒不如说也许是在暴动前夕来自高知的潜入者提供的武器。”住持说道，“我爸解释说，从高知来的那个男人住在寺院。他以当时的住持为中间人，说服你曾祖父和他弟弟发起暴动。虽不能断定这个潜入者是土佐藩的武士，但不管怎样他是森林那边的人。他通过住持的介绍，见过你曾祖父和他弟弟，所以他也许是作为巡礼僧穿越森林而来。那边的势力希望武装暴动动摇这边的统治基础，人们允许他们送来的人员进行活动。当时，这种险恶的状况不仅笼罩着山谷，也笼罩着整个藩域。住持和你曾祖父也许一致认为，如果不发起武装暴动，就拯救不了山谷的农民。住持是中立的，大村长则站在统治政权那边。不过农民灭绝了，他们也将同归于尽。所以他们反复思考的问题核心，也许就是什么时候发起多大规模的武装暴动。最高明的办法是，在情况更为恶化、大村长自身受到集中攻击前，让暴动掀起的暴力性能量发泄，将山谷的暴力限制在最低限度，其余部分移向城里。为发起武装暴动，需要一个领袖集团。但无论暴动怎么成功，这些领袖一定会被捕判死刑。虽然命中注定不久将牺牲，但在暴动期间，他们不仅要领导山谷，也将领导从山谷到城里整个地区的农民们。怎么选择这个集团呢？于是，你曾祖父弟弟训练的小伙子们的集团被看中了。那其中虽有几个继承土地的长子，但多半是农家的次子、三子，不过是些没指望拥有土地的多余人。这些多余青年的集团即使牺牲了，不但不会对山谷造成什么打击，反而会省去麻烦吧？

“要是这样的话，你曾祖父的弟弟连同武装暴动的领袖集团，都被来自森林对面的男人、住持和你曾祖父利用了，他们一开始就图谋抛弃他们。

“可能只有你曾祖父的弟弟得到密约：武装暴动后溜至高知，再从高知去大阪或东京。由来自森林对面的那个男人负责执行约定。有人说你曾祖父的弟弟穿过森林跑走后，改名换姓，成了维新政府的高官，你也听过这个传闻吧?”

“那么,曾祖父的弟弟从一开始就加入叛徒行列了。不管怎样,我都是叛徒家族的后裔。”

“不,阿蜜,这可说不准。当自己弟弟率领山谷农民们袭击时,你曾祖父之所以竟然开枪防御,也许是因为他开始怀疑弟弟是不是真的遵守他们之间的协约不烧毁仓房。如果根所家完全没有遭到袭击,藩里的强权势力也会追究你曾祖父的责任,所以上房是必须毁掉的,可是……我认为,这也是你曾祖父没把森林那边提供的武器交给那些年轻人,而留在自己身边的原因。事实上,武装暴动持续了五天五夜,最后藩里不仅接受农民要求废除了预付制度,而且向藩主进言这制度的儒者①也被判处死刑。后来,你曾祖父的弟弟及其集团不希望同伴中出现牺牲者,他们在这仓房里进行抵抗。所以,在武装暴动过程中,领袖集团中肯定产生了一种以你曾祖父弟弟为中心的合作精神。”

武装暴动结束后,曾祖父弟弟及其集团的成员们躲在仓房里抵抗藩侦察官。全副武装的他们极为不安。坚守仓房期间,他们急得猛砍横梁和门框,在上面留下了许多刀痕。幼时的我,常常被这些刀痕引入杀气腾腾的幻想。截至昨天为止,他们还是领袖集团的成员,但山谷的农民们并未援助他们粮食和水。他们最终因孤立而屈服,被诱出仓房,在现在成为村公所前广场的小台地上被斩杀了。直接策划把这些在仓房里饥渴难忍的年轻人骗到外面的是曾祖父。他让山谷的姑娘们打扮好,在仓房前给他们煮了饭吃。年轻人喝醉睡着后,侦察官突然袭击。那是曾祖父带的路。每当讲述根所家祖先的聪明才智时,祖母总是津津乐道这个小故事。我还记得,说我母亲嫁来山谷时,还有一位在曾祖父的骗局中被起用过的姑娘活着。屠杀时,仅曾祖父弟弟免于死刑,钻进森林跑了。即使如年轻住持所言,他与武装暴动的同伴之间具有合作精神,但最后他连这个都放弃了。所以作为其家族一员,住持的话并不能有效地抚慰我。曾祖父弟弟独自逃进森林时,可曾在森林高处瞬间回望洼地,俯视可怜的同伴们?他们仍在醉乡中,却被迫中断睡眠,

---

① 儒学家或具有儒学素养者。

被斩于山谷的小台地。同时,我曾祖父一定亲临刑场,或叉开双脚稳稳地站在石围墙上眺望了那一幕。

“你曾祖父的弟弟为什么特地训练山谷的年轻人呢?起因在于咸临号启航去了美国吧?”年轻住持机敏地觉察出我的忧郁,转换了话题。他的精神世界如此细腻,然而当妻子和人私奔后,虽然山谷盛传其谣言,比如说他阳痿等,但他忍受了满含卑鄙中伤毒素的谣言活了下来。

“你曾祖父曾在高知见过约翰·万次郎。假如你曾祖父弟弟听说他又乘咸临号去美国了,他当然会感到痛苦吧。森林那边的渔民儿子在新天地冒险时,自己仍被封闭在狭小的山谷里。因为那年夏初,当他得知幕府也允许本藩出身者进入军舰教练所学习的消息,为了能被选中,他通过寺院住持进行活动。我父亲说他读过其呈报书的副本,所以如果仔细查找寺院仓库,也许现在还能找到。原本乡士①大村长的次子,应该有可能挤入下层武士中。事实上,当时在森林那边,乡士的儿子们正轰轰烈烈地进行尊王攘夷活动!不过,他的活动没有成功。这也并非他无能,藩政府自身缺乏将学生送入军舰教练所的冒险精神。无处发泄的怨愤在燃烧。于是,作为村里年轻人的领袖,他成了反·体制②活动家吧。他时而策划一些特别训练,时而主动担任农民们的代表向藩里申请借银钱事宜。于是,穿越森林而来的工作人员和住持、你曾祖父开始注意这个危险的实力派年轻人,并对他做工作。这就是我研究所得的结论。”

“至少在我迄今为止听到的万延元年事件中,这是最有魅力的见解。”我承认道,“把它与战后不久S哥在朝鲜人村落被杀事件联系起来考虑,可以发现山谷粗暴的青年团体所完成的任务是相同的,这让我理解了许多事情。”

“说老实话,”年轻住持也坦率承认,“实际上,作为旁观者观察朝鲜人村落事件时,我渐渐发现了一些智慧,我用它们解释万延元年事

---

① 指乡居武士。

② 此处标点参照原著,以下类同。

件。在老二S的行动中,有些地方只能让人觉得他做决断时想到了万延元年。我把万延万年和一九四五年夏天联系起来,觉得不能仅仅说是牵强附会。”

“曾祖父弟弟是暴动领袖集团中惟一逃避死刑者,S哥对此耿耿于怀。所以你认为,他反过来在袭击朝鲜人村落的参加者中,肩负起同伴中惟一被杀的任务。那么,不管怎样这对于已经死去的S哥是最为友善的解释了。”

“我们曾是朋友。”年轻住持把少白头下的小脸涨得通红,羞答答地说道,“不过,我是个没用的朋友……”

“鹰四好像也和S哥一样,希望在万延元年事件的影响下行动。从今天开始,他把山谷的小伙子们集中起来练球。这也是因为,曾祖父的弟弟曾砍倒森林树木建立练兵场,对年轻人进行战斗训练,鹰四觉得这很有魅力。”

“可是,现在不可能发生万延元年那样的武装暴动。也不是战争刚结束时,朝鲜人村落和山谷人可以彼此残杀而不许警察介入的时代。在这充满和平气氛的年代,即便是阿鹰,也不可能成为暴动领袖,所以还算安全吧!”住持恢复了平日的微笑说道。

“可是,这笔记本里写着什么与和平年代不相称的内容吗?”我趁住持微笑之际试探性地问道,“如果是那样的话,把它交给鹰四比较好吧。在根所家族的性格中,有种拒绝从万延元年事件中接受雄壮暗示的类型,我继承了这类型的血液。即使做梦,我也从未和曾祖父的英雄弟弟融为一体。我要么吓得哆嗦着一直躲在仓房里;要么是个怯懦的旁观者,做着凄惨的梦,连像曾祖父那样开枪都不会。”

“如果按照你的意思,那么笔记本还是交给阿鹰好。”住持一刹那间好像胆怯了似的,脸上的微笑冻结了。

于是,我从亡友留下的企鹅版图书上拿起紫红色笔记本放入外套口袋中。而后,和住持一起下到小学操场。鹰四和他的新伙伴们正在那里练球。

万里无云的晴空下,在山谷风向不定的狂风中,沉默的小伙子们认真地踢着球,他们都有些气喘吁吁。特别是海胆怪物,短短的躯干配着极不协调的大脑袋,脑袋上还缠着一条厚毛巾。他拼命地跑着,不断地摔倒,但没人笑他,这反而令人感到奇妙。站在操场周围的孩子们也缄默不语,满脸抑郁认真的表情。这与都市孩子们看体育比赛时的情绪完全相反。都市的孩子们兴高采烈,甚是活跃。

鹰四和星男在来回跑动的小伙子们中间指导着。他们虽然朝我和住持示意了一下,但并不想停止练习。惟有坐在雪铁龙上的妻子和桃子,远远地绕过踢球的那帮人,过来和我们说话。

“真是很可怕的景象！大家看上去不那么享受,可为什么又那么入迷呢?”

“他们不管做什么都很专心,除此之外什么都不懂。我和桃子喜欢这种认真练球的样子,我们打算今后每天来看。”妻子说道。她拒绝与我畏缩的情绪保持步调一致。

偶尔有球从小伙子们中间踢过来,滚到我这里。我想踢回去,脚却几乎踢空,球急剧旋转落下,扬起一片尘土后停住了。车上的女人们冷淡地注视着我和球,脸上连一丝嘲笑的表情都没有。仿佛安慰狼狈的我,年轻住持依然面带微笑,我的心境却愈发沮丧冰冷起来。

晚上,大家吃过饭后随便在地炉边躺着,鹰四凑到我跟前说道:

“阿蜜,笔记本上写着很可怕的事。”为了不让醉酒的妻子听见,他压低声音,然而感情抑郁、声音凄楚。我凝视着黑暗,以避免正对他的脸。在听他接着讲下去前,一股实实在在的嫌恶感涌上我的心头。

“大哥在大学里学了德语吧。他用 Zusammengeschaft① 这个词,说军队是由一帮难以对付的家伙们拼凑起来的。说是揍了中队军训中掉队的家伙,那家伙就留下一封写着对不起队长的刺激人的遗书自杀了。所谓队长就是大哥。他在本子上写着:实际上,现在的日本如何？混沌不堪、非科学性、毫无准备,且摇摆不定。现在德国实行的票证制——票可是昭和八年希特勒抬头时期已印制准备的。但愿苏联啊,为我扔下炸弹吧！日本人被太平美梦毒害,至此绝境仍游移不定,不能自制。另外,作为在军队取得的成果,他还说只是‘忍耐力之略微增加,体力

① 德语,意为“共同完成”。

之增强'。他还认为,读书应'广而深,要按目标进行'。并就高岛米峰的深呼吸术做了笔记。他还记述道:据说在海南岛的○○部队,队长亲自说,'可以玷污 Fräulein① 的 virgin②,但一定要做好善后处理。'所谓善后处理,当然是指 to kill③ 之意。接着却又写下道德戒律:即使欲登富士山顶,亦须自第一步开始。而且,他就莱特岛一位土著密探的情况做了详细记录:听说队长抓住他后,说让新兵刺杀,但我抢先了,我有生以来第一次挥起日本刀,切下了土著居民的脑袋。阿蜜,你读吗?"

"阿鹰,我对那记录不感兴趣,也不想读。"我粗暴地谢绝了,"我预感到也许写了这样的内容,所以才转交给你。不过,不就这些吗。不过是些平平常常的战歌!"

"可是对于我,它不仅仅是这些。阿蜜,它意味着我发现了一位亲人。他在战场上,也以日常生活者的感觉生活着。而且,他是一位能干的恶的执行者。如果我生活在大哥的时代,这也许就是我自己写的日记。这么想来,我感到我将从新层面展望世界了。"鹰四不接受我的批评,他语气坚定地说道。妻子虽然醉了,但刹那间,那有力的声音一定也搅乱了她的意识。我回头看弟弟时,她也抬起头来死死地盯着弟弟。只见他非常激烈地抖擞了精神,且有些像阴沉而充满暴力性的罪犯。

---

① 德语,意为"小姐",旧时称呼未婚女子。

② 英语,意为"处女"。

③ 英语,意为"杀死"。

七、念佛舞的复兴

翌日清晨醒来，我立即意识到，我现在与在东京的日常生活相同，是独自睡着的，即使因身体各处撕裂般的痛楚及肋骨深处寂寥的失落感而辗转反侧，也不必像以前那样，在乎睡在旁边的妻子的目光而可悲地惶惶不安了。这给我带来了真切的解放感。我现在睡着的姿势，是我独睡时常用的姿势——不介意任何他人的目光，也完全暴露了所有脆弱。我过去一直不想弄清这姿势是基于何种记忆形成的。但现在我也承认，我和妻子去接回托放在福利院的婴儿时，我们茫然俯视，看见木架床内有个被彻底搞垮了的奇怪物体，这一定是它的姿势。医生怀疑如果再次变换环境，婴儿也许会承受不了而休克死去。但我们把婴儿丢在那里的理由是，由于对那悲惨之物的嫌恶感，我们自己也许会休克死去。我们的行为已无法进行自我辩护。如果死去的他变成一个衰弱的死鬼回来咬死我们，至少我已不会再逃跑了吧。

昨晚，妻子不愿返回隔扇这边，与鹰四及其亲兵们一起睡在了地炉边。我们在仓房二楼围绕着崩溃的问题，谈到了新生活和死亡。妻子在因酒精而过热的大脑的自转作用中将对话进一步发展，结果采取了坚决态度。

“喂，我们睡吧。威士忌可以在毯子里接着喝！”我劝她时，烂醉的妻子未特别在意鹰四他们是否会听见，但出于话题的性质，希望小声讲述，然而声音却非常清楚。她拒绝了我。

“阿蜜好像事不关己似的，让我想办法重新开始，再生个小孩。可是想想，阿蜜自己为此也应该重新开始，阿蜜没有重新开始的意志。为什么听到阿蜜的命令，我就必须像做伴的狗似的钻进毛毯？”

于是我反而暗自放下心来，留下她回去了。鹰四不介入我和她的这种小纠葛。紫红色的笔记本回响着大哥陌生的声音，他被这声音支撑着，仿佛刻上了尖锐螺纹的螺丝钉，要把自己拧入他个人问题的幽深处。我从未希望从大哥的亡魂中受到影响，也未特别不平静。我把它当作寻常的战歌，想就这么背过脸去。与其唤起沾满鲜血地站在陌生战场上的不祥的大哥，倒不如在想象力的世界中挖个洞睡觉更容易……

我许久未把头埋入毛毯中了。试着闻了闻自己温热的体味，感觉好像用手拨开自己的内脏，而后把鼻尖插进去。我变成身高一百七十二公分的腔肠类动物，把脑袋钻入肠内，舒舒服服地蜷成一个肉圈，甚至感到身体各处的钝痛和失落感似乎即将转化为隐微而负疚的快乐。我意识到现在没有人看着我，而且疼痛和失落感总归是我独有的，快乐正源于此。我也许可以像最低级生物似的孕育这疼痛和失落感，进行单细胞繁殖。我是“温良之人”。我忍耐着呼吸不畅，继续隐藏在毛毯中温臭的黑暗里。我试着在心中描绘如此情景：把脑袋涂成朱红色、肛门中插入黄瓜的自己，在温暖的毛毯中的黑暗里闻着自己的体味窒息而死。伴随着浓重的真实感，那整体形象渐渐呈现出清晰的轮廓。

快窒息时，面部皮肤因充血而变得又厚又烧。我把头猛然伸至毛毯外冰冷的空气中，这时听见鹰四和妻子正在隔扇那边低声说话，鹰四的声音仍保持着昨夜以来的兴奋。我希望妻子面朝暗处侧脸听着。刚睡醒的妻子的脸上应该明显带有崩溃的征兆。我并非想要隐瞒这事实，但弟弟的眼睛如此闯入我们的“家庭”，这势必刺激我的自尊心。鹰四正讲述有关记忆啦、梦幻世界之类的话题。这逐渐形成谈话核心，令其想起在雪铁龙上的争论。

“菜采……指出错误时，我确实什么也说不出，是吧？所以我精疲力竭，陷入疑神疑鬼状态。可是，我从球队那帮家伙们的话中……恢复了。”

“阿鹰，你的记忆……比阿蜜的记忆……”妻子有气无力地说道。这声音并不表明她精神恍惚，反而表明未喝酒的妻子是一位优秀的听众，正凝神于会话中。

“不，我不是说我的记忆符合事实，但那也不是我故意歪曲，至少这山谷里曾有过我的根，顺从山谷人共同的热切希望，与个人的主观歪曲不同吧？离开农村后，我在自己头脑中纯粹培养起来的是由这共同梦想支撑着的记忆。小时候的我确实看见在盂兰盆会的念佛舞中，S哥的‘亡灵’身穿海军飞行预科实习生的冬装制服上衣，指挥着青年集团与朝鲜人村落的那帮人作战，终于被打死，上衣被扒去，只剩下雪白的衬衫和裤子，脸朝下倒在地上。我说过被打死的S哥的胳膊好像跳舞似的，腿好像边跳边跑的样子吧？那如实表现了充满粗犷跳跃的念佛舞突然停止的瞬间。念佛舞是在盛夏的正午进行的，所以使我记忆熠熠生辉的白色太阳光，也都是我在现实的盂兰盆会上体验的。那不是真正袭击朝鲜人村落的记忆，这事实是在山谷人共同情感中被形象化地再现出来的念佛舞世界中的体验。球队的那帮人说，我离开洼地后，他们仍然看见S哥的‘亡灵’在每年的盂兰盆会上跳我记忆中的那种舞。我不过是在记忆的装置过程中，把盂兰盆会的念佛舞和实际生活中袭击朝鲜人村落的情景混淆在一起罢了。这反倒意味着我仍然拥有与山谷人的共同情感联系在一起的根吧？我相信这点。阿蜜肯定和小时候的我一起看过念佛舞，年长的他对此应该拥有比我清晰的记忆，可在雪铁龙上的讨论中，他为了有利于推进自己的理论，故意不吭声，阿蜜有其阴险之处。”

“阿鹰，盂兰盆会上的念佛舞是什么性质的东西？所谓‘亡灵’是指鬼魂吗？”妻子问道。但我认为，她确实感到了鹰四话中的根本含义，也充分理解鹰四以梦幻为契机发现了自己与山谷人共同情感联系在一起的根，并为此感到自豪。

“这个你问阿蜜，如果我把山谷的一切告诉你，阿蜜会嫉妒的！对了，你今天也来给球队做午饭吧？我想过几天把队员们叫到家里合住。新年时，年轻人白天晚上都聚在一起是山谷的习惯，所以我打算在我们家进行。菜采，你可得帮忙啊。”

我未听清妻子的回答，但我明白她现在显然属于鹰四的亲兵了。下午，她要我介绍山谷盂兰盆会的风俗。她自然未触及弟弟所说的“嫉妒”一词，所以我做介绍时，也对她与弟弟早上交谈之事保持沉默。

长曾我部是从外部袭这洼地并带来灾难的邪恶典型，是山谷民众绝对拒绝的敌人。但与此不同的另一种邪恶或造恶物造访洼地，而且对山谷人来说，那仅凭拒绝和拒之门外是无法解决的。因为，它们原本属于山谷民众。每年盂兰盆会时，它们从森林高处排成一队，沿着石板路返回山谷，受到生者充满敬意的欢迎。我由折口信夫[1]的论文得知从森林返回者，就是从森林=阴间作用于山谷=现世，并有可能造成灾祸的“亡灵”。每当山谷洪水泛滥不退，或稻瘟病极度猖獗时，人们便认为是“亡灵”所为。为了抚慰亡灵，人们热衷于盂兰盆会。战争末期斑疹伤寒流行之际，人们特别隆重地举办了祭祀“亡灵”的盂兰盆舞会。盂兰盆会的队伍中，有的参加者打扮得像巨大的白色乌贼。他们从森林走下，令村里的孩子们感到恐怖。那是暴虐的虱子的“灵魂”吧。不过，人们认为那并非虱子死后变成“亡灵”，而是我们祖先中的凶暴死者，或不幸死去的善良者的灵魂，在那一年作为虱子的“亡灵”显现而带来灾难。山谷中曾有位男子是念佛舞专家，他指挥盂兰盆会的队形操练。平时，他是榻榻米店的老板。可是一旦传染病流行，大竹林里的隔离医院人满为患，他便从春季开始一门心思考虑下次盂兰盆会的组织安排。即使在自己店里干着活，亦频频主动与石板路上的过往行人兴奋地高声商谈。

每年，排成一列从森林走下的盂兰盆会队伍，终于来到我家前院，站成圆形阵容跳舞，最后进入仓房对房间进行一番赞美后，又吃又喝。所以，仅限于观看盂兰盆会队伍这事来说，我是所有山谷孩子中处于特权地位者。如此，我所看到的盂兰盆会队伍中，留在我记忆中最惊人的变化是战时的某个夏天，突然出现了穿军装的“亡灵”们。他们是从山谷出征的阵亡者们的“亡灵”。而且，军装“亡灵”数逐年增加。有一青年在作为征用劳工劳动时炸死在广岛。其“亡灵”好像软炭块似的全身乌黑从森林走下。S哥去世后翌年夏季的盂兰盆会时，榻榻米店老板来借飞行预科实习生的制服，我瞒着母亲只借出一件冬装上衣。翌日，沿着石板路从森林走下的一列队伍中，加入了一位穿着那件衣服的“亡灵”，它充满热情地跳着。

“阿蜜在雪铁龙里没说这些，这对阿鹰不公平。”

---

① 折口信夫（1887—1953），日本文学家、诗人、民俗学家。

“不对，我不是故意保持沉默。我知道S哥其实不是山谷青年们的领袖，而且我亲眼见到被打死后倒下的S哥，那印象又非常强烈，所以我无法把那么英雄化了的美好‘亡灵’和S哥之死联系起来。”

“这就是说，阿蜜现在和阿鹰称之为山谷人共同情感的东西相距很远？”

“如果我真是一个和山谷隔绝的人，那么即使‘亡灵’想带来灾祸，对我都无能为力，这实在值得庆幸！”我捻碎了妻子话语中若无其事地隐含着的攻击萌芽，“你亲眼看过念佛舞就会立即明白，即使身穿飞行预科实习生制服的‘亡灵’确实在圆形阵容中夸张地跳动，但在来自森林的列队中，不过是跟在队末的下层‘亡灵’。引人注目的中心人物是穿古装的万延元年武装暴动领袖的‘亡灵’，也就是扮成曾祖父弟弟的‘亡灵’。他站在队伍前面，同时受到看热闹者和扮演‘亡灵’的同伴们的敬重。”

“念佛舞是万延元年武装暴动后形成的风俗吗？”

“不，不是。那以前就跳念佛舞。而且自从有人开始住在山谷以来，‘亡灵’就一直存在吧。武装暴动后数年或数十年，曾祖父弟弟的‘亡灵’也一定和S哥的‘亡灵’一样，不过是在队伍末尾接受严格训练的初级‘亡灵’。折口信夫把这新‘亡灵’称作新出家者，把通过念佛舞进行的新弟子训练定义为训诫。化了装进行剧烈运动的念佛舞是相当重的体力劳动，所以且不论‘亡灵’自身的训练，对于扮演它们的村里的小伙子来说，一定确实受到了十分严格的训练。特别当洼地民众的生活发生不测时，念佛舞表演者热烈的表演中确实有令人畏惧之处。”

“我真想看一次念佛舞。”妻子现出纯真的憧憬说道。

“你打算每天去看阿鹰他们练球吧？如果阿鹰的活动真是扎根于山谷的共同情感，那么那也是新型念佛舞。即使‘亡灵’未附在他们身上，他们自己也将得到充分锻炼，被拷问，所以可以发挥念佛舞的一半效用。至少受过球训的那帮人到了夏天，不必气喘吁吁地跳念佛舞了吧。我希望阿鹰的足球训练只用于和平目的，别像曾祖父弟弟在森林中开辟出的练兵场上训练年轻人似的。”

除夕的前一天，我亲眼看到鹰四的训练在山谷日常生活中发挥出如此功效。那天过午时分,从仓房坚固的窗户钻入暖暖的空气,像微温的水浸着我,融化了我头部、肩部和腹侧部的冰块,我渐渐变成辞典、企鹅版文本和铅笔本身,除了正在继续翻译的我,其余的我如烟云般消去了。我继续工作着,同时隐隐地感到如果工作总能如此进展,那么我也许不必体验劳动的痛苦即可坚持到老,不过也不会有特别重要的成就。这时,一声呼叫刺穿了我温暖松弛的耳朵。

“有人被冲走了!”

仿佛挂起一条死老头鱼,我用意识之钩硬拉起软绵绵、湿乎乎的身体。而后,勇猛地踏着楼梯跑下去。奇怪的是我并未摔倒。在楼梯下的微暗中,追赶着独眼的我刚做完之事,后怕的感觉涌上心头,令我呆立不动。同时,反省浮现于脑海——严冬时节几乎干涸的河流不可能把人冲走。但这次,阿仁孩子们的叫声确实带着持续的回音,就在近旁飞入我耳朵。

“有人被冲走了!”

我来到前院,只见阿仁的孩子们仿佛追赶野兽的狗,大叫着从石板路上跑下,即刻便无影无踪了。孩子们在磨损成船底形的陡峭的窄石板路上跳跃似的跑得飞快。他们巧妙地保持平衡的方法,直接晃醒了我肉体深处那快跑和冲走人的记忆。从夏末至秋季的汛期,特别是战时滥伐森林后,每年都出现被涨水的河流冲走的不幸者。那最先发现者大呼:

“有人被冲走了!”

听到者也同样叫喊着沿河岸成群跑下。但他们没办法救助河中漂流着的牺牲者。山谷的成年人们一边徒然地希望追上洪水迅猛的流速,一边惟有跑过石板路的岔道和干道,穿过桥梁,在公路会合后依然继续奔跑。即使体力最好者,最终也精疲力竭地倒下。虽然这种伴随着呼喊的快跑会持续下去,但人们无法尝试任何具体的救援措施。翌日,身穿消防员号衣①的成年人们出现在水量减少了的河边。与昨日高涨的情绪截然不同,他们心不在焉地硬着头皮,闷闷不乐地把竹竿扎

---

① 手艺人、工匠等所穿的,在领上或后背印有字号的日式短外衣。

入堆积在灌木丛和水杨丛的淤泥中，开始他们毫无把握的旅程。他们面前的困难是不找到淹死者的尸体不能返回。

我已确信自己听错了。但在仓房二楼，从事着与山谷人的生活毫无关系的工作，这期间我变成了松弛的嫩肉块。那喊声唤起了我犹如山谷共同体一员似的反射运动。总之，这本身有令我感到兴奋之处。我想尽可能延缓兴奋消退的速度。这时，又确实听到喊声：

“有人被冲走了！”我决定行动起来，就好像已相信这事实。总之，我有充裕的时间。于是，我也效法自己——那个曾像阿仁孩子们年龄的山谷孩子，脚底紧紧地贴着船底形斜坡，不断转动着胳膊肘，一边保持着身体平衡，一边沿石板路跑下。到达村公所前广场时，我已头昏眼花，呼吸急促，双膝失去知觉。奔跑时，我的耳朵一直听见我自己那肥肉晃动发出的声响。即便如此，我还是像长跑比赛中的落伍者似的，伸着下巴，喘着粗气，一边担心那压迫肋骨的心脏会膨胀，一边朝桥那边疾步走去。目送着超我而去的孩子和女人们，我才意识到这几年自己从未奔跑过。

不久，我看见桥头喧嚣而色彩斑斓的人群。过去山谷人聚在一起，仿佛沙丁鱼群般黯淡，人群本身看起来就像洼沆或坑穴。然而，从超市流出的低劣的衣服和衣料改变了山谷人群的色彩。人们正紧张地注视前方。带有厚重排斥感的沉默好像网一样罩住了所有人。我像孩子们那样走进石板路旁的枯草丛中，发现斜对面有人正围着破桥墩进行作业。

由于中间桥墩迫于水压倒向后方，所以与桥身接合处仿佛扭着的手指，向不同方向突起好几根关节。而且，虽然每根坏了的混凝土关节都被钢筋穿成了串，但都是可以自由晃动的重块。如果在重块部分加力，也许它们会伴随着巨大冲击力，引发复杂而危险的回转运动。有个孩子纹丝不动地骑坐在其中一块混凝土块上。他把帽子戴到眼眉，出奇地安静。也许已丧失意识，给人的印象就是如此安静。孩子是从临时便桥的木板缝中滑下去的。虽然抓住了混凝土块，然而即便是他的体重也使混凝土块晃动起来，胆怯的孩子只得一动不动地贴着它。可怕的时间流淌着。

小伙子们想救助这位陷于绝境的孩子。他们从临时便桥上围住出事的桥墩,用绳索把两根合在一起的圆木放下。为了不使圆木碰到中间的桥墩,小伙子们赤脚进入几乎干涸的河里,拉住绑在圆木中央的第三根绳索。圆木上骑着两个小伙子,他们向困住孩子的混凝土块慢慢靠近。他们一边向孩子喊着哄牲口似的什么话,一边跪在圆木上向前蹭行。前面的小伙子终于蹭到孩子正下方,背后的小伙子便用双臂紧紧搂住其腰部,而他本人则用脚绕住圆木支撑自身的平衡。于是,前面的小伙子像剥知了似的,把毫不反抗的孩子从混凝土块上救下。响起一阵欢呼声。就在那一瞬间,孩子坐过的混凝土块即刻猛烈地转动起来,撞在塌桥桥身的锯齿状角上。沉闷的声音响彻山谷,在四方森林中升起。鹰四刚才趴在混凝土块正上方的临时便桥上指挥小伙子们行动。这时他站起来,为了把圆木上的三人拉至临时便桥的高度,他再次指挥拉绳索的小伙子们。混凝土块的冲击声以难以治愈的激烈度使我的心灵产生了变形。它与感到亲人现在已度过最严酷危机而产生的欲吐的深深的安心感有关。可是如果未度过危机呢?想到这里,它又被更浓厚而细腻的、接触到这世界粗野凶暴一面时的绝望感所吞没。如果救助失败,孩子的肉体与混凝土块一起被摔烂在锯齿状的断面上,那么其死亡责任者鹰四,也只得被摇摇晃晃的秤砣般的混凝土块赶下来,将自己和自己的脑袋摔烂吧。不,这个来自外部、惨杀了山谷共同体幼小成员的男人,甚至会被处以更卑鄙而残酷的刑罚吧。如此想来,我虽然安慰自己"可是,鹰四成功了",但与胃液一起涌现的恐怖滋味依然无法消去。鹰四为什么主动投入危机?我带着漫无目的的愤怒想道,而后返回山谷,不理会那一小堆涌向得救孩子的人群。此前,仍然是球队小伙子们把人群控制得井然有序,使救助工作得以卓有成效地进行。鹰四曾多次坚持说他不惧怕任何暴力和肉体痛苦,甚至连死都不怕,可是,仅仅手指肚渗出血珠便昏迷过去了。我不由得想起当时他那张富于挑衅性的凄惨面孔,总是显得阴郁而紧张。如果目不转睛地看着孩子的肉体在自己趴着的临时便桥下方五十公分处被挤烂,自己则满脸溅上夹杂着混凝土屑和肉片的血沫,那么他还打算哇地吐出来,从这粗暴的现实世界逃跑吗?身后如过节般响起兴奋的笑声和新的欢呼声。

在其驱逐下,我怀着与他们的兴奋正好相反的兴奋心理,气喘吁吁地快步行走着。

“有人被冲走了!”

刚才,被最危险的洪水冲走的其实是鹰四。但以这次事件为契机,鹰四及其球队会在山谷得到一种力量吧。鹰四肯定会获得自信,感到自己的根深深地扎进了山谷。于是,妻子也渐渐看清他身上萌生之物的存在感,它亦将直截了当地让妻子再次体会没有任何新东西造访我的事实。我终于为弟弟对妻子所讲的“嫉妒”一词填充了具体内容。我在即将返回前,发现雪铁龙停在人群后。如果拨开激动的人群走上前,我便可以和妻子他们会合。但我无视了它,把人群留在身后。“嫉妒”之语电荷了新的含义,其噼里啪啦发出的火花讲述道:“我不想与妻子同时出现在弟弟成功时。”

一个下肢奇长的男人,骑着一辆老旧的自行车,仿佛正练习慢骑术似的慢慢超过我,而后轻松地单脚支地,回过头来说道:“蜜三郎先生啊,鹰四的领导能力实在了不起啊!”语气中并无特别的感动。这是所有山谷有地位者的说话方式。他们戒心很重,总是戴着客观的冷静面具,狡猾地试探对方的感受。我离开村子时,他是村公所副村长。现在,他仍骑着村公所的自行车。他呈现出肾炎患者似的肤色和肥胖,正表情暧昧地窥视着我的态度。

“要是失败了,鹰四早被处以私刑了吧?”我也与副村长一样,在冷静的语气中满含了厌恶说道。他一定认识到,我对山谷成年人谈话中的基本策略并非一无所知。他“哈!”了一声。这声音用意不明,只是隐含了轻蔑的回响。

“如果鹰四以前一直长在山谷,他就不会特意在那么危险的陷阱周围转来转去,做出轻薄的举动。那家伙太不了解山谷人了。”

“哪里! 哪里!”男人微笑说道,暧昧中露出慎重和令人不信任的印象,“山谷人也不都是恶人!”

“为什么桥坏了,却置之不理呢?”他推着自行车,我与他并肩走着问道。

“桥? 哈!”男人说着便陷入了沉默,就是不继续后面的话语。而后，用确实是山谷难对付的成年人平日充满自嘲的口吻说道："明春要和邻镇合并，这之前，我们村没必要单独修桥！"

"合并之后，村公所怎么办？"

"嘿！副村长是不需要了！"男人第一次报以直率的反应，"即使现在，村公所也几乎没运作。在很久前，五个村镇的森林工会合并了，农协破产了，村公所很冷清！村长没了干劲，闷在家里从早到晚看电视！"

"电视？"

"超市在森林高处安装了公用天线推销电视，天线使用权是三万[①]！尽管如此，洼地有十户人家安装了电视机！"副村长说道。

虽然，村子在经济方面萧条的趋势非常明显，但至少十户富裕人家并非奴隶性地屈服于超市的控制，他们也许设法享受着消费生活。不过，如果相信年轻住持悲观的意见，那么这十户人家或许也向超市借贷了一部分天线使用权和购买电视机的费用。

"都说超市的天线收不到NHK的电波，所以没人交收视费。"

"都看地方城市的私营电视台节目吗？"

"不，画面最清楚的是NHK，哈！"副村长夹杂着些许愉悦的心情解释道。

"现在还跳念佛舞吗？"

"哎呀，这五年来不跳了。你们家只剩下看门人，榻榻米店老板也趁夜逃了！说是现在村里即使盖新房子，也都盖洋式的，不用榻榻米了！哈！"副村长警惕着我的新话题说道。

"念佛舞的队伍在我家院子里跳舞，那有什么规定？理应有选择方法，比如选村长家的院子啦，或山林地主家的院子啦……是因为我家位于从森林下到山谷的途中吗？"

"那也许是因为你们家姓根所的缘故，也许因为那是山谷人灵魂的根之所在！"副村长说道，"你父亲去满洲前在冲绳工作。他曾在小学讲演，说根所这个词的意思和琉球语里有个叫'念多靠捞'的意思一

① 此处指日元。

样。还捐赠了二十桶红糖！”

“我母亲瞧不起父亲的‘念多靠捞’之说，完全没把那当回事。而且，她说因捐赠红糖，父亲成了山谷的笑料。家中濒临破产的男人捐赠，这也许是被嘲弄的直接原因吧？”

“不不，我不是那意思！”副村长撤回若无其事地设下的恶意圈套。根所→念多靠捞之说，只是作为包藏着阴湿毒素的笑话一度流行于山谷。我父亲在人格方面有些轻率之处。当村里的成年人把他一生中的诸多失败当作消磨时光的话题时，这是最有趣的小故事。人们认为父亲试图以二十桶红糖独占所有山谷亡灵的根，如此父亲受到长期的嘲笑。如果我中了副村长设下的根所→念多靠捞说的圈套，那么他也许又会和他的朋友们编出一个新笑话，说根所儿子继承了父亲的血统。

“你把仓房和地皮卖了，是笔很好的买卖吧！”

“还没正式卖。阿仁一家也在，所以地皮也许不卖吧。”

“你别隐瞒了！蜜三郎先生啊，买卖不错吧！”副村长坚持道，“鹰四和超市经理在村公所办完地皮和房屋登记手续了，所以大概情况我是知道的！”

我把所有生理反应置于意识控制下，温和地微笑着，平静地走着。我的鞋底下，石板路突然变为带有恼人排斥力的坑洼不平之路。玻璃门非常脏，上面溅满了泥水，那是很久前的雨留下的。老人们和女人们从玻璃门对面的黑暗中睁大眼睛，盯着走过的我们。所有这些眼睛都作为他者的眼，开始激烈地主张其存在。走在我身边的副村长，是这他者们的总代表。四周的森林阴沉沉的。天空黯淡了，现出要下雪的征兆。我不由得感到这一切现在都与我毫无血缘关系，是绝对局外的风光。对于现实世界，我们的婴儿最终未拥有任何理解关系的管道。我想温和地保持我那温和的微笑，就像我们婴儿眼中的绝对温和。将自己封闭起来的我，对这山谷的一切不感兴趣，也不为山谷的一切所动。对于山谷的所有他者，我并未真正存在于这石板路上……

“那么，哈！”副村长说着跨上了自行车。他发现了我态度中某些他乡人的异样，便运用了敬而远之的祖传智慧。但他在我内心发现的异样，并非由弟弟一声不吭地卖掉房屋和地皮而引发的兄长的不平静。

在这山谷共同体中，不可能有比如此事件更巨大的丑闻。所以，如果他刺探出苗头，他一定会像山虱钻入猎犬的耳朵般敏捷地钻入我不平静的坑穴，无论怎样都不动了。可是，他在我身上发现的是局外人的面孔——那对包括他本人在内的村里的一切存在绝对不感兴趣的局外人面孔。于是他跨上自行车，郁闷地怀疑自己刚才是否在和幻影说话，同时用力蹬着自行车走了，那长长的上身因用力蹬车而摇晃着。对他来说，我忽然变成完全不具有现实性的、如远方街市的谣言般的人物了。

“那么，副村长再见了。”我也寒暄了一句，那温和的声音连自己听起来都觉得愉快。可是，他毫不理会幻影的招呼，忧心忡忡地歪着脑袋，顶着石板路上坡道的阻力远去了。仿佛走在陌生街道上的透明人，我微笑着悠然而行。没能跑去桥那边的小孩子们仰望着我。然而，当我在他们满是尘垢的脸上发现与昔日的自己相似的表情时，我已不再畏缩了，即使从被超市破坏了的酿造家的土仓前经过，我也没有特别的感情起伏。今天，超市冷冷清清的。无聊的年轻姑娘从现金出纳机后面用迟钝朦胧的目光目送我走过。

从美国回来的鹰四，突然袭击了在噩梦中呼叫醒来的我。

“阿蜜，你必须开始新生活了。”“放弃阿蜜现在在东京所做的一切，和我一起回四国吧？作为新生活的开端，这是个不错的办法，阿蜜！”想来他说这话时，相隔十几年，作为实际存在的山谷村落第一次回到我心中。于是，为了寻找自己的“草屋”，我回到山谷。弟弟在美国流浪的日子里，其皮肤上如灰尘般积存了令人意想不到的抑郁，我不过是被抑郁欺骗了罢了。我在山谷的“新生活”，不过是鹰四为了他那迸发出莫名热情的理想，为防止我拒绝，顺利卖出仓房和土地而进行的活动而已。对我来说，山谷从这次旅行一开始便从未真实存在过。话虽如此，我在这山谷未留下任何根，我也不想扎新根。所以，我名下山谷的房屋和地皮亦等于没有现实性。弟弟应该不需要任何策略，就可以把它们从我这里夺走。

我依靠孩提时代的平衡感记忆，跑下船底形的石板路。现在，我又怀着不安的停滞感攀登。我认为包括石板路在内，整个山谷都与我无关。这令我感到一种茫然的不安。回到山谷后，我一直怀有一种罪恶感——我丧失了回归孩提时代以来的真我的 identity。然而,现在我亦从这罪恶感中解放出来了。

"你真像只老鼠!"对于如此非难我的整个山谷,我现在可以充满敌意地回敬道:"你们为什么对毫无关系的他人如此多管闲事?!"在这山谷中,我不过是与自己的年龄相比,显得过分肥胖的独眼过客而已。除了如此的我,山谷的事物不会唤起任何其他真我的记忆和幻影。我可以主张过客的 identity。老鼠自有老鼠的 identity。

既然自己是老鼠,那么别人说:"你真像只老鼠!"我便不会惊慌失措了。一只极小的家鼠,被如此骂着,却仍目不转睛地跑进自己的窝。那只小家鼠就是我。我无声地笑了。

回到家中——弟弟已把它卖给了超市天皇,我知道它不属于我,也不属于我家的任何人了。我把身边衣服塞进皮箱。如果鹰四不仅把仓房,甚至连土地也卖掉了,那么他也许得到了数倍于他给我和妻子作为定金汇报的金额。而且,作为给球队的捐款,他还从暂且分给我的假定金中又搜刮走了一半以上。我想象鹰四得意地向球队吹嘘,他如何从我这里夺走房屋和地皮,并让我从假定金中捐款的情景。这是一出滑稽剧。扮演狡猾恶汉的弟弟,给我这迟钝善良者以严重的打击。我给球队的捐助,也许完成了这出剧的滑稽效果。我也从仓房搬回企鹅版文本,以及辞典、笔记本和稿纸类,把它们塞进皮箱。而后,等弟弟和他的亲兵们回来——其中包括新加入的妻子。我将返回东京,再次过上于黎明时分醒来感觉浑身各处隐约而固执地疼痛的日子吧。或许我的面部和声音也愈发地变为下沉形,确实像老鼠似的尖着嘴,开始用低低的吱吱声说话。这次在后院挖一个仅供黎明时钻入的凹坑吧!就像美国国民拥有核战用防空壕似的,我将拥有一个用于冷静思索的凹坑。虽然我通过这私人防空壕得到接近最为温和之死的机会,但我并非想超越他人之死而确保长生的据点,所以邻居们和送牛奶人也都不会憎恶我这古怪习惯吧。这决断虽然彻底封闭了发现新生活、草屋的未来,但反过来,它也许为我带来机会,使我更深入理解自己的过去及亡友言行的所有细微含义吧。

鹰四他们回来时,我已在地炉边睡着了。我躺卧的姿势,肯定浓重地流露出我大脑中保守的温和。我听见桃子正评论即将醒来的我：

“阿鹰他们大显身手时，这个受到社会承认的人却像老朽的猫似的，老老实实地睡在这温暖的地方！”

“极像老鼠的老朽之猫？这作为比喻是矛盾的。”我一边起来一边说道。

“阿鹰他们……”桃子的脸如番茄般单纯地泛起红晕，她狼狈之余想对抗性地固执己见。妻子制止道：

“阿桃，阿蜜一直在人群后面看阿鹰他们工作，所以他很清楚发生了什么。尽管如此，他没有向球队祝贺，而是悄悄地溜走了，他一定是困了吧。”

我注意到，鹰四正注视我那放在伸出的套廊上的皮箱。他就那么注视着皮箱，小心翼翼地试探道：

“我看见副村长骑着自行车追你去了。因为在观看我们冒险的观众中，只有你和副村长两人没看获救的孩子就离开了，所以我也发觉了。”

“他是想跟我打听仓房和地皮买卖的情况。阿鹰，交易条件优厚吗？”小时候，我常问他一些捉弄人的问题为难他。现在我回忆起那种怡然自得的感觉说道。

鹰四像只粗暴的鸟，猛抬起头来对我怒目而视。可是，我淡然回望他。于是，他怯懦地移开了视线。那张发黑的小脸和桃子一样涨得通红。仿佛幼儿摇头似的，他摇着那张脸怯声问道：

“那么，阿蜜要回东京吗？”

“是的，我已完成任务了吧？”

“阿蜜，我留下来。”妻子断然插言道，“因为他们合住时，我想帮忙。”

我和鹰四都受到突然袭击，我们从两边凝视她。说老实话，收拾皮箱时，我未考虑妻子的出发问题。但我未曾料到，她会如此积极地与鹰四他们留在山谷。

“总之，阿蜜暂时出不了山谷，今晚开始下雪。”鹰四说道。并且，当他用球鞋的鞋尖轻轻晃动我的皮箱时，自知道其计谋后，如红彤彤熔化了的铁水般的愤怒第一次从我头部传向身体。不过,它即刻平息了,所以我因恼怒后的胆怯做了宽宏大量的让步。

"即使被雪困住,我也决定暂住仓房,不跟你们混在一起。你们就把上房随便用于球队的合宿吧!"

"阿蜜,我们会给仓房的独立者送饭的。"

"天亮时,仓房很冷吧?"惟有星男对我表示同情。他似乎也对鹰四今天的成功持怀疑态度,一直闷闷不乐地静听我们谈话。

"天皇说,作为展示品,超市准备了进口煤油炉子,但自然一台也卖不出。我们买一个来吧!"鹰四恢复了劲头说道。而后,他刹那间闪出一丝不驯服的微笑,一边窥视我一边追加道:"阿蜜,钱不用担心。"

我刚才一直觉得小伙子们似乎在房前干活。他们也许考虑到我这个异类占据了地炉边的位置,所以不便进土屋吧。不久,开始响起用榔头在铁砧上敲金属的声音。我拎着皮箱去仓房。来到前院,只见蹲在铁砧周围的小伙子们只转过头来懒散地抬眼看我,他们脸上的表情却都僵硬着,似乎不愿向我透露任何意图。当地有一种被称作"黄瑞香去皮机"的铁制小机具。小伙子们正把钢凿放在那小机具上,使劲地用榔头敲着。构造似剪刀的上部被拆卸了,下部是由把手、中间刀刃、顶端弯成直角的尖利部分构成,好像消防钩似的东西,地上已放了好几个了。用直角尖端把机具固定于木质部分,夹入黄瑞香树皮,再捋去表皮,这工作叫"黄瑞香去皮"。放在地上的消防钩似的东西,无论把手、刀刃,抑或尖尖的顶端,无不露骨地炫耀着凶器的印象。我产生一种本能的自我防卫意识,然而走向仓房,并未深究其意图。现在,我对于山谷将要发生的一切都是局外人。

以山谷为中心的洼地及"乡下"一直出产优质黄瑞香。过去,把割下的黄瑞香蒸后,剥下树皮,晒干绑成"黑皮丸",而后一并收藏在属于我家所有的黄瑞香仓库里。将其再次解开后,在河水中淘洗,并用去皮机去掉黑皮晒干,这就是"白皮丸"。将其分选,再放入压缩机制成长方体造纸用材料,而后卖给内阁印刷局,这就是根所家多年的事业。去黑皮工作是洼地农家的主要副业。去领S哥尸体时,我拉去的那辆双轮板车,就是用于向农家分发黑皮丸、回收白皮丸的运输工具。承包此项工作的农民们会收到一个铁匠特别打制的去皮机,把手上分别用凿子刻有“光”“宽”“雀”“申”“乱”等农家屋号。为了保护历代从事这项副业的农户,去皮机的台数是固定的。所以至少到战后某时期,拥有刻着屋号的去皮机表示山谷共同体中的一个阶层。我记得这样的情景:因白皮丸的合格率太低,被没收了带屋号去皮机的农民蹲在土屋向母亲苦苦哀求。母亲临终前,把有关向内阁印刷局出售黄瑞香的一切权利转给农协了。小伙子们当时从上房地板下,搬出了那些被没收来搁置着的去皮机。他们几乎都能发现刻有他们父亲屋号的去皮机吧。除了用作武器,我想不出那消防钩似的东西还有什么其他用途,他们也就拥有了每把都刻着祖传屋号的铁棒武器了。鹰四是否采用这样的机制:他给小伙子们每人发一把消防钩似的东西,把它作为球队队员的身份证明,当从其新共同体中赶出害群之马时,他便像我祖父和父亲曾经做的那样,将其没收?可是,这对于我也是不相关的他人的工作。即使出现用凿子刻着“蜜”字样的消防钩似的东西,我也没有接受的愿望。

从仓房狭窄的窗户看去,只见森林黑沉沉的。高空却出现了晚霞,看似立起了一面淡粉色墙壁。其外围更远的天空依然是淡淡的灰蓝色,比起白天望见的像要下雪的天空,反让人觉得更明亮。然而,像要下雪的气氛依然浓厚。为了照亮在前院继续干活的小伙子们,星男正修理坏了很久无人过问的门灯。榔头敲击铁器的声音不绝于耳。忽然,森林开始褪色。整个森林呈褪了色的暗绿,微微晃动着。森林的高处开始下雪,雪不断涌进山谷。我深深地忧郁起来。现在,我感到自己被外部世界完全解放了,此时的忧郁纯粹只与自己的内面有关。而且,如果越发亢进下去,当如此的我再次抱着臭烘烘发烫的狗静坐在黎明时分的凹坑里,我的手指将开始怎样的工作,这是显而易见的。那天早上回到卧室后,我感到一种始终无法克服的颤抖和疼痛。现在,我再次被那回忆埋没。新生活、草屋,这并非山谷中等待我归来之物。我再次孤立无援地、看不到些许希望地经历着比弟弟回国前显然更深刻的忧郁时刻。我知道如此经历的全部意义。

八、告诉你真相吧

——谷川俊太郎《鸟羽》

鹰四和星男将色彩全然无法营造温暖气氛的箱形煤油取暖炉搬入仓房。他们进来时，我看他们肩上、背上落着砂子般干硬的细雪。妻子和桃子因雪兴奋得耽搁了做饭。我下楼去上房吃晚饭时，雪已覆盖前院，但还是脆弱、不安定的积雪。纷纷扬扬的大雪和黑暗完全封住了视野。仰头让雪落在脸上，感觉仿佛驾着一叶小舟漂浮在落雪的海上，难以保持平衡感。粉状细雪飘入眼中，我机械性地泛出眼泪。觉得过去山谷的落雪好像粘在一起的薄片，足有拇指肚大小。我试着反复回味几则雪的记忆。可这山谷雪的记忆，已埋没在我生活过的各种城市的雪的记忆中，不甚明了。总之，现在落在我肌肤上的细雪，与纷纷扬扬落在各陌生城市里的雪一样，于我是疏远的。我漫不经心地踢散积雪走着。小时候的我，曾急切地吃过一把山谷的初雪。觉得那雪中含有从山谷高空到我用力踩着的地面间的大气中所包含的全部矿物质的味道。鹰四他们敞开大门，借着门灯微弱的光线眺望在黑暗中飞舞的雪花。他们都开始沉醉在雪中，我却是清醒的。

“POD 的煤油取暖炉怎么样？只有这种颜色适合仓房。”妻子说道。她陶醉在雪中，所以今晚还未开始喝威士忌。

“我又不在仓房长住。如果雪停了，我明天就走，没时间在意炉子适不适合屋子。”

“阿鹰，从北欧进口的煤油取暖炉竟被运进山谷，毕竟还是不可思议！”我漠不关心，妻子便转而对弟弟说道。

“超市天皇摆出山谷人绝对买不起的商品，他是在挑逗全村人。”鹰四说道。

忽然，我意识到鹰四可以依据这种逻辑煽动球队的小伙子们。但我未将这想法深入下去。我已没有热情考虑鹰四与山谷之间的关系。我默默地吃了饭,仿佛自己并不存在于地炉边。我觉得,鹰四的亲兵们开始自然而然地了解我的这种质变。仿佛跨越塌陷,谈话越过我顺畅地进行着。只有鹰四微妙地拘泥于我的沉默,时而想把我诱入谈话中,可我不上当。我不是有意拒绝,只是完全提不起兴致。在运 S 哥骨灰回来的雪铁龙上,我对弟弟歪曲的记忆感到反感,以至于不能保持沉默。因为,当时我自己也为了在山谷中找出新生活的端绪,正急切地要把发生在这里的一切具体的过去与自己肉体内部的现在联系起来。现在,我完全没有这种动机了,这才清楚地理解那时的情形。鹰四说话的语气似乎流露出他自己和妻子连成一线,我则加入与其对立的另一顶点的谈话三角形的出现。我这个“点”不想与他们中的任何人保持力量关系。我是完全孤立的,惟有如噩梦中的挣扎般,对抗着令手脚行动变得沉重的郁闷心境。

“你说过吧? S 哥被杀的那天傍晚,我在土屋吃着糖呆站着。”(我沉默着,不理会鹰四诉说的眼神。他便胆怯地移开视线招呼妻子。于是,我明白鹰四介意他对我施行的计谋,并自感有罪。可事实上,弟弟的情感与我经历之事无关,我并非因其行为受到伤害。相反,最近我有机会从心灵深处观察其他事物,这是他的贡献。)“菜采,我现在清楚地回忆起当时场景中的小时候的我——我的内心感受和外在环境。我站在土屋里吃糖,可那并非单纯的享受。为了不让溶入糖汁的褐色口水从嘴角流出,我不断敏捷地转动舌头,把牙床和嘴唇间的口水弄干净。阿蜜的记忆中也有用想象力修正过的地方。阿蜜说我从嘴里像血滴似的流出溶入了糖汁的口水,那不可能。我拿出我的所有吃糖本领,抑制口水流出,因为那是个咒术。当时已是傍晚,可从昏暗的土屋朝门口看去,只见院子的地面白晃晃的,比现在的积雪还显眼。阿蜜刚把 S 哥的尸体运回来。母亲在客厅里发疯。不知母亲什么时候会打开拉门开始骂前院幻觉中的佃户们,因为客厅是主人坐在那里给予站在院里的人们各种指示的地方。于是,我这个小毛孩子被逼到绝对无法逃脱的窘境中,被可怕的暴力包围了。尸体和疯狂都是最直截了当的暴力。所以我认真地含着糖,希望像伤口被埋入鼓起的瘢痕里似的,自己的意识能够钻入肌肉,完全不理会外部的暴力性。于是,我想出了这个咒术。如果顺利,也就是说如果溶入了糖汁的口水一滴也没漏出嘴外,那么相信我终于能够立刻逃离眼前游荡着的可怕暴力。说来有些天真,我思考暴力问题时,总会不可思议地想,自己的祖先们与他们周围的暴力相抗争,他们竟能幸存下来,并把生命传给我这个子孙。因为他们生活在可怕的暴力时代。在我生存的事实背后,与我血脉相连的人们必须与多少暴力抗争啊。想到这里,我都要昏过去了!"

"阿鹰,你也能想办法抵抗暴力,把生命之环传给后世就好了。"妻子也坦诚地说道,语气中充满了与鹰四开诚布公的话语中包含的相同情感。

"今天我趴在临时便桥上,凝视着眼前也许马上会被压扁的孩子的身体,我想了很多关于暴力的问题,而且把在土屋吃糖时的情景全都回忆起来了,我可不是又在做梦。"鹰四说完,默默地再次向我投来询问似的一瞥。

我冒雪回到仓房,从山谷首次点燃的北欧产煤油取暖炉上发现了阴郁的滑稽。我像只猴子似的蹲在炉前,看黑圆筒上开着的圆形视窗。里面升起的火苗色,如晴天大海的颜色,它不断地跳动着。忽然,一只苍蝇飞来撞在我的鼻子上,而后掉在我左膝上不动了。被对流式炉子加热的空气升向顶棚,使理应在光叶榉木大梁后蛰居到春天的苍蝇兴奋了。这苍蝇圆滚滚的,我从未在如此隆冬时节的山谷人类社会见过如此大的苍蝇。或许在马棚中可以见到,但这只苍蝇并非那种类型,其特征显然是围着人打转的,却出奇的大。我用手掌横拍苍蝇斜前方十厘米处,抓住了它。不是自吹,我是抓苍蝇老手。导致右眼失明的事故发生在盛夏,所以数不清的苍蝇们来嘲弄卧床休养的我。于是,我一边用独眼调节微妙的远近感,一边磨炼出抓苍蝇的本领,报复了那群家伙。

苍蝇在我的指尖如静脉瘤般颤动着,我认真地凝视了一会儿,感叹起来。因为我得出结论,苍蝇的形体实在与汉字蝇字一模一样!我往指尖稍微用力,苍蝇便被挤烂了,满腔的体液弄湿了我的手指。我觉得污秽的手指肚难以洗净了。厌恶感好像炉子的热气,充满了我身体的四周,渗入我的体内,可我只把手指肚往裤子膝盖处擦了擦。而且,死去的苍蝇其实好像是我神经机能中支撑运动中枢的火花塞,我就那么浑身麻木,一动不动地蹲在那里。我把自己的意识与圆筒的圆形视窗对面颤动的火苗融为一体。于是,位于圆形视窗这边的我的肉体变为虚空。如此摆脱了肉体责任的时光是惬意的。我感到口渴,嗓子火辣辣地刺痒。我考虑有必要在炉子扁平的顶部放上装满水的烧水壶。这时我发觉,我认识到自己不但明早不会出发去东京,而且明天以后也许也要在仓房二楼度过相当长的时日,因为我的耳朵感觉到雪终于真正下起来了。在森林环抱中的山谷的深夜里,习惯了这深邃的寂静后,如果开拓对高度细微的声响发生反应的听觉,便能邂逅相当多的声音。但是,现在山谷万籁俱寂。雪还在下,积雪层吸收了山谷以及周围广大森林中的一切声响。隐者阿义现在仍在密林中继续独自一人的生活,即使他习惯了森林平日的沉默,但被雪封锁的深夜的绝对寂静,他还是会从这寂静中发现新的不和谐吧。当他冻死在大雪弥漫的森林里时,山谷人有可能见到他的尸体吗?面对反·社会性的凄惨死亡,隐者阿义躺卧在纷纷扬扬的落雪下的静静的黑暗中,究竟在想些什么?他是一语不发呢?抑或正独自嘟囔着什么?他或许在密林深处挖了一个深深的长方体凹坑,就像我在我家后院只真正拥有过一天的那个凹坑。他正躲在里面避雪。我在我家后院的凹坑里埋入了毫无价值的净化槽,我为什么没有很好地珍惜它呢?我想象如此情景:密林深处排列着两个凹坑,隐者阿义在旧坑里,我在新坑里,我们两个都双手抱膝坐在地上,屁股下面湿漉漉的,我们都平静地等待着时机。我以前觉得"等待时机"这个词用于积极意义,可现在它只以最消极的意义浮现在脑海中。而且,想来现在的我可以毫无恐惧与嫌恶地允许并接受在凹坑底部被自己手指搔挠下的泥土和碎石掩埋而死。在我只顾忙于山谷之旅期间,我"消沉"的步伐在稳健向前。我又想既然我在仓房二楼开始了独居生活,那么如果想把脑袋涂成朱红色,并在肛门插入黄瓜上吊自杀,便不会有任何人妨碍了。而且,这里有百年历史的光叶榉木大梁。如此展开幻想后,我才体验了新的恐怖与嫌恶感,立刻抑制住想仰脸确认大梁的脖子的动作……

深夜,前院传来马踢湿地似的声音。那声音一下下蹬在地面上毫无回响。我把细长玻璃窗(战争后期,为准备接纳被疏散人员,对包括后窗在内的仓房部分进行了现代化改良,安装了电灯和仓房侧面的厕所,可结果人们听说了有关母亲发疯的传言,便敬而远之,未进仓房。)上的雾气擦成椭圆形,一如老式镜子的形状。俯视下面,只见一丝不挂的鹰四在前院的积雪上绕圈跑步,借着地面和屋顶、檐前的几种小灌木上积雪的反射,门灯一改傍晚昏暗的印象而明亮起来,照亮了白色的前院。雪依然下个不停。我产生一种奇怪的想法,这一秒钟内所有雪花描绘出的线条,在山谷大雪弥漫期间,就这么被一直保持,不会再有其他雪花飞舞。一秒钟的实质被无限拉长。如同声音被积雪层完全吸收了似的,时间的方向性也被落雪吸入而消失。无处不在的"时间"。一丝不挂地奔跑着的鹰四是曾祖父的弟弟,也是我弟弟。百年间的所有瞬间都密密麻麻地重叠在这一瞬间。赤裸的鹰四停止奔跑,走了一会儿,而后跪在雪上,用双手摩挲雪。我看他那瘦骨嶙峋的臀部,和那拥有无数关节的虫子的脊背般柔软弯曲着的长后背。接着,他用力发出"啊!啊!啊!"的声音,而后在雪上翻滚起来。

赤裸的鹰四站起来,浑身沾满了雪,慢慢走回灯光更亮处。如大猩猩般奇长的双臂沮丧地垂着。我见他阴茎勃起,这与运动员上臂的肌肉隆起相同,令人感到被禁欲压制的力量本身以及莫名的悲哀。仿佛不遮掩肌肉疙瘩,鹰四并不掩饰勃起的阴茎。正当他要从敞开的门口进去时,等候在土屋里的姑娘跨出一步,将赤裸的鹰四裹入打开的浴巾中。我心脏收缩,并且疼痛起来。但那不是妻子,而是桃子。她毫不畏缩地用浴巾接纳了鹰四——那暴露着勃起的阴茎,冻得浑身哆嗦的鹰四。我觉得她真像鹰四纯洁的妹妹。他们默默地走进屋里关上板门。在门灯照射下的前院里,仅留下瞬间中封入了百年的静止了的雪的运动总体。对于弟弟内心包藏的深渊,虽然还不清楚意味着什么,但我觉得我已确认其存在,并达到了我未曾达到的深度。在黎明来临前,新雪会将弟弟的裸体在雪地上留下的痕迹掩盖吗?除非狗,没人会那么毫无掩饰地暴露自己那可悲地徒然勃起的阴茎。鹰四在我未知的黑暗世界中积累了经历,这使他像条孤独的狗,将切实的直率作为自己的特性。狗不会用语言讲述忧郁,鹰四的脑里亦同样沉重地郁积着什么,那是无法用与他人共通的语言讲述的。如果狗的灵魂进入我体内,那会是怎样的感觉?我具体地思索着睡了。在黑暗中,想象一条特制的狗并不困难——棕毛大狗的胖身子上粘着我的脑袋。它将硕大、如长鞭子似的尾巴卷入两腿间遮住阴部,极疲乏地悬浮在黑暗中,询问似的回望我。那不是会在夜半的雪中变得无比直率的狗。我真的发出“哇!”的声音驱赶棕毛狗,并告诫自己别再把它唤回黑暗,就又睡去了。

快到正午时,我睡醒了。大年三十。从上房传来许多年轻人的笑声。天气不很冷,雪继续下着。虽然天空阴沉沉的,地面却闪耀着柔和而明亮的光。俯瞰山谷村落,那景象因雪而变得单纯,它未挑战我心灵深处扭曲的记忆。四周的森林也因雪而削弱了凶猛阴郁的存在感。我感觉森林仿佛后退了。

洼地则依然满是落雪,却显得开阔。我觉得自己停留在舒适且风光抽象的陌生地。弟弟昨晚打滚的地方未被踏乱,新的积雪就那么包住了凹凸部分,看似遗迹的缩小模型。我一边俯视山谷,一边倾听一会儿土屋内传来的笑声,它使土屋呈现出学生宿舍的气氛。而后,我走进土屋,围坐在地炉边的球队的小伙子们即刻陷入沉默。我觉得自己是个异类分子,非法侵犯了以鹰四为首的小伙子们的欢聚,我胆怯了。妻子和桃子正在灶旁忙活。我隐隐地希望她们替我解围,便走近灶旁。我发现她们依然陶醉在山谷的初雪中。

“阿蜜,我买来了雨靴,是我赶早去超市买的。”快活而天真的桃子说道,“预料到会下雪,超市进了很多新货。听说运货的小卡车就那么被雪挡在了桥对面。得了思乡症的阿蜜可怜得就是走不了。”

“仓房不冷吗?能在那里住一阵子吗?”妻子问道。她的眼睛被雪弄得充血了,可与醉酒时不同,眼底闪着生机勃勃的光亮。她昨晚没喝威士忌,而且睡得很熟吧。

“啊,没问题。”我垂头丧气地答道。地炉边的小伙子们怀着冷淡的好奇心等待我的回答,我感到了他们的轻蔑与满足。他们也许认为我是个感觉迟钝的男人,山谷里惟有我在大雪来临的日子里也保持着清醒的头脑。

“不能给点吃的吗?”

我希望小伙子们愈加蔑视我,并自然而然地开始无视闯入者,所以我扮演了可怜的空腹丈夫。

“阿蜜,你会收拾山鸡吗?昨天在桥上遇险的那孩子的父亲,一大早和朋友们打了送来的。”鹰四悠然招呼我。在球队队员们面前,他一改赤身裸体在雪中打滚的狗似的自我,推出了用自信和权威武装起来的另一个自我。

“吃饱后,我想办法试试吧。”小伙子们终于停止了忍耐。他们故意齐声叹息,用以表示恶毒的嘲笑。过去在山谷里,正经男人从不自己动手做菜。或许现在这种想法依然存在。小伙子们又一次见到他们领袖轻而易举地欺骗了他迟钝哥哥的那一瞬间。所有人都陶醉在雪中,他们很快活,想寻找愉快的消遣。山谷的人们都是如此沉醉地迎来初雪,并持续陶醉十天左右。这期间,他们不断为冲动所驱使,会积极地冲进雪中,不把寒冷当一回事。他们为醉雪给体内带来的热情而兴奋。但这段激情期后,由雪引发的宿醉也将来临,所有人都想从雪中逃出来的时候到了。这地方的人没有多雪地区人们的耐雪力。体内的热情彻底消退后,他们无法抵御寒冷的侵袭,如此便开始出现病人,这就是山谷人与雪的相会方式。我内心热切地希望雪为妻子头脑中带来的醉意能够持久。好像从前年底过来请安的佃户们的家人似的,我背对着地炉边,在土屋外伸出的套廊上坐下,开始吃迟了的早餐。

“那帮年轻人是些可怕的痞子们,是放火抢劫不在话下的危险的年轻怪物,不仅这个村子,近郊村庄的农民们也都有这印象,所以武装暴动成功了。比起城下町①城门对面的敌人,农民们更害怕他们自己野蛮的领袖集团吧。”鹰四继续他那因我进入而中断的话题。他正解释青年团伙在万延元年暴动中的作用,重新描绘出暴动画面,想让山谷的小伙子们继承这个记忆。

“听阿鹰讲万延元年暴动的事,他的队员们就那么开怀大笑吗?”我小声问侍候饭菜的妻子。我之所以感到奇怪,是因为至少在我看来,

---

① 以诸侯的居城为中心发展起来的城邑、城市。

青年团伙在万延元年暴动中所起的作用只是充满了残酷的暴力气息，并不能诱发铿锵有力而快活的笑声。

“阿蜜，阿鹰巧妙地穿插了有趣的小故事呢。他不像你把整个暴动用忧郁的成见封起来，这不正是他充满朝气的优点吗？”

“万延元年武装暴动中能挖掘出那样愉快的小故事吗？”

“这个阿蜜不该问我吧？”妻子反驳我，不过她还是举了例子，“阿鹰说通往城下町的各村村长和村吏们被迫跪在路边，农民们走过时，用手挨个敲他们的脑袋。他讲这话时，大家笑得最开心了。”

这残酷的行径中确实有土气的滑稽味道，是农村痞子们所能想出的办法。但村长们和村吏们的脑袋被数万民众依次敲击，他们头盖骨里烂得像豆腐渣似的死去了。

“民众队伍通过后，老人们脸朝下趴着死在了泼上人粪人尿的家具什物前，这个阿鹰讲了吗？那些年轻的体育家听后，仍然幸福地大笑吗？”我无意指责鹰四和他的新伙伴，只是出于好奇心才坚持不放。

“是啊，阿蜜。如果真像阿鹰说的，这个世界充满了暴力，那么与其只是垂头丧气、满脸愁云，倒不如觉得有点滑稽就笑笑，这才是健全而符合人性的反应吧。”妻子说着回到了灶旁。

“青年组织的那帮人实在凶残，但在某种意义上，这凶残给参加暴动的普通农民以一种切实的安心感，因为必须杀伤眼前的敌人时，他们不用玷污自己的手，只要依靠那帮家伙的残暴，肯定就能完成。一般农民们不必担心暴动后被追究杀人放火的罪名。所有人都非常担心，自己是不是必须不得已而亲手杀人？这次暴动预先消除了这种不安。先不提砰地打一下村长脑袋这事，直接诉之暴力的卑劣行径都由青年团伙担任。而且，他们具有彻底完成任务的素质。在武装队伍向城下町进军途中，如果有拒绝参加暴动的村子，青年团伙就随意放火烧房，把那些从屋里跑出来以及想制止放火的农民都毫不犹豫地杀了。于是，偶尔免于一死的农民们因恐惧而参加了暴动。虽说同是农民，但他们实际上是些疯子似的小流氓，他们用暴力逼迫规矩老实的农民。对于善良的农民来说，这是非常恐怖的。结果，这山谷到城下町的所有农民们都参加了暴动。一旦把某个村子拉入暴动队伍，他们就挑选那村里的痞子们组成新的青年团伙。没有章程之类，只要向革命青年团伙的鼻祖——这山谷青年团伙宣誓效忠，并毫不犹豫地采取暴力行为。所以，武装暴动以山谷青年团伙为参谋总部，村里则由各村痞子们的团伙所组成的基层组织单位构成。每诞生一个新的解放的村庄，山谷的青年团伙就把那村子的痞子们叫来，让他们检举一向做坏事的富裕户，然后发动袭击。在失意的小流氓们看来，大多数富家都是黑窝。到城下町附近时，武装暴动的消息早就传到了，所以也有大村长把财产、书籍、账本之类藏去寺院的。把这样的情况汇报给暴动指挥部阵营的也是村里的痞子们。他们现在终于从明智的保守派成年人那里解放出来了。对于老实规矩的农民们祖祖辈辈尊敬的大村长，以及涉及生死问题而怀有畏惧感的寺院，他们毫无感觉。最后寺院遭到袭击，隐匿物品在寺院里被烧毁。赤贫的痞子们从没被当作人来看待过，一旦掌握了权力，就成了村庄新的领导集团。为什么小流氓们团伙会被选中呢？再次总结一下，首先他们在村里没地位，经常被村里的正派人看作是多余者。所以其他成年人以村为单位团结一致，无法从怀疑外乡人的生活情感中摆脱出来，而他们正好相反。他们倒是只和外来者才能自由地联系在一起。另外，一旦他们进入暴动的领导层行动起来，他们就立即由着自身的素质和被解放感，做出暴动后无法再回归村共同体的事，无论是放火还是杀人！所以他们和其他农民不同，成了武装暴动的青年职业军官，希望暴动永远继续下去。他们觉得比起同村人，和外来的山谷人合作更有安全感，而山谷的青年团伙确实很照顾他们。武装暴动即将结束，当逃难的人们要返回城下町时，发生了试图强奸商家小姐而留在后面的几个小流氓被捕的事故。不过，逮捕小流氓们的不是城堡势力。人们涌去城门进行团体交涉，但没再往里攻，所以直到暴徒离开城下町，官府都持旁观态度。可是，暴动者开始离城后，仍有几个小流氓依依不舍地结伴漫步于街头。他们也许有生以来第一次在城里走，而且燃起了毫无目标的性欲。不知怎么回事，他们竟穿上抢来的女人长内衣。（小伙子们发出热烈的声音，害羞地笑了。）当暴动队伍还驻扎在城下町时，有户人家没招待他们。那帮家伙想袭击那家并强奸那家的女儿，便闯进一家棉花店。可是，警卫预料到武装队伍已开始撤离，就野心勃勃地想抓那帮穿女人衣服的家伙们。那位警卫是值班头目。他指挥‘番非人’这种最下等的杂役，真的把小流氓们逮住了。可是，其中一个小流氓总算逃出来。山谷青年团伙接到报告后，发出命令要求武装队伍再次侵入城下町。为了营救不务正业的强奸未遂者们，山谷青年团伙冒着巨大危险返回城里。他们马上夺回了俘虏，捣毁了事件导火索棉花店，制裁了‘番非人’，烧了值班头目青吉的家。他们还贴出告示，上面写着这样一首诗：野心勃勃欲立功，拿根绳子来捆人，家被烧，脸铁青，那人是青吉。哈哈！”

小伙子们也齐声哈哈大笑起来。我吃完饭，将脏餐具摞起来拿到洗碗池。这时，妻子露出防御性的生硬表情说道：

“阿蜜，如果你想反驳阿鹰，你可以直接和他们讨论。”

“不，我对鹰四的宣传活动不想插嘴，”我说道，“我想把山鸡收拾了，山鸡在哪里？”

“阿鹰挂在房后的大木钉上了，像猪一样肥的漂亮山鸡，有六只呢！”桃子替妻子答道。她们在笸箩里切了许多蔬菜，是要为大运动量的球队队员们准备一顿富含维生素的午餐。

“具有健全判断力的农民们，原本害怕山谷的青年团伙，但在暴动中，农民们也开始对他们怀有敬意了。也许他们的暴力表面化了。总之，他们成了不仅是山谷，也是全藩民众的英雄。所以，他们在暴动后还自由自在期间，昔日的小流氓们像山谷的贵族似的。事实上有一段时期，青年团伙可以随时再次把暴动民众从山谷发动起来。在其他各村，当地小流氓们的领袖集团仍守护着各自的据点。暴动队伍解散时，山谷青年团伙和其他各村的暴动参与者发誓，如果藩政府镇压，他们马上再次组织暴动，届时哪个村子犹豫不决，他们就先烧哪里。因此，藩政府不得不推迟追究那些暴动头领。在那段幸福的日子里，山谷青年团伙不仅靠抢来的东西吃吃喝喝，好像还经常诱惑村里的姑娘媳妇们。也许反倒是姑娘媳妇们诱惑他们！（小伙子们为这无聊的笑话也起劲地笑）因为原本就是由小流氓们组成的青年团伙。他们还武装起来仗势横行，村里处于乱世状态。有人因为和他们争执而被杀。其中有些家伙得不到姑娘媳妇们喜欢，甚至就强奸她们。对于重返和平生活的农民们来说，他们成了新的残暴强权势力。不久，藩搜查官进山谷时，他们已被孤立，从村民中脱离出来。结果他们躲在仓房抵抗，可山谷那帮人背叛了他们，一点也没兑现约定的援助……”

围坐在地炉边的人们愤慨地议论起来。我感到小伙子们反倒单纯得令人难以置信，他们把自己与万延元年暴动中的青年团伙重叠在一起。鹰四未将暴动领袖限定为曾祖父的弟弟，而解释为包括他在内的整个山谷青年团伙，这种加工成功了。我站在灶前把身子烤得暖融融的，而后来到世田和，发现六只山鸡被挂在从前挂过兔子、野鸡，还有山鸡类的壁板上钉入的一排长木钉上。那是我家温度最低之处，盛夏里猫儿们都在那排木钉子下睡觉。我家男人们的活动曾在各方面都很顺畅，鹰四想让所有生活细节再次遵循那个时代的秩序。就连用草绳捆住山鸡脖子的吊法，也与祖父和父亲的做法近乎偏执地一致。掏空了内脏的山鸡肚子里竟塞满了煮汤用的海带。而且，他在根所家过这种地道生活的时代还不懂事，所以他是凭着异样的研究意志和努力复原了这个洼地之家的标准生活，希望再次全面地体验这种生活。

我把六只肥山鸡放在雪地上，拔下墨色和红褐色花纹的羽毛。羽毛即刻与雪片一起飘入风中，只剩下重一点的尾毛在我脚下。羽毛下，那鸡肉冻得硬硬的，且具有丰厚弹力。羽毛间像棉花似的绒毛上爬满了透明可爱的虱子，我觉得它们好像还活着。我怕把爬满虱子的绒毛吸入肺里，就一边只用鼻孔轻轻呼吸，一边继续用冻僵了的手指拔毛。突然，那真正“起了鸡皮疙瘩”的黄油似颜色的薄皮脆弱地裂开了，指尖碰在皮下，传来令人不安的触觉。红黑色受伤的肉从破皮越来越大的裂口处露出，上面沾满了血珠和铅沙子。我从光溜溜的鸡身上拔去剩下的尾毛。为了拧断鸡头，我一圈圈地用力绕转脖子。看样子脖子还差一点就要断了，可内心有什么东西阻止我使出那一点余力。我松开揪着的头，那扭曲的脖颈如强劲的弹簧般猛转回来，鸡嘴狠狠地啄了我的手背。于是，我第一次发现作为一个独立体的山鸡头，我凝神于它在我灵魂深处唤起的感受。隔开世田和与桑田的山腰上覆盖着积雪。背后传来的轻轻的说话声和突然的哄笑声被这积雪层吸收后，纷纷扬扬落下的新雪碰在我的耳垂上，发出细微的冰的摩擦声，令我怀疑那是否雪花摩擦发出的声响。

山鸡的脑袋上密密地裹着一层褐色短羽毛,羽毛带着火红的光泽。眼睛周围,如鸡冠花般红色的肌肤上镶着黑点,简直就是动物质草莓。而且,干枯了的白色眼睛——但那不是眼睛,而是一簇极小的白色羽毛,真正的眼睛在正上方,如黑线般的眼睑紧闭着。我试着用指甲尖剥下眼睑,只见好像用剃刀挑破了表皮的葡萄般的物体眼看着就要流出似的隆起着。最初它像脉搏跳动般,不断送来令人感到毛骨悚然的刺激,然而凝视片刻后,那威力一下子就崩溃了。那不过是死鸡的眼睛。但白色的“假眼”并不那么脆弱。在我的注意力被鸡头吸引前,在我拔去几乎光了的鸡身上剩下的羽毛时,我始终觉得这只“假眼”注视着我,因此我等不及找刀的时间,便连同“假眼”一起揪住脑袋,想扭断鸡脖子。我的右眼几乎没有视力。在这一点上,与山鸡的“假眼”相似,但它只具有丧失视力的负面效果。如果我像友人那样把脑袋涂成朱红色,一丝不挂,肛门里插入黄瓜上吊死去的话,为了比友人的死相更具效果,我应该事先在上眼睑画上炯炯有神的绿色“假眼”。

我把六只光山鸡排放在雪地上,把脖子转动一百八十度,以独眼人的方式警惕地看过周围有无猫或狗的迹象,而后回土屋寻找篝火材料。

“……想背叛同伴的人,青年团伙当然开除了他。”鹰四继续说着,“如果向城下町逃跑,立即会被抓住。如果孤立地留在山谷,既然失去了同伴的保护,那么他从前仗势欺凌过的农民们会同样狠狠地报复他吧。所以惟一的希望只是碰碰运气,看能否穿越森林去高知。要说他的逃跑是不是成功了……”

我把旧稻草捆从地板下拖出来,正向妻子要火柴盒时,弟弟中断讲解问我:

“阿蜜,山鸡肥吗?”或许他讲述了不太有把握的事实吧。有关万延元年武装暴动后的年轻人的行为和生活,至少我了解得没那么详细。

“啊,肥啊,是上好的山鸡。说明森林没有荒芜。”

我把稻草捆弯成圆圈,塞入用鞋踩结实了的雪坑里,而后点着火。粘在山鸡皮上的细绒毛很快被烧掉,发出熏烤味。转瞬间,山鸡身上溶化了的动物质古铜色细线纵横相交。鸡皮本身也被熏成暗色,随处渗出黄色油珠。这直接令我想起亡友的一小段话:“黑人因烧烂膨胀使得细微部模糊难辨,看上去像稚拙的木刻偶人。”有人从背后凑过来,与我同样认真地注视我所注视之物。回头看去,那是满脸涨得通红的鹰四,由于地炉和雄辩的火热,他的脸几乎能把落下的雪花立刻“唰”地融化掉。我相信弟弟也从烧掉了绒毛的山鸡身上唤起了与我同样的记忆。

“听说我死去的朋友在纽约见阿鹰时,从你那里得到了一本公民权运动小册子。他说那上面登着被烧死的黑人照片。”

“啊,是的。那照片实在太残忍了,是那种让人认清楚暴力本质的东西。”

“他还说,阿鹰突然说告诉你真相吧!把我朋友吓了一跳。他说阿鹰是不是除了实际说出的之外,还有其他真相,阿鹰考虑得很烦,却不能坦率说出,他很惦念这件事。那是怎么回事?我朋友最终没能解决这个疑问。不过,至少他是怀着真实的疑问死去的吗?”

鹰四看似忧虑地眯起眼睛,依然注视着山鸡。他觉得晃眼的,不仅是雪在他红潮慢慢退去的脸颊上不规则反射的光线,也有他内心涌现之物。而后他说道:

“告诉你真相吧。”那声音让我觉得,他在纽约一定也是用这种声调对我友人说了同样的话,“这是年轻诗人写的一节诗,那时候我经常把它当作口头禅。我试着思考绝对真相,如果一个人说出它,那么要么被人杀死,要么自杀,要么变成不堪发疯的反·人性怪物,他只能选择其一。那真相一旦说出口,就等于怀中抱了点燃引信的炸弹,就是这样的真相。阿蜜认为一个活人有勇气把这样的真相告诉他人吗?”

“也许在无可奈何的情况下,有人会下决心‘说出真相吧’。但在说出真相后,也许既没被杀死,也没自杀,也不会发疯变成怪物,他仍会找出生活下去的办法。”我反驳道,同时揣摩着鹰四突然饶舌的意图。

“不,这是不能犯①性质的困难之处。”鹰四用明确坚定的语气驳斥了我一时想起的见解,显然他一直在思考这个命题。

① 法律术语,是犯罪未遂的一种。

“如果说出真相的人，既没被杀死，也没自杀，也没变成和正常人有什么不同的极度可憎、可诅咒者，他仍活下去了，那么这只能表明他所说的真相，实际上和我所思考的，像点燃了的炸药似的真相不同，仅此而已，阿蜜。”

“那么，说出了你所谓的真相者，就完全没有出路吗？”我退缩了，提出了折中方案，“可是作家怎么样？不是有些作家通过他们的小说道出真相后，仍旧活下去了吗？”

“作家？有时那帮人也许说出确实近乎真相的事情，却没被打死，也没成疯子，他们活下去了。那帮人用虚构的框架骗人。可是，如果盖上虚构的框架，那么无论怎样可怕、危险、无耻的事，都能无损自身安全地说出，这本身从本质上削弱了作家的作用。至少作家本人有一种意识，认为无论讲述怎样切实的真相，自己都可以用虚构的形式说出。他对自己话语中所有的毒素都预先免疫了。结果这也感染了读者，令他们轻视小说，认为小说框架中讲述的事没有直接穿透赤裸裸的灵魂的。这么想来，其实印刷出的文章中并不存在我所想象的那种真相，最多碰见一些作品摆出跳入漆黑一团的姿态，说‘告诉你真相吧’。”

烧掉了绒毛的山鸡排放成一列，厚实的身上积了雪。我用力两只两只地互击山鸡以掸落积雪。山鸡发出扑通声，震响了我的胃。

“我朋友说，阿鹰说‘告诉你真相吧’那天，他发现你，并想从背后吓唬你之前，阿鹰好像一直看着烧焦了的尸体的相片沉思。他的观察正确吧。如果你在药店柜台处想象着说出你自己的真相后，你会变成那样烧焦的尸体的话。”

“是的，我感觉他多少理解了一些。而且，仅就那人的自杀方式的含义而言，我觉得我好像也理解他。”鹰四坦率地说道，令我再次想起他在机场悼念友人之言给我的情感带来之物，“他是你的朋友，我确信了解他，这听来有些奇怪，但从菜采那里听说了那件事后，我反复思考其中的含义。他把脑袋涂成朱红色，一丝不挂（我想妻子，自然还有鹰四都还不知道，他还在屁眼里塞了黄瓜）地要上吊，他也许喊了‘告诉你真相吧！’之后上吊的。即使他没喊，他也勇敢地认可了瞬间后无法挽回的他的尸体，将作为把脑袋涂成朱红色的一丝不挂的尸体留在他人眼前，然后才跳下凳子。我感到这行为本身就回响着无奈的声音——告诉你真相吧！阿蜜，不是吗？用自己涂成朱红色脑袋的一丝不挂的尸体，向生者做最后的自我表现，这决断需要勇气吧。他用行动说出真相后死了。虽然我不知道他说了什么样的真相，但总之他绝对说出了真相。当我从菜采那里听说这件事时，我在心里向你死去的朋友示意：'OK，我听到你喊出的真相'了。"

我理解了鹰四的话。

"我朋友替阿鹰付了胶囊钱，他绝对没吃亏。"

"如果我道出真相的时间到来，我想告诉阿鹰。告诉阿鹰，才发挥真相的威力，这就是我的真相。"鹰四天真地说道，像个因冒险而兴奋不已的孩子。

"这是因为我是亲人的缘故吗？"

"是的。"

"那么，你的真相是妹妹的事吗？"我问道，内心充满了令人窒息的疑惑。

刹那间，鹰四僵直了身子。他用毫不掩饰的残暴目光目不转睛地盯着我，令我怀疑他是否会来打我。但弟弟只想用强烈的戒心，准确地刺探出隐藏在我话语背后的东西。不久，他精疲力竭地放松了全身的肌肉，转过脸去不看我了。

我们默默地看着山鸡肉上新落的雪。阴湿的寒气直袭体内。弟弟也与其相貌粗犷、穿着单薄的伙伴一样，嘴唇发青，微微颤抖着。我想赶快回土屋，又觉得该给我们的谈话一个安稳的结局。正当我漫无目标地搜寻安全的话语时，鹰四抢先把我们二人从窘境中解救了出来。

"阿蜜，我劝你来山谷，不仅是为我的诡计做准备，以便在卖掉仓房和地皮时，对村公所的人说，我现在是受石围墙上的哥哥之托来办手续。我想在我说出真相时，你能做我的证人，我希望那一刻能在你我同处时到来。"

"别再提地皮和仓房的事了。"我说道，"不过，我认为最终阿鹰也不会把那么可怕的真相告诉任何人吧，如果你藏有那样的真相的话……同样，我最终没找到新生活、草屋吧。"

于是,我们终于拖着冻僵的身体并排回到屋里。桃子正给地炉边的小伙子们分午饭的炖菜。这是鹰四他们合住后的第一餐吧,令人想起新年时山谷青年合住的风俗。勤劳的星男在离开新伙伴们团聚的一角,用保革油一个个地精心擦拭一大堆足球。我把六块收拾好的山鸡肉交给妻子,而后穿上新雨靴,踏着积雪返回了仓房。

九、被放逐者的自由

雪辜负了我内心的期待，过了许久都未变成花瓣大的薄片，依然继续下着细雪，我始终未融于雪中。我闷在仓房专心翻译，未进入雪的世界。饭也有人送来，所以只在需要往炉上的水壶里添水时才返回上房。每次我都发现纯真的鹰四及其伙伴们虽然陶醉于雪中，却未现出宿醉的疲劳和散漫迹象。新雪遮掩了积雪颓败的征兆，不断更新着积雪的印象。因此，雪为上房的狂热者们带来的酩酊大醉没有清醒的余暇。不久，我发明了在水壶中使用雪水的办法，我的日常生活便更明确地与上房分开了。我沉浸在没有任何人监视的安逸感中，自己都觉得自己的表情和动作十分疲乏地迟钝了。就这样，被下个不停的他人之雪笼罩的三天过去了。

可是元旦这天，阿仁及其家人从早上开始两次搅乱了我的隐遁生活。先是黎明时分，阿仁的长子叫醒我，告诉我阿仁让根所家现在的家长我去打新水①。他神色紧张，宛若易为这种风俗规矩影响的老人，庄重地递给我一张难以辨认的打水路线图，是用硬铅笔画在报刊内夹带的广告单背面的。借着楼梯下微弱的灯光，在黑黝黝的小眼睛的盯视下，我想记住阿仁画下的今年的打水路线图，可是办不到。我只得返回二楼，严严实实地穿上外套。阿仁那可怜的儿子也许受命与我同去打水，像条濡湿的狗，一边打着哆嗦一边默默地耐心等我。拐至上房，只见一点炭火在地炉里发着红光，鹰四和妻子并排睡在地炉边。鹰四的背后睡着星男，妻子的毛毯里睡着桃子。但在毛毯深处，鹰四的胳膊显然伸在妻子的侧腹，那情形令人觉得只有他们二人睡在一起似的。我呆立在土屋门口，略微困惑地看着他们。这时，阿仁那敏捷的儿子，从

① 据说元旦早晨打的水有驱邪功效。

灶边找来了临时完成神圣使命所需的深底水桶。于是，我和阿仁儿子走入漫天大雪的黑暗中。飘落的雪使我明白，我脸上的皮肤发烧发胀，但情绪反而安定得近乎萎靡。我心情忧郁地想起如癌症般发生在自己与妻子之间的彻底的性冷淡。如果其中一位疲惫的战士能从那种感觉的泥沼中逃出，那总归是最理想的吧？然而，我并非承认妻子与鹰四之间有直接发生性关系的可能性。只是在漆黑的雪中一门心思急步下行时，虚空的脑中时而闪现浑身是雪、一丝不挂的鹰四的勃起阴茎上被禁欲压抑的强烈磁力，沿着放在熟睡的妻子侧腹的手指传给妻子，消融了她性冷淡硬结的神秘幻想。由山谷大路通往河边的路上，雪依旧松软。在母亲摆弄历书和方位表计算打水路线时，阿仁的儿子就在一旁专心致志地注视着吧，他充满了自信，用力踏着没膝的积雪前行。当来到看得见河面的地方时，因积雪而变得狭窄的乌黑水面令我惊呆了。漂浮在我尚未完全清醒的脑海中的幻想片断全都冷却坠落。我似乎要为这乌黑的河面唤起某种恐怖可恶之物。“我是与这山谷无关的他人。”我念起咒语进行防卫。即使我幸运地未发现任何含义，但环抱于雪中的乌黑河流，仍是我回到洼地后见到的最具威胁之物。我茫然不知所措。阿仁儿子以为我害怕陷入更深的积雪而呆立不动，等了片刻，终于从我手中夺过水桶，而后单腿跪着滑下雪坡，独自去水边了。在一阵近乎羞答答似的轻轻的水声响过后，阿仁儿子打了水吃力地从雪中爬上。除了我的水桶，他还提着个不知何时捡来的空奶粉罐，其中也毕恭毕敬地装满了河水。

“新水，我会分给你，可你……”我说完，他似乎要避开我的攻击似的，立即用双手遮住空罐。

于是，我触及了他的小脑袋中刚刚成形的顽固念头。也就是说，我未亲自打水，而叫他打，因此我的新水不过是假货，而装满空罐的他的新水，是他亲自打来的真正的新水。本来阿仁家一直共用根所家的新水，如果我下到水边打来，阿仁儿子也还是会满足于分得我们真正的新水吧。可是，在我呆立于此，我名下的新水沦为假货时，他想到把他自己名下的新水打入捡来的空罐中，搬到他那极肥胖的母亲那里。如果拥有难以康复的肥胖母亲的儿子将变为自私自利的神秘者，那么这结果具有切实的内容。我彻底清醒过来,渐渐觉得在这黎明时分来到河边是何等愚蠢无聊。我闷闷不乐地沿着石板路往回走。打新水的工作倒适合鹰四吧。为了避免再次看见睡在那里的人们,我在上房门前把水桶递给阿仁儿子,让他把水提进土屋,自己则返回仓房。冻痛的肩膀扭曲了我新的睡梦。噩梦中的我,双肩被巨大的手掌猛然抓住,那是从乌黑水面伸出的力大无比者的手掌,我吓得惊慌失措。

正午前,少年再次来叫我,通知我阿仁要带着她那消瘦的一家人来拜年。我走下楼梯,只见好像突然滚入的绝对厚重的球体,阿仁面对下个不停的雪,坐在门口的横框上,胖得再次令我感到难以置信。我考虑到阿仁转动身子所需的体力,便来到土屋,与其家人并排站在其斜前方。阳光在雪不规则的反射下杂乱无章。在其映照下,阿仁那好像金属脸盆般没有一丝皱纹的脸显得出奇地年轻,紧绷的皮肤不住地颤动着。她只是盯着我喘粗气,就是不说一句话。从独间走来,不过几米距离,却把她变成即将溺死的海豚模样。阿仁不开口,其家人也就保持沉默。不由得抖擞了精神来到土屋的我,有种奇妙无聊之感。且不论前后上下都被暧昧的黑口袋似的东西裹住的阿仁,其家人算是盛装打扮,洋溢着新年的气氛,我却穿着睡觉时也不脱的条绒衬衫,上面套件毛衣,也未刮胡子。我担心这是否会给阿仁带来被迫害妄想症:自己特地来拜年,却遭到冷遇。可是阿仁终于调整好呼吸,用沙哑的声音微微清了嗓子,而后和善地说道:

“蜜三郎先生,恭喜新年!”

“阿仁,恭喜新年!”

“哎呀!哪里!我没什么可喜的,我是个可怜人!”阿仁即刻强硬起来,“如果遇上逃难,我这样的人又逃不了,不是被狗吃掉,就是饿死!”

“旧事别提了,逃难不是万延元年武装暴动前很久的事吗?”

“不不,我见过逃难!战败后,占领军开着吉普车来时,老人和动不了的人都留在山谷里,村里所有健康人不都逃进森林了?那就是逃难!”阿仁说道,语气里顽固地充满了愚昧的自信。

“阿仁,没那回事。第一辆吉普车开来时,我在山谷,所以我知道。

美国兵给了我一罐芦笋罐头,所有成年人都不知道那是不是食品,结果我交到小学教员室了。”

“不对,所有人都逃走了!”阿仁态度沉着,固执己见。

“蜜三郎先生,阿仁脑子糊涂了!”阿仁那沉默不语的丈夫插言道。听了这话,孩子们骚动起来,表现出令旁观者都感到难过的不安。

我不由得想起,在仓房遭到袭击的梦中,我感到阿仁是个“绝对无处可逃”者。那被鼓起的肉挤得如肚脐般的眼睛在雪中显得更加眯缝起来,薄薄的嘴唇夹于牙床间,肮脏的、仿佛布满鳞片似的耳朵突起着。令人觉得像带有把手的圆月似的阿仁虽然身体失衡,然而确实保持着清醒的理智。疯癫的表演,也许是为了阻止卖出独间的新战术。不过,阿仁实际上应该对鹰四使用权谋术数,而非对我。而且,鹰四已变卖了包括阿仁住处在内的根所家所有的地皮和房屋。如果说,鹰四那胆大妄为的恶棍本质是可以认清的,那么就要看他那特殊的感受性,他能如此轻松地背叛洼地的这位异常肥胖而绝望的中年女人的可怜才智。

“大洼村乱套了!人们的脾性变坏了!”阿仁说道,“虽说是过年,可昨天晚上很多人从村里、‘乡下’涌到有电视机的人家,说是都没办法准备过年了!好可怜啊!”

“你们也去看电视了吗?”我问少年们。

“是的,我们去看红白歌合战了!如果有谁家关上木板套窗偷偷看,人们就愤怒地摇木板窗!”阿仁的次子自豪地答道,“大多数孩子转来转去,都不愿回家,直到家家户户把电视机收进储藏室为止!”

我返回仓房二楼的巢穴后,阿仁及其家人冒着大雪极缓慢地移向上房。是去给鹰四他们拜年。从窗户俯视,只见阿仁的身体仿佛摇晃的雪人,那中间的圆脑袋开始秃顶了。不久,我又从仓房窗户看见几个小伙子抱着阿仁,把她带回独间。恶棍则踢散积雪,在搬运者们身边跳跃,尖声指挥着作业。阿仁的孩子们全都忍俊不禁似的发出纯真的笑声。

一月四日早上,我为打长途电话第一次下山谷。尽管连下了几天雪,但通往村公所前广场的窄石板路并不难走。船底形路上堆积着一层薄薄的新雪,其下是被踩硬了的积雪层。这年初的几十个小时,山谷的男人们聚在一起喝得烂醉,球队的小伙子们则列队踏着积雪,跑上跑下地进行了高强度训练。从超市前走过时,我看见不和谐的令人担忧的情景。现在,超市被仿佛战车般涂着黄色与青灰色迷彩的大门紧闭着。但几个从“乡下”来的农妇们呆立在檐前,好像商量过似的,每人带着一个孩子。她们胳膊上挎着空购物篮,所以是为购物才在这里等超市开门的吧。其中有些孩子已累得蹲在雪地上,看来大门前的农妇们已不屈不挠地等待了很久。超市自元旦以来一直休息。现在大门紧闭,旁边也不见营业员的影子,但“乡下”女人们提着空购物篮等着,为什么呢?

我满腹狐疑地穿过那里。山谷遭超市冲击而同时歇业的店铺都屋檐低垂。虽然室内昏暗,可主人们躲在最暗处窥视外面。除此之外,雪中的石板路上不见人影,我无法叫住行人询问那些奇妙的“乡下”女人的存在意义。不过,即使有人来到石板路上,如果我近前搭讪,他为避开我,也许会站在那里小便吧。若是邮局职员,他会在我等长途电话期间与我聊聊吗?邮局也与歇业的商家一样未扫檐前雪,任由雪高高地堆积着。

邮局仅开一扇前门。我跨过门前雪堆,走进昏暗的室内。窗口见不到职员。反正,他们肯定躲在什么地方,于是我喊他们来帮我办手续。

“雪把电话线压断了,不通市外!”即刻传来老人愤怒的声音。令我感到意外的是,那声音就来自我近旁的一个角落下面。

“什么时候恢复?”我问道。老人的声音刺激了我的一部分陈旧记忆。

“修电话的小伙子们住在根所家。叫他们,他们也不来干活!”老人说道,那声音听起来越发激愤了。我想起来了,他是老邮政局长。我小时候,他就是这么易怒而无能。但我最终未弄明白,他是以怎样的姿势躲在低处的。我折回超市方向,发觉前方有两个男人正面对面站着,举行轮番将手臂伸向对方头部的仪式。不过,归途中风卷着雪迎面扑来,为躲雪,我低头而行。走近那两个男人,我却未特别注意他们的相互运动,因为我惦记着徒然呆立在紧闭的大门前的“乡下”女人们。临近超市时，我发现她们不但仍站在那里，短时间内竟增至十多人了。她们仍然平静地等着，可是刚才或跑来跑去，或蹲在雪地上的孩子们，现在却抱着母亲的腰，他们害怕得快要哭了。于是我停下脚步探查异样。我眼前的男人们却激烈地殴打起来。他们和我之间离得太近，我感到恐怖，完全不知如何是好，只得呆立着看这仿佛约好了似的井然有序的沉默中的打斗。

男人们是已过中年的正派的山谷人。他们都穿着西装，未打领带，这是山谷最大众化的盛装。两人都酩酊大醉。他们呈赤铜色的脸因热气而放光，粗野喷出的气息在落雪中宛若沸水。与其说他们害怕陷入松软的雪中，倒不如说他们充满了坚强的意志力，下肢纹丝不动。他们交替着用紧握的拳头一次次痛击对方的耳朵、下颚，还有脖子。这好像是训练有素的斗犬间绝对不屈不挠的、愚蠢的、沉默中的撕咬。不久，眼看着身材略矮的男人脸上的醉酒红晕退去了，我甚至觉得那脸几乎在收缩。接着他又受到一击，那干硬的白脸上，哀鸣似乎要像汗水般从皮肤渗出。这时，他慌忙从裤子后面的口袋里抽出什么东西，而后紧攥在手中击打了对方的嘴。随着一声钩子撬开牡蛎似的声响，一小块裹着红泡沫的石子向我飞来。那被打的男人，用双手捂住依然醉成赤铜色的下半张脸，弓着腰从我身边跑过去。打人者亦全速追赶。我在耳畔听到被打者那实在令人沮丧的衰弱的呻吟声，还有追赶者的呼哧呼哧的呼吸声后，回头目送他们远去。而后，我蹲下来寻找落在脚下雪地上的东西。雪地虽被踩乱却不脏，白色表面上有一杏子大小的红色凹陷，其下有黄褐色树芽般的东西，那小块物体的根部粘着木耳状纯正的玫瑰色物体。我伸出手指捏起，突然一阵内脏被拧了似的嫌恶感袭来，我扔了它。那是一颗带缺口的牙和牙龈。我就那么蹲着，仿佛一条呕吐的狗，完全孤立无援地虚弱地四下张望着。超市门前的女人们依然面无表情地注视着天空站着。小孩子们还未完全从恐惧中恢复过来，他们将手指紧紧缠入母亲劣质外套的下摆中，好像这下我是新威胁似的，怯怯地偷看这里。并且，人们一定从肮脏的玻璃门内的黑暗中窥视了这一幕。他们依然躲在那里，不愿从四周屋中出来。我狼狈逃离，不觉陷入路边未被踩实的松软的雪中。然而，我仍怀着噩梦中逃跑般无助的焦躁感，一路跑上石板路。

我确实非常不安，所以自躲入仓房后，第一次感到想对鹰四讲讲我刚刚经历的事。我把鹰四叫到上房外。土屋里，合宿的小伙子们正充满活力地工作着，所以我不便进去。

“阿蜜，从元旦开始，山谷一直频频发生打架事件。”鹰四回答道。他虽然全神贯注地听了我的讲述，但对我根深蒂固的不安完全无动于衷。

“村里的成年人最近都特别焦躁，而且是新年休假，除了喝烧酒外无所事事。要是往年，最粗野的年轻家伙们早早地就打架给他们看，让他们在精神上得到发泄。今年那帮家伙们跟我合宿，正刻苦训练。没办法，通晓事理的成年人自己打起架来。往常他们对年轻人打架要么看热闹要么劝解，使他们自己郁积的暴力性情绪发泄出来，现在，他们自己却一个劲儿地打。可是，他们打起来也没人劝吧？和年轻人打架不一样，局外人很难毫无损伤地介入成年人的复杂纠纷中，所以他们的打斗会孤独地、无休止地继续下去。”

“反正我从没见过山谷人打得牙床缺口，牙齿迸出来的。”我重复道，内心难以接受鹰四与平时同样平静的分析，“阿鹰，他们就那么默默地、彼此轮番用拳头使劲痛击对方，即使喝醉了也不正常啊！”

“我曾在波士顿参观过总统故居，‘我们自身的耻辱’那帮人都被带去了。我们乘坐的小面包车在回来途中通过贫民街时，看见两个年轻黑人在打架。其中一人举起砖头威胁着，他的前胸和肌肉有些瘦弱。对方则保持距离，悠然自得地挑衅着。就在我们汽车从他们身边通过的约一分钟内，那麻痹大意的男人稍微靠前一点，转眼就被砖击中头部倒下了。被打者的脑袋真的裂了个大口子，可以看见脑里的东西。可是左邻右舍的那伙人只是坐在自家阳台的摇椅或大大的扶手藤椅上静静地注视。山谷不过打烂牙床的程度，并没杀人。我们打架的日本人不是具有辨别力就是缺乏体力，可在心情方面，也许应该承认山谷渐渐像黑人贫民街了。”

“也许吧。在我的记忆里，山谷里，而且是从早上开始，从没那么露骨地行使过暴力行为。即使打得没那么严重，从前小孩子也会马上跑到派出所叫警察，可是今天早上所有人都躲在家里，他们只是旁观，阿鹰。”

“派出所没人。开始下雪的那天深夜，警察就被城里用电报叫去了。自下雪以来，公共汽车不通，被雪压折的树枝又压断了电话线，所以山谷人谁也不知道警察现在正享受一个怎样的新年。”

我发现鹰四的语气中有引发刺激性疑问的端倪，可我压抑住勘探的诱惑。我强烈地希望将自己从鹰四及其球队的行动中隔离开。我觉得被其一点点透露的谜团引诱而深入其想法是危险的，我也懒得理会。而且，我已放弃了评论鹰四的意志。

“超市正放新年假吧？可是，关闭的大门前却聚着‘乡下’女人们，那是怎么回事？过年的一星期左右，似乎可以不必光顾超市也能凑合着过吧？她们却一动不动地站在关闭的大门前，真奇怪啊。”我转换了话题，鹰四却说：

“啊，已经到了吗？”这话再次引发我的疑惑。“今天下午，超市会有点活动。阿蜜，你不去看看吗？”

“不，我不想去。”我本能地警觉起来拒绝了。

“仓房的隐士也不问问是什么活动，一开口就说不想去看！”鹰四极为从容地说道。

“是的，对于山谷发生的事，我完全没有想要特别看看的念头。”

“对于山谷的一切，阿蜜都没有想观看的积极意志。当然没有参加的意志。阿蜜好像现在并没有实际存在于这片洼地吧？”

“因为下雪，我现在只得待在这里，所以不管山谷会发生什么异样情况，我希望在那之前离开，然后决不再想起森林里的这片洼地。”

鹰四浮现出嘲弄似的暧昧微笑，而后默默地摇晃了两三下脑袋，就那么折回土屋了。我感到，他不想让我看到小伙子们正在土屋进行的工作，我也不希望介入，就那么返回仓房二楼了。

桃子送来午饭，她建议我从仓房窗户看看超市屋顶的新旗。她实在孩子气，急于让我中计，甚是可爱，我无法拒绝她。超市那土仓顶上，飘扬着黄色和红色两种欢快的三角旗。透过山谷下个不停的雪，看上去像受损的旧影片放映出的场面。回头望去，只见桃子正满怀期待地注视着我,我当然不知道这两种旗意味着什么。

“那旗子为什么让阿桃高兴呢?”

“为什么?”桃子反问道。被禁忌与想说的欲望撕扯着,她露出些许残暴的眼神,身子战栗着。“阿蜜,你看到旗子悲伤吗?”

“阿桃,回东京后,我给你寄几种愉快的旗子。”我逗着弟弟的这位最年少的亲兵,而后开始吃午饭。

“要是四点钟下去山谷看看,也许你会明白将发生什么,像阿蜜这种受社会承认的人也会明白的!是四点开始哟。你想知道究竟会发生什么吧?可我不能背叛球队,阿蜜。”

桃子自豪地穿着印第安皮衣,与初次穿时相同,她在这雪天里也未穿内衣。皮衣不仅完全皱了,接缝也大幅绽线,甚至还露出了一点浅黑色肌肤,看似滑稽落伍的女恐怖分子,引人发笑。

“阿桃,我绝对不想知道将发生什么,你不用背叛任何人。”

“受社会承认的人,真是无聊!”桃子感到委屈似的满含愤怒地说道,而后撤回到她那终于未曾背叛的同志们那里去了。

下午四点,谷底响起为数甚众的人们“啊!啊!啊!啊!”的呼叫声,它盘旋着,渐渐爬上声音的螺旋阶梯。呼声急促而潜藏着快乐的亢奋,反复逗弄着意识深处充血的黏膜皱褶似的最隐秘部分。听到这呼声,我莫名地狼狈起来,感到自己似乎暴露了裸露癖似的淫猥丑态,我不觉自语:“那到底是什么?是什么啊?”有什么神秘之物立即想从仓房一角回答我的话。我再次狼狈起来,摇头道:“不!不!”呼声越发高涨起来,持续不断。不久,呼声平静下来,更低沉起伏的、如无数只蜜蜂振翅般生机勃勃的响声持续着。未隐于其中的粗暴嘶哑的声音亦不时响起,对抗着孩子们尖厉的惊叫声,或欢快的喊声。在呼声摇曳持续期间,我好歹还可以继续翻译工作,但当时断时续的意思不明的尖叫声开始妨碍我时,我便再也无法集中精神了。我终于站起身,冰冷的玻璃放射出的冷气吹在我发烧的面颊和双眼上。透过模糊不清的玻璃,我瞧了瞧已临近黄昏的山谷。现在,只是极细的雪依然悄悄地下着。山谷看上去开始弥漫起黯淡的乳色雾气,周围的森林黑沉沉的。飘雪的天空也仿佛堵住山谷的黑褐色巨掌。我睁大发痛的眼睛搜寻超市的旗子。只见旗子宛如沉入浑水中的陶器碎片,朦胧地现出柔和的色彩,仿佛收起翅膀的鸟儿悄然低垂着浮现在雾中。我完全无法推断超市发生了什么,只是两位中年男子默默对打时,女人们也默不作声地呆立在紧闭的大门前的印象,积压在不断被来自山谷的呼声威胁着的我的心底,并不见消去。不久,我油然而生一种不安的无力感,焦虑地返回桌前。我虽然成功地抑制住自己下山谷,但无法抑止思考:山谷确实发生了什么异常事态,鹰四及其球队队员与此有关也几乎是确实的。我无法重新开始翻译,便在译文稿纸上一丝不苟地涂上阴影画起中午吃的炖菜中的一个牛尾关节的素描。尾骨呈牡蛎色,上面有各种歪歪扭扭的隆起与凹陷。那虫眼似的小洞、关节两端粘着的胶质圆盖似的东西。我无法猜测当牛还活蹦乱跳时,它们为牛尾巴的力量发挥了怎样的功效。画了许久毫无意义的素描后,我放下铅笔,用牙齿啃盖状物上的胶质残渣,试图更新味道的记忆。只有炖煮时使用的固体汤料和冷油脂的味道。无力感无尽地加深,我精疲力竭地陷入深深忧郁的情绪中,完全无法解脱。五点钟,窗外漆黑一片了,但深沉的喊声依然带着时而高涨的呼声持续着。而且,醉汉们发出的爆炸性叫声渐渐频繁混入。随着重重的金属质物体不断碰撞的声响,阿仁的儿子们精神抖擞地用兴奋得发颤的快嘴一边说着一边返回独间的住所。他们经过仓房时,总是战战兢兢地放低声音,生怕影响我工作,现在却全然不理会二楼的孤独者。我感觉他们现在与成年人一样,刚刚参加了山谷共同体中具有正规意义的行动。不久,鹰四与合住的小伙子们也回到上房,前院热闹了一阵子。夜深了,几伙酩酊大醉的男人们同时争吵似的叫喊声也时而搅和在一起从山谷传来,忽然又传来粗野的大笑声,回响许久后消失了。

晚饭是妻子自己送来的。她头上缠了块印花头巾,头巾显出神经质的花哨,是我在桥头人群中的女人堆里看到的那种类型。我想妻子希望模仿年轻迟钝的山谷姑娘粗犷的魅力。然而,头巾衬出的漂亮宽额反倒令人觉出忧郁的不同。而且,妻子还未开始喝今晚的威士忌。

“你的脑袋显得很年轻嘛,是因为球队的朝气变年轻了吗?”我说出粗俗之语,好像自我厌恶得几乎死去的妒夫。妻子沉默不语,从容地回望羞愤得满脸通红的我。而后,她表现出几乎令人感到古怪的朴实宽容,那是她未醉时,但显然是开始喝了后才会出现的特征。她直接进入我最关心,却不知如何开口的主题。

“阿蜜,这布是超市送的。你看见市场的红旗了吗?那是超市天皇向平日的主顾们发出免费向每人提供一件店内商品的信号。四点开始时可不得了!你在仓房也听到叫喊声了吧?先是‘乡下’女人们,然后是山谷女人们,连孩子们和男人们都猛冲向超市入口,乱作一团了。像我这样的人为抢到这块头巾奋战到几乎贫血。”

“这可真是特大优惠。每人一件是怎么回事?总不会是每人可以随意从店里拿走一件商品吧?”

“阿鹰在超市前给每个拿着战利品出来的人拍了照。看来大多数女人都拿了服装类或食品类。可天黑后,有些男人似乎拿出了更大件物品,好像是在领赠品赛中拿了酒瓶出来的男人们喝醉后,又混入黑暗中干的。免费提供的商品最初不在货架上,是堆在别处的。可是,特别是‘乡下’女人们冲得太厉害了,所以秩序马上乱了。”

我震惊于这压倒性的发动力,无意对这力量的性质与方向说三道四,想躲入软弱的局外人畏缩的苦笑中,却忽然发现了不祥的迹象,不得不被现实的疑惑拖回来。单纯的惊讶之潮从我脑中退去,被复杂的麻烦修饰过的危险预感涨潮了。

“不过,超市不是没放酒吗?”

“我想进店里的人们在秩序还没乱时,就看见放赠品的台上放着酒瓶,那里确实放着很多威士忌、清酒、烧酒。”

“那是阿鹰干的吗?”当说出弟弟的名字时,我感到隐微的呕吐感。同时,我想拒绝这个令人不快的现实世界的一切,退回幼儿状态。

“是的,阿蜜。阿鹰把山谷酒铺的存货买下,然后预先让人运到超市。不过,超市顾客每人可以得到一件免费商品的计划,好像真是超市天皇在他所有连锁店于每年一月四日实施着的。向店员出示去年下半年的购物凭条,就给一件不值钱的服装类或食品类。阿鹰添加上去的特殊工作只是把酒瓶混入赠品中;使开店时间推迟,做好混乱准备;一旦顾客开始进店,就马上让店员偷懒,给客人行动的自由。可是,看到这最终引发了今天的混乱，我确实觉得阿鹰具有制造有组织性纷争的才华。”

“阿鹰什么时候竟把那种力量渗透到超市现场了？其实混乱不过是自然发生的，阿鹰只是过后吹大牛皮吧？”

“阿蜜，店员和仓库保卫人员都在新年假期里回父母身边了，超市天皇想起用山谷青年们补缺。为了弥补死掉几千只鸡的损失，他想无偿驱使过去的养鸡小组。阿鹰他们的计划原本是在接到请求后开始的。总之，山谷女人们一直受到超市的榨取，现在多少能拿回点东西，这不坏吧？

“不过，事情不会就这么轻易了结吧？特别是如果醉汉们竟把大件商品也搬走的话，这不是山谷和‘乡下’共同参与的大规模盗窃事件吗？”我说道，同时确实觉得痛苦的忧郁旋风吹入了我的体内。

“本来阿鹰就没想这么了结。超市经理今天一直被球队的小伙子们软禁着。倒是从明天起，阿鹰真正的活动才开始，而且球队队员们正热切地期盼着呢。”

“他们为什么那么轻而易举地被阿鹰煽动起来了呢？”我满怀遗恨，徒然鸣着不平。

“阿蜜，养鸡失败后，山谷年轻人都有种被追逼的感觉。”妻子慢慢地释放出一直暗自抑制着的兴奋说道，“他们虽然不表现出来，但确实怀着极大的不满，而且无论怎样老实能干的青年，前途都一片黑暗！那些孩子并非喜欢才踢球，是因为绝对再也没有其他事可做，想来想去才胡乱踢起球。”

妻子眼中的虹膜带着热情闪烁着，眼睛的每一个角落都散发着欲望似的湿润。每当这种时候，妻子脆弱的眼里会布满血丝，然而充血的征兆并未出现。我领悟到自我退居仓房以来，妻子并非依靠酒精来摆脱入睡前那莫名其妙而根深蒂固的恐怖。结果，失眠症与抑郁症不再纠缠她，她已步入明显康复的上坡道。妻子与鹰四年轻的亲兵一样遵从了“别再喝了，人生不能借酒消愁”这一教训。而且无须我这丈夫帮助，她正越过困难的深渊。我怀着败者的心情，怀念起在等候鹰四的机场喝得酩酊大醉，并断然声称自己不想接受再教育的妻子。

“如果你有干涉阿鹰行动的意图，那么你接近鹰四时，必须警惕别被球队队员抓住了。”妻子敏锐地探寻出我保守的亲和力所希望之物，她立即抵触起来，生硬地直盯着我说道。如此的她显得年轻而健康，几乎恢复到那次不幸生育前的状态。“我们从超市回来的路上，发现住持好像来和你商量今天事件的善后对策，可他被拿着可怕武器的年轻人吓住了，立即逃回去了，你对你的臂力还有自信吗？”

我最小程度地压缩自尊心，把它塞入不显眼之处。妻子却用拉出贝壳内的贝肉似的办法，把它公开出来加以伤害。我愤怒了。

“我觉得我和这山谷发生的一切无关，并非我对阿鹰反感，也并非出于与此相反的感情，因为我不想再对阿鹰及其球队的行动予以评论。无论这里会发生什么，我打算一旦交通恢复正常，就马上离开山谷，忘掉所有一切。”我说着，再次确认了真是如此考虑的自己。明天，我打算即使那奇妙地搅乱我情绪、充满可怜欲望的呼声再次从山谷响起，我也将继续翻译工作，那是我与自杀了的友人间的心灵对话。事实上，我在摸索翻译词时，经常考虑：“朋友会在这里用什么词？”那一瞬间，我体验着与亡友共生的感觉。其时，把脑袋涂得通红、上吊死去的友人比活着的任何人都贴近我。

“阿蜜，我和阿鹰一起留下来。我之所以被阿鹰的行动吸引，也许因为有生以来我从没经历过违法之事的缘故吧。就连对变得像兽崽似的自己的婴儿一直不理不睬这件事，我也是按国家法律行事的。”妻子说道。

“你说得对，我也是这么活过来的，事实上，我根本无意评论他人的所作所为，也没那个资格，我只是时而阵发性地忘记这点罢了。”

我们彼此移开视线，令人厌恶地陷入了沉默。而后，妻子怯生生地把脸凑近我的膝盖说道：

“阿蜜，果真粘了只死苍蝇，为什么不取掉？”语气温和且富于女人味，其中渗入了自惭者过分的温柔。我也以无限柔顺的心情，用被墨水弄脏了的指尖将那黑色干硬、极小之物从膝头刮下。我想无论怎样，我们现在还是夫妻，而且惟有这么继续长久地共同生活下去了。若要离婚，两人都怀了一颗陷入太过恶劣状况中的心，且两颗心在恶劣状况中彼此纠缠在了一起。

“阿蜜,叔本华说即使打死苍蝇,苍蝇的‘物体本身’不会死亡,只是碾碎了苍蝇的现象。这么干硬后,确实有‘物体本身’的感觉。”妻子认真地注视那块小小的黑东西,第一次细声说出对我不含刺激意味,仅表示缓和紧张气氛的语言。

深夜里,似睡非睡中,我的耳朵如幻觉般听到年轻姑娘的大叫声。我听不出那是由于恐怖,抑或由于发怒。我把它顺利地溶于白天的记忆与梦境之间准备继续睡觉。但叫声再次响起,记忆与梦境退去了。宛如银幕上的影像,张大了嘴巴呼叫着的桃子的形象清晰地呈现出来。上房里似乎人声嘈杂,一派森严。我爬起来也未开灯,蹑手蹑脚地走近微光中的窗户,俯视上房那边。

雪停了,门灯的光亮将积雪照得分外明亮。身穿衬衣和运动裤的鹰四,与一位穿着单层短和服的小伙子相对而立在前院,小伙子的胸部与脚下裸露着。球队队员们并排站在房前,他们各自穿着相似的棉和服,全都抱着胳膊。与鹰四相对的小伙子,惟有他一人被剥下棉和服,令人明显感到他现在刚刚被逐出小伙子们的小团体。他对鹰四没完没了地进行着凄惨的抗辩。鹰四则将长长的双臂懒散地垂在两边,身子前倾地站立着,看上去还算专心听年轻人讲话。但是实际上,他根本不想理会弱者的申辩。他简直是阵发性地跳起来,猛击小伙子的太阳穴。最残暴之物贯穿其肉体的核心,看似放出了危险的紫色闪光。小伙子一直未反抗,被比他矮得多、双肩窄得多的鹰四不断痛击,脆弱地后退着,脚陷入雪中仰面摔倒在地。然而,鹰四仍压在他身上继续猛打。

我在眼前目睹了残暴的亲人,由此带来的生理性厌恶感仿佛粗棍似的增大,直抵我的胃里。我悲哀地用舌头感觉着胃液的滋味,一边耷拉着脑袋退回黑暗中钻入毛毯里。鹰四不停地痛打一直未反抗、年少于自己的小伙子的脸,他已超越了“志愿暴徒”的范围。那痉挛性的残暴与那固执的持续都表现了罪犯的素质。我在鹰四身上发现的暴力犯罪者的光圈在可恶的反刍中逐渐扩大,愈发闪耀,仿佛不祥的极光般照亮了整个山谷。在其照耀下,超市小小的非常事件暴露出新面目。我惟有逃入排他的短时睡眠中,才能逃离这可恶的暴力之光吧。但睡眠就是不侵蚀热气腾腾、浮沫漂起的深底锅似的大脑。经过一阵徒劳的努力,我在黑暗深处睁开眼睛,眺望那显出乳白色的窗户。窗上些许的光亮时而强烈时而完全退去,变成不过是背靠黑暗的坑穴盖子似的物体,而且明暗以眼花缭乱之势循环着。我怀疑在粗暴的雪的反射中度过几天后,我那不得已过度使用的独眼是否出现异常了。失明的不安成为紧张舒缓剂,给我疲惫发热的大脑带来瞬时的空白。我因这孤独的生理性不安,意外成功地将弟弟暴力所带来的毒素推到意识外。我紧盯着窗户的明暗,沉浸于被净化了的不安中。不久,极鲜明的光线穿过细长窗户,我才明白那并非由眼睛衰弱而引起的幻视,仅仅是外面出了月亮罢了。我再次起身,眺望月光照耀下的雪中森林。森林的表层有被雪照亮部分,也有因此而显得极暗的凹陷,阴影部分似有无数只濡湿的野兽群集。月亮一旦被急速流动的云层遮蔽,兽群便加深了青铜色暗影,最终退至黑暗中。并且,一旦森林顶部的雪开始映照于月光下,那带有濡湿光泽、耷拉着脑袋的野兽便慢慢地成群走出。

在月光下,前院的门灯也只能照出一个昏黄的狭小光圈,因而最初我未注意灯光下的物体。可是,我忽然发觉在凌乱不堪的雪中,被打趴下的小伙子双臂抱着自己的身子蹲着,身边扔着捆好的毛毯和棉和服、餐具类。合住将小伙子彻底驱逐了。小伙子把头埋入凹成鞍形的双肩中,宛如受到威胁的草鞋虫似的一动也不动。我从月下森林得到的些许兴奋感转眼消失,连脑袋一起钻入毛毯微热的黑暗中,将哈气吹在胸部和膝部,冰冷的身体却依然不住地颤抖,牙齿发出咯咯的声响。不久,我听到有脚步声绕到仓房后面远去了。没朝通往山谷的石板路,而是去了爬上森林的路。虽然声音很轻,但嘎吱嘎吱的雪声,一定不是狗为捕捉雪中野兔而爬上森林的脚步声。

第二天早上,妻子送来早饭时我还未起床。她也对露骨的暴力行为满怀厌恶,对我说起深夜的事。那小伙子违反球队规章,私下喝光了从超市偷来的小瓶烧酒,把桃子叫到上房尽头的小屋试图引诱。桃子温顺地接受了醉酒小伙子的深夜邀请。她穿着自己从超市挑来的仿佛《一千零一夜》中的娼妇似的睡衣。小伙子抛却犹豫,即刻对这位城里来的富于挑逗性的姑娘调情。当桃子激烈反抗、不住地大声悲鸣时,小伙子感到太意外了，所以在遭到鹰四痛打时，他也未完全从莫名的惊愕中清醒过来。受到刺激的桃子歇斯底里起来，把脸和身子紧贴着里屋墙壁睡着，到早上也不起床。据说少女扔了那件引起可怕误会的睡衣，穿上所有衣服，全副武装地屏息躺着。被驱逐者的武器还丢在前院，上面刻有“光”字商号。妻子来仓房时，在杂乱的雪地上见到了那件武器。

“从脚步声听来，我认为那小伙子绕到仓房背后，然后去了通往森林的路。他到底去哪里了呢?”

“他打算穿过森林去高知吧？就像万延元年武装暴动时因背叛而遭到驱逐的年轻人逃进森林那样。”妻子进行着如梦般的解释。我不禁感到，比起桃子，她倒是更同情那小伙子。

“森林的草木繁茂处有多么复杂难走，你不知道。想在雪天的深夜里穿越森林，这是明显的自杀行为。你受阿鹰暴动谈的影响太深了。”我想粉碎妻子的传奇性构思。

“即使被阿鹰他们的球队驱逐出去，也并非因此就不能在山谷生活，阿鹰没有那样的强制能力。昨天晚上，那可怜的小伙子夸大解释了桃子无意识的媚态。阿鹰打他时，也许会遭到其他小伙子的叛离，他自己反而被弄得半死呢!”

“阿蜜，你还记得哭丧着脸的阿星在机场对你说的话吗？你现在不理解阿鹰，也不很了解他吧。”妻子非常自信地反驳道，“和你一起生活过的那个朴素的小阿鹰，其后经历的岁月是你无法理解，也想象不到的。”

“即使那小伙子因为被阿鹰领导的集团赶出而感到苦闷，觉得难留在山谷，可是现在离万延元年有一百多年了，逃跑者应该沿着公路逃往海边吧？他为什么一定要进森林呢?”

“那小伙子知道，他们暗中活动，在超市引发混乱，那已是一种犯罪。如果过桥从雪中公路走到邻镇，也许会被等在那里的警察逮捕，或被超市天皇雇的暴徒们报复。至少那小伙子有可能那么忧心忡忡地考虑吧？其实，和鹰四真实的内心世界一样，你也许也不太了解球队青年们的集体心理。”

“虽说我出生在山谷，但我当然不认为连接我和山谷的纽带现在还存在，我因此能够充分理解山谷的小伙子们，事实倒是相反。”我说完略微做出让步，“我只是客观地说出了常识者的意见。如果在阿鹰煽动下，球队队员都陷入集体疯狂中，那么我的合乎情理的观察自然是错误的吧。”

“阿蜜，虽说是别人的事，你也不能把它简单地说成是疯狂。你朋友自杀时，你也没这么草率地把事情简单化吧？”妻子执拗地追问，没完没了。

“那么，你让阿鹰派搜查队去森林。”我投降道。

我避开上房的土屋，从背后去世田和洗脸。回来时，正碰上兴奋的小伙子们跳到前院来。只见前院里，一个身穿伐木工旧防雨斗篷的小个子男人走进来，正受到鹰四的迎接。那男人拉着一架即制雪橇，那是将带叶的竹子砍下扎成的。雪橇上放着一个年轻人，仿佛蓑虫般被一块破布包到脖子，那破布是用各种布头拼制成的。从土屋冲出的小伙子们好像要袭击他似的，那男人将上半身弯向斜后方想转身逃跑，却被鹰四叫住了。晨光被踏乱的雪不规则地反射着，晃得我眯起眼睛。然而，我还是认出了那几乎闭上眼睛的瘦削寒碜的侧脸，迅速把它与十几年前记忆中的隐者阿义叠在一起。好像印第安人抽出头盖骨做成的“缩头”似的，隐者阿义的脑袋很小。要说那耳朵，只有大拇指第一关节那么小，周围看上去有不自然的空隙。小脑袋上戴着一顶浅浅的箱形帽子，好像旧式邮递员。帽子被太阳晒褪了颜色。窄脸夹于帽子与泛黄的络腮胡子之间，上面长满了斑点和灰色绒毛似的东西，显出极度紧张的神情。鹰四一边制止背后的小伙子们，一边好像劝慰胆怯的山羊般，看似非常和善地同他低声说着话。老人依然向后挺着身子，就那么半闭着眼睛。棕色干裂的嘴唇好像两根要夹起什么的手指尖似的，迅速一张一合地回答着鹰四。而后他摇晃着脑袋，仿佛发自内心懊悔拉着雪橇走出森林。并且在强烈的阳光下，他好像对自己的一切感到羞愧。鹰四命令球队队员，让他们把破布包裹着的小伙子从雪橇上抱下来抬进屋里。那些人兴高采烈，仿佛一群抬着祭祀神轿的人们。随后，鹰四把胳膊搭在隐者阿义的瘦脊背上，阿义虽然孱弱地反抗，总归还是被带进了土屋。我独自留在前院,俯瞰那被丢弃在松软的雪上的竹捆,上面粘着结成了冰的雪。被草绳一圈圈绑住的新竹捆,看上去好像做了什么违法之事而受到了处罚的竹子。

“阿蜜,菜采正招呼隐者阿义吃饭呢。”我转过头去,只见鹰四堵在那里。他晒黑的脸上泛出生动的红润,茶褐色眼珠仿佛喝醉了似的闪烁着粗暴之光,这使我产生现在是否背对着盛夏的大海跟他站着闲谈的错觉?“晚上,隐者阿义照例来到山谷。天快亮时,正要返回森林,却发现有个年轻男子一个劲儿地往森林深处走。于是他跟在后面,直到小伙子摇摇晃晃地走不动,最后把他救了回来。阿蜜,你相信吗?那小伙子想穿越大雪中的森林去高知,他把自己和万延元年暴动时的青年团伙的那帮人同一化了!”

“隐者阿义把小伙子带回来前,菜采子就是那么想的。”我说完便沉默了。

被伙伴们驱逐的耻辱感与绝望迫使小伙子在厚厚的积雪中艰难地行进在漆黑的森林里。也许他在心中把自己描绘成了头顶发髻的万延元年的农民之子。单纯的小伙子被渐增的恐慌追逼着,身陷夜森林的黑暗中。他在雪中蹒跚前行时,有什么办法确认:不,万延元年距今,时光已流逝一百年了?如果小伙子昨晚冻死在途中,那么其死法与万延元年被驱逐的年轻人绝对一样吧。共存于森林高处的所有“时间”一起涌入并占据了濒死的小伙子的大脑。

“既然最初的征兆表现在那小伙子身上,那么把万延元年的年轻人与自己同一化的指向会立即传给全体球队队员吧。我要把它传给所有山谷人。我要把一百年前祖先们的武装暴动唤回山谷,要比念佛舞更现实地再现它。阿蜜,这并非不可能!”

“阿鹰,你做这些事,到底有什么用?”

“有什么用?哈!哈!你朋友上吊自杀时,你考虑过他为什么死吗?还有,你考虑过你为什么活着吗?也许山谷里即使发生新型武装暴动也没什么用。可是,至少我能更深刻地感觉到曾祖父弟弟的精神运动吧,那是我长期以来一直热切希望的。”

我返回仓房时,只见在阳光的照射下,融雪透过厚厚的雪层开始往下流淌,雪水声仿佛帘子般环绕在仓房四周。曾祖父用从森林对面的文明世界带来的枪保护了自己和财产。我幻想自己像曾祖父那样,用这水声把自己从山谷发生的一切中割裂开进行自我防御。

十、想象力的暴动

大鼓、小鼓，还有铜锣，念佛舞队伍的音乐从上午开始响个不停。音乐缓缓流淌，却执拗地持续着。当当当！当当当！当当当！当！当！当当当！这同样的旋律持续了四小时。我从仓房后窗目送隐者阿义爬上通往森林的石板路。雪橇上装的不是破布，而是我妻子送给他的新毛毯。仿佛耽于冥想般，他歪着脑袋，却暗自用力蹬着地面，稳稳地爬上陡峭的雪路。此后不久，念佛舞音乐开始了。午饭时，妻子将饭团和未启盖的鲑鱼罐头、外加罐头起子端到仓房二楼。我询问妻子，声音由于对这无休止、无从逃脱的音乐的憎恶而沙哑，听来仿佛他人的声音般粗暴，这点连我自己都听得出来。

“那不合时宜的念佛舞音乐是你们的首领阿鹰想出来的吗？阿鹰打算用念佛舞音乐唤起山谷人对万延元年武装暴动的联想吗？但还拙劣，不过是烦扰邻里的心血来潮之计。昏了头的只有阿鹰和你们这些属下。山谷经验丰富者怀有坚实的平常心，他们不会因为鼓和铜锣而动摇！”

“可是，音乐至少让阿蜜焦躁不安了，让你这位尽量想对山谷的一切保持漠不关心的人……”妻子冷静地反击道，“鲑鱼罐头是从超市抢来的战利品，超市从今天早上开始重新正式营业了。如果你一点也不想参与进来，你可以不吃罐头，我给你找点别的什么东西来。”

我并非参与鹰四他们的行动，只是为了无视妻子的挑衅才打开罐头。而且我不喜欢吃鲑鱼。在一般山谷居民看来，超市昨天的抢劫是一次偶发事件。但据妻子讲，鹰四他们今天早上宣传说，昨天的抢劫仍是非法的。既然山谷人已参与了这场抢劫，那么他们没有理由不继续抢下去。

“没人反对阿鹰他们的煽动吗？听到今天早上他们说出的内情，

没有后悔者来归还昨天的掠夺品吗?”

“在超市前开了村民大会,没有那种声音。当时有任超市会计的女孩子们暴露超市过去赚取的利润率,又有售货员证实商品自身的劣质。在那种情况下,没人会特意归还物品吧?即便有与众不同者心里那么希望,但那种气氛也不允许单独行动。”

“哄小孩子的把戏!”我愤愤地嚼着那净是碎渣的干巴巴的鲑鱼说道,“马上会发生余震!”

“阿蜜!总之对超市的怨恨情绪现在还熊熊燃烧着。有好几个女人因盗窃嫌疑被搜过身,她们哭着讲述了她们的遭遇。”

“一群笨蛋!”我说道,觉得难以咽下舌头上那块抢来的鲑鱼肉。

“阿蜜,你还是去山谷看看那里发生了什么就好了。”妻子漫不经心地说完了便走下楼梯。我立即将沾满唾液的鲑鱼肉和米粒吐在手掌上。

念佛舞音乐无休无止,令我心烦意乱、精疲力竭。我的耳朵不得不常常意识到山谷的异变。耳鼓深处有武装暴动的存在。念佛舞音乐在我心中引发的憎恶宛如患病的肝脏遭到无法治愈的污染。好奇心的毒素是污染之源。但在找到与鹰四们策划的异常事件无直接关系的日常化理由前,我禁止自己离开仓房。在那之前,自己不下山谷,也不派侦察兵。那单调的音乐只表达了情感的贫乏。也许只是为了向我炫耀行动的继续,鹰四才让人敲响它吧。如果我现在主动对山谷发生之事采取任何行动,那只是我对鹰四拙劣心理攻势的更拙劣的降伏。我忍耐着。不久,山谷竟然响起了汽车喇叭声。也许鹰四驾驶着轮胎上缠了铁链的雪铁龙行驶在山谷里,幼稚地向孩子们进行示威活动吧。或者如果山谷人实际上都普遍地暴徒化了,那么作为领袖,鹰四正坐在雪铁龙上检阅暴徒。

我发觉炉子的效率开始降低,是油箱的煤油快用完了。备用油已用完。现在惟有让谁去超市买,或自己下去山谷购买。我终于从充满懊恼的忍耐苦役中解脱出来。从上午开始,我已被念佛舞的音乐折磨、嘲弄了四个多小时了。

桃子和妻子在上房。桃子歇斯底里发作后还睡着,妻子在照顾她,我无法拜托她们。受冻伤的小伙子被送去医院了。全体球队队员与鹰四、星男一起,现在是山谷喧闹场面的主办者。能为我办事的惟有阿仁的儿子们了。我站在独间紧闭的门前喊叫。不过,我并不认为他们即使受到音乐诱惑,仍与肥胖悲观的母亲一起闷在阴森冰冷的屋里。我只希望外围成为我必须下山谷的条件。没有回答。于是,我满意地想从依然紧闭的房门口离去,这时,不承想阿仁用几乎令人觉得兴高采烈的洪亮有力的声音招呼我。我打开门探头往里瞧,让不惯黑暗的惊慌的鸟儿似的眼睛在室内慌张扫视。与其说是阿仁,倒不如说寻觅着她丈夫的身影。

"哎呀,阿仁,如果你儿子们在,我想打发他们去趟山谷,炉子没煤油了。"我用辩白的口吻说道。

"蜜三郎先生,我儿子们早上就下去山谷了!"宛如从海雾中出现的巨舰,阿仁那硕大的身体慢慢显现出来,意外地和蔼可亲。仿佛从鼓鼓的圆脸上突起的两块发热闪耀的磁铁,其眼睛对我直放磁力。正如其声音显示的征兆,阿仁正在那张将马鞍倒置的无腿靠椅上独自兴奋。"鹰四先生手下的年轻人来叫,我家金木也下去山谷了!"

"阿鹰的伙伴来叫了?金木先生是老实人,不应把他也牵连进去!"我愤慨地说道,对阿仁的丈夫表示了几分带有保留的同情。我的保留确实妥当。阿仁不希望我对其丈夫表示同情。

"蜜三郎先生,年轻人到村里所有人家叫!特别是那些还没从超市拿东西的人家,他们肯定叫,全体出动了!"阿仁说道,那陷入肉里的小眼睛愈发亮了。蒙着厚脂肪层的紧绷的皮肤上缓慢地荡起涟漪,她想尽量微笑。阿仁从平日痛苦的气喘中解脱出来,回复为昔日充满强烈好奇心的闲聊能手。"我们家,孩子们早早下去山谷了,可我丈夫还没去,所以有两个年轻人来门口吆喝:'去超市了吗?'听中途回来休息的儿子们说,如果发现有不去超市拿东西的人家时,无论有钱还是有势人家,年轻人都两人一组去吆喝:'去超市了吗?'听说村长的儿媳和邮政局长的老婆都去超市拿东西了。校长的女儿哭哭啼啼地把一大箱根本不需要的肥皂搬了回去。"阿仁说完,好像含着一口水似的,突然闭嘴巴不说了,鼻孔则发出呼哧呼哧声。接着,她那圆月似的脸上现出朵朵红云,于是我察觉出她是笑了。“蜜三郎先生,这下平等了。村里所有人都平等地蒙受了耻辱。实在了不起!”

“阿仁,没人同情超市天皇吗?”我从这病态肥胖的中年女人设下的“耻辱”这一语言圈套中,感到一种不明确的危险。为了暂且回避这个话题,我问起与她那带火药味的闲话不甚相干的事。

“同情那个朝鲜人的人?”阿仁立即愤然反驳道。直至昨天前,阿仁与数落超市给山谷带来悲惨的大多数山谷人一样,缄口不谈那充满权威的超市主人是朝鲜人。但现在她直接强调“朝鲜人”这一词汇。掠夺超市对于所有山谷人来说,仿佛与超市天皇间的势力关系一下子逆转过来,现在阿仁毫不犹豫地宣传那位在经济上征服了山谷的男人是朝鲜人。“自从这片洼地来了朝鲜人,山谷人就一直受干扰!战争一结束,朝鲜人就从山谷夺取土地和金钱,成了有钱人!我们拿回一点,有什么好同情的?”

“阿仁,朝鲜人原本不是自愿来山谷的。他们是从他们国家被强行带来的奴隶劳工。而且据我所知,山谷人从未受过他们主动的骚扰。即便在战后朝鲜人村落的土地问题上,山谷人也未直接蒙受损害吧?为什么歪曲记忆呢?”

“老二S是被朝鲜人杀的!”阿仁惊讶地说道,立即恢复起对我的戒心。

“阿仁,那也是对之前S哥的伙伴杀了朝鲜人的报复。你不是很清楚这事吗?”

“所有人都在说,自从朝鲜人进了洼地,就没什么好事!什么朝鲜人,把他们斩尽杀绝才好!”阿仁蛮不讲理地竭力争辩道。现在,其目光充满了怨恨,黯淡无神。

“阿仁,朝鲜人从来没有单方面伤害过这片洼地的人们。战后的纠纷双方都有责任。你很清楚这些,为什么还强词夺理?”我责备道。然而,阿仁仿佛卸下沉重货物般,猛然垂下看似可叹的大脑袋不理会我的话了。从我眼睛的位置望去,只能看见她那海象脖颈般的脖子随着复发的喘息起伏着。我怀着无从排遣的焦躁怨愤叹息道:“阿仁,闹出这么愚蠢的事,最后遭到悲惨报应的还是山谷人。超市天皇不会因为他的一家连锁店被抢而受打击吧。可是,大部分山谷人却会因为战利品,今后将一直品尝可怜的负疚感。连明辨事理的成年人也被从外面回来的阿鹰之流煽动起来,这到底是怎么了?"

"山谷人全都平等地蒙受耻辱,这挺好的!"阿仁就那么顽固地低着头,事不关己似的重复着,令我明白了其话语中"耻辱"一词的独特含义。

我的眼睛适应过来,可以看清各个昏暗的角落了。我发现阿仁坐在无腿座椅上,在手够得着处,堆着一圈各种各样的廉价罐头。它们谦恭诚实地等候在那里,仿佛是她与最终无法治愈的饥饿作战时足以信赖的救兵们。这些正是阿仁的"耻辱"。露骨地排列着,呈现出真面目的小"耻辱"群令旁人看来亦觉刺眼。我无言地注视着罐头队列。这时,阿仁表现出故意暴露自己缺点的诚实态度,从高高的双膝间取出一盒罐头,开了一半的盖子好像半圆形的耳朵似的突起着。她咕噜咕噜地吃起里面的什么稀奇古怪的东西给我看。我想起动物蛋白对其肝脏不好,但我无法说出口,只说了句:"阿仁我给你打点水来吧?"

"我不会胡乱吃到口渴的程度!"阿仁反驳道。但接着满怀坦诚地说道:"蜜三郎先生,多亏了鹰四先生的暴动,我第一次有了吃也吃不完的食物!虽然是些不值钱的罐头,可真是多得吃不完!把这些吃完了,我就再也不吃了,变回原本瘦削的自己,然后衰弱死去!"这是我小时候和她两人支撑着根所家时才听到过的语气。

"阿仁,不会那样的。"我以返回山谷以来,第一次以与阿仁和解的心情安慰道。

"不,我这种可怜人的直觉很准!我在红十字医院也被告知,我想吃很多东西,那不是我身体的要求,而是心理需求!只要心里不想吃了,我就会从那天开始瘦下去,恢复过去的身体,然后等死!"

我忽然感到一种幼童般无谓的悲伤。妈妈死后,我只依靠阿仁的帮助,才克服了诸多困难,度过了山谷中的少年时代。我默默摇着头,踏着积雪来到外面。"日本第一魁梧女人"坐在也许会致命地毒害其肝脏的大量食品中间,体味着幸福与"耻辱"。我拉上门,把她关在昏暗的安宁中。

石板路上被踏实了的雪软化成了浅黑色,路面滑溜溜的。我小心翼翼地往下走。关于超市的掠夺事件,无论对错,我都不打算干预,我下定决心不卷入鹰四们的行动中。如果超市完全陷入无政府状态,那么依靠正常手续是不可能在那里买到煤油了。我的全部计划就是,如果还有免遭掠夺的桶装煤油,我就给阿鹰或其伙伴相应数量的纸币,而后把它提回来。我无意参与阿仁所谓的所有山谷人平等的“耻辱”。而且,这场小规模暴动的煽动者们只对我另眼相看,没过来进行强制性吆喝:“去超市了吗?”所以,我原本就是局外人,他们未要求我与他们分享“耻辱”。

我下到村公所前广场时,阿仁长子不知从何处冒了出来,就像跟随主人散步的家犬似的,走在我前面。他机敏地打量我的表情,立即领悟到不适于搭讪,便仅仅把内心亢奋表现在蹦蹦跳跳的走路姿势上。石板路两旁一直紧闭着的住家房门现在都敞开了,每户门前都有人踩着雪彼此大声招呼着,豁达地聊着天。山谷居民们全都兴高采烈。从“乡下”下来的人们,也数家聚在一起,他们或随处站在石板路上加入到聊天行列中,或慢慢地走着。他们全都抱着来自超市的掠夺品,但看上去还没有返回“乡下”的意思,仍悠然留在山谷里。当“乡下”母亲为解大便的孩子请求借用厕所时,山谷主妇非常开放地接受其请求。即使在祭日里,我也未曾见过山谷和“乡下”如此自由宽大的联欢景象。在我的孩提时代,山谷就已丧失了爆炸性祭祀印象。孩子们或在石板路上踩磨着雪滑冰,或模仿依然持续着的念佛舞音乐。阿仁儿子转瞬加入各处孩子们的游戏中玩耍,又立即跑回我身边。站着聊天的成年人们都对我和蔼地微笑,亲切地寒暄。他们如此对我消除了隔阂,这也是我返回山谷以来第一次遇见之事。我不能迅速适应他们突然友好的态度。我暧昧地点头示意着快步走过。然而,山谷成年人既然完全解放了自己,看上去便像酩酊大醉了似的,一直磊落大方,毫不介意。我内心深处的惊讶渐渐深深地扎根,枝叶繁茂,郁郁葱葱起来。一个高个子男人挥动着翻开的账本正向聚在周围的人们解说着。那男人在战时教师不足时期作为代课教师教过日本史,战后担任过农协文书。球队小伙子默默地陪伴在他身旁,所以我想他也许被新暴动领袖集团任命为专门委员，正揭露超市的经营状况吧。他发现了我，便满脸泛起假愤怒与真得意交错而成的扭曲的微笑，中断了对小听众的讲演大声招呼我。

“蜜三郎先生啊，我们揭露了市场的双重账本！如果把它交给税务署，天皇马上也要退位了，太可悲了！”

听众们对突然的中断非但未表示不满，还学着他的样子回头看我，将嘲笑超市偷税漏税行为的欢快的抗议姿势做给我看。他们中间特别夹杂着许多老人。我再次意识到这一点，便发觉从山谷的石板路上走来时，我所看到的人群中的老人比率大得失衡。直至昨日，这些老人还静静地躲在肮脏的玻璃门内的黑暗中打发时光。可是今天，他们也自我解放了，再次成为山谷共同社会的正式成员。

阿仁的独生子突然尖叫起来，唤起了我的注意。他为自己的大发现尖声叫道：

“那人！”那人就是市场经理！

我看见一个身穿皮夹克的男人迈着不稳的步伐摇摇晃晃地从我们身边跑过。微胖的身材，虽然短脖上的脑袋完全秃顶了，但还未到四十岁的样子。在孩子们的嘲讽辱骂中，他仿佛陆地上的海狗，用胳膊划动着空气拼命地跑过去。现在，超市经理的软禁被解除了。可是，桥一定处于球队的严密监视下，所以经理只是被放养在山谷，实际上仍被监禁着。但是，他虽然遭到嘲讽辱骂，却仍像送报人似的在石板路上匆匆跑过，那情景既滑稽又令人觉得不可思议。他正谋求善后对策吗？在这没有一个朋友的孤独山谷？有个孩子发明了向他投掷雪球的游戏，于是在所有孩子中间流行起来。男人正跑着，雪球队击中脚踝，他一下子摔倒了。他挣扎着爬起来，也顾不上掸去竟然粘到头上的雪，向那些顽皮透顶、发了疯似的孩子们发出被追逼家畜的嚎叫般的恐吓声。可是，孩子们只是越发欢快地喝彩，不住地投掷。我的一只眼被素不相识的孩子们打瞎了。那天的活生生、现实的恐怖滋味在我干燥的口腔内复苏，于是对于“为什么石块会扔到我身上？”这一多年的疑问，我得到了一个启示。那发怒的可怜男人，一边用胳膊肘抵挡雪球攻击，一边不住地发出微弱执拗的叫喊声。阿仁儿子迅速加入雪球攻击，而后又跑回我身边,那表情仿佛汽水似的,喷涌着亢奋的泡沫。

“他在喊什么?”我问阿仁儿子。

“他说雪化了后,超市天皇会马上指挥暴力团进攻我们!我们会武装保卫的!”少年自豪地说完,瞧了瞧刚才一直吃着的小甜饼干的纸盒底,就那么扔掉后,又从鼓鼓囊囊的半长外套口袋里掏出一个新包装纸盒,塞一把到嘴里大口吃起来。

“你觉得能打赢暴力团吗?那伙人可是暴力专家。”

“阿鹰会教我们作战方法!阿鹰和右翼分子战斗过,所以知道真正的作战方法!蜜三郎先生战斗过吗?”

阿仁儿子急不可待地吞下口中之物,而后以无法捉摸的灵敏之势反击我。

“为什么让经理自由行走?”

“这个……”少年一阵搪塞后,对我暧昧的提问其实做了触及核心的回答,“那家伙净说废话,所以山谷人开始愚弄他和超市天皇!蜜三郎先生,那家伙也是朝鲜人!”

对于战后出生的少年无缘无故地敌视朝鲜人,我不由得感到一阵反感。可是,如果替超市经理辩护,那么这少年可能立即纠合小暴徒迫令我也抱头鼠窜。

于是,我只说:“别再跟着我,和你自己的伙伴玩吧。”

“阿鹰命令我给蜜三郎先生带路!”少年说道,脸上现出挺一本正经的困惑。但我断然拒绝了他的向导,所以少年又大嚼一把小甜饼干以抚慰自己的不满,同时停下脚步。自阿仁为异常食欲纠缠以来,现在她儿子也第一次找到了如此多的食物,这超出其缩小的胃游移不定要求着的数量。出于对奇妙的胃的莫明不安的义务感,瘦削的少年不停地吃着,最终将呕吐吧。

超市一带的雪被踩得融化了,石板路处于森严的混浊中。这是沉滞期的前兆,所有雪融化后,整个山谷将泥泞一片。好几个独立小群体聚集在超市前,那是将电视搬到室外来看的人们、观看拆开包装取出电器进行处理工作的人们。

好几台电视机播送着两家不同电视台的电波。蹲在电视机前的孩子们全神贯注。甚至有孩子为同时看到两台节目,略欠着身子占据了可以看到两台的位置。但站在他们身后的成年人吵吵嚷嚷,显出并未特别凝神于电视的样子。远方都市日常生活者的讯息同时到达正处于奇妙戒严令下的山谷,发挥出一种功效。电视画面映出少女不清晰的特写镜头,那假笑着的大下巴向前伸出的形象,再次更新着山谷发生并持续着的异样印象。

被拆开包装取出的电器摆放在潮湿的地面上,两个手持凿子和榔头的中年男子正埋头研究着。他们是山谷的铁匠和白铁皮匠。他们也是被青年小组特别起用的专门委员吧。观看他们工作的主要是女人们。当然,他们今天肯定第一次遇到这种工作。虽然他们是山谷最练达的技师,工作却迟迟不见进展,看上去有些危险。他们做的是从器具上去除厂家的商标和产品编号这种简单的破坏工作。每当从电暖炉底座刮下商标的凿子在炉身鲜红的漆面上尖利地划出深深的刻痕时,蹲在技师周围的女人们中间便刮起一阵叹息旋风。技师困惑了,诚惶诚恐起来。他对化作自己身体一部分的技术本身充满信心,却忐忑不安地干着与本职无关的卑微工作。不久,超市天皇的秩序将沿着融雪的公路从地方城市重新逆流至这片洼地。为此,要预先从这些器具上消去超市掠夺品的证据,所以技师从事着孩子气的破坏工作。

我离开人群向超市入口处走去时,发觉球队的小伙子们监视着我的行动。他们虽然稀稀落落地夹在电视机前和破坏工作周围的人群中,但与小群体的愉悦气氛相反,好像发黑的蛀虫般鬼鬼祟祟,板着脸睁大眼睛注视着。我硬是不理会他们那令人情绪恶劣的视线,伸手推入口处的大门。但是,门纹丝不动,透过门上的玻璃,看见里面一片狼藉。虽然感到胆怯,但我仍将把手推来推去。

"今天的抢劫结束了！明天还有明天抢劫的份儿!"

我随着阿仁儿子的声音回头,发现少年仍大口地吃着小甜饼干,与其伙伴们一起跟在我背后冷笑。他怕我揍他的脑袋,便与伙伴们一起后退一步。

"我不是来抢的,我是来买煤油。"

"今天的抢劫结束了！明天还有明天抢劫的份儿!"伙伴们也模仿

阿仁儿子那抑扬顿挫的调子嘲笑我。孩子们迅速适应了“暴动”中新的生活环境,一个个好像天生的暴徒似的。

我想寻求球队队员的帮助,他们依然面无表情地监视着我。越过孩子们危险的头顶,我招呼道:

“我想见阿鹰,带我去阿鹰那里!”

球队的小伙子为难地歪着前后突出的锛头儿,那丑陋贫气的四方脸愈发僵硬起来,只是一味地沉默着。我焦躁得歇斯底里起来。

“阿鹰命令我给蜜三郎先生带路!”阿仁儿子恢复了自信,劝解似的说完,也不等我反应过来,就先拐到通往土仓背后的岔路上了。我在高高堆起的积雪中艰难追赶。埋伏着的冰柱重重地击在我的瞎眼边上,而后崩落在地。

被改建为超市的酒仓后面,有个从前晒大酿造桶的正方形的工作院子。那里建有一个棚屋,是超市办公室,即现在暴徒们的指挥部。门口有个小伙子站在那里放哨。阿仁儿子陪我走到这里便蹲在院子一角干净的雪地上摆出等我的姿势。我在小伙子的监视下默默地打开门走进室内,里面充满了热气和年轻身体特有的兽类气息。

“哎呀,阿蜜,我以为你不会来呢,因为安保时,阿蜜也是连看都不来看一下游行示威。”鹰四愉快地说道。他正理发,一块白布将他严严实实地裹到嗓子眼。

“和安保时相比,太夸张了吧?”我泼冷水道。

鹰四斜坐在简易火炉旁的小木椅上,身体保持着奇特的平衡姿势。尚显孩子气的山谷理发师正对鹰四的脑袋认真地用着剪刀。看样子理发师是为了向暴动领袖奉献狂热的敬爱之意而来这里进行义务劳动的。鹰四旁边有一位年轻姑娘,一眼即可看出她情绪起伏不定。那脖子圆圆的,好像圆筒一般。她正过分亲昵地靠上略肥的身体,将剪下的头发接在一份打开的报纸上。与他们距离稍远的房间里侧,星男正和三个球队队员从事油印工作。他们是将袭击超市正当化的理论和情报印出来散发吧。鹰四不理会我话中的锋芒,但其伙伴们都歇下手来观察鹰四的反应。或许鹰四在其一九六〇年六月的体验谈与这场小“暴动”之间设置了一座牵强的桥梁,把它说给了没经验的年轻暴动者听,以期达到教育目的吧。

“在《我们自身的耻辱》中悔过了的学生运动家又采取截然相反的态度了吗?”由于火炉的热气,以及在理发师的剪刀下变得像年轻单纯的农民似的弟弟,我终于抑制住质问的欲望。

“我不是下来参观阿鹰球队的活跃情况的,我是来买取暖炉的煤油。还有抢剩的桶装煤油吗?”

“还有煤油吗?”鹰四问同伴。

“阿鹰,我去仓库看看。”星男立即应声道,将一直滚动着的誊写板的印刷用油墨滚筒递给旁边的小伙子。他走出房间时,还不忘记把刚印出的传单给我和鹰四每人一张。在协助鹰四指挥方面,他无疑是一位极有才干的“暴动”成员。

为什么超市天皇只能忍气吞声?

将给连锁店形成恶劣宣传!

对税务署有负疚行为!

无法在山谷做生意了!

像超市天皇这样的恶棍有可能采取自杀行为吗?

“阿蜜,先把这种基本思路普及到基层,还有更复杂有力的棋子。比如,这小个子性感女孩,过去专门负责与超市天皇进行联络,可现在是我们的合作者了。而且,她想早点被解雇了去地方城市,在攻击天皇方面勇猛果断。”鹰四有备而来地说道,显然想阻止我对传单上的文章提出批评。

悦耳动听的话语令姑娘嗓子眼发痒,她心脏形的脸庞染成桃红色,差点哇哇大哭起来。她肯定是那种无论怎样的乡村都有一个的姑娘,她们从十二三岁起就将周边村落小伙子们的全部欲望之放射能集于一身。

“听说你们昨天不让住持去我那里说话?”我从那姑娘身上移开视线说道。那姑娘不仅对阿鹰,也对非特定多数人表现出十足的媚态。

“阿蜜,不是我干的。不过球队的那帮人,总之昨天是神经质地监视了山谷的知识分子和有势力者的行动,这很正常吧?因为他们确实拥有不可忽视的影响力。当酩酊大醉的壮工打着前阵再次开进超市时,如果村里有势力者对跟在后面的普通山谷人说:'这种勾当,别再干了!'那么抢劫也许只以最初的意外事故似的形式流产了。可是,今天已有超过半数的人染指这事。如果村里的特权阶层优雅地孤立着,他们反倒会招来大家的反感吧。所以战术改变了,再也没人监视他们了。倒是我们的伙伴走进他们中间或陈述意见,或听取建议。阿蜜,养鸡小组的核心人物,那个穿着单薄的英雄,他尤其正想办法由村里把超市买下来。他想赶走天皇,依靠山谷人的集体经营把超市办下去。这是个极富于魅力的计划吧,他有独特的构思,我只是专门负责暴力活动。"

小伙子们以公认的帮凶身份笑起来。看来他们从鹰四的语调和态度中感到了极大的魅力。

"不过第二次抢劫后,超市存货的分配工作就在我们管理下进行了,所以我的工作也很辛苦。比如,'乡下'一个小村子的战利品,和其他村子相比相差悬殊,这是必须杜绝的。有秩序的抢劫,哈哈!在明天的分配重新开始前,超市和仓库将由我们球队严密把守吧。今天晚上,这帮年轻人就住在这里。阿蜜,这么样?这种井然有序的抢劫。"

"阿仁把这叫作阿鹰的暴动,但要把山谷人对暴动的热切关心尽量长久地维系下去,就不能把暴动的物质能量源迅速挥霍掉,管理的确是必要的。"听着鹰四热情洋溢的饶舌之言,我坦率地表达了我的真实感受,可他毫不畏缩,反而饶有兴趣地用挑逗的目光盯着我说道:

"'我的暴动'这话真让人高兴,当然不过是过高评价罢了。阿蜜,让山谷到'乡下'那么多人,从大人到小孩全都狂热起来的不单单是物质欲望和缺乏感。你今天一直听到念佛舞的锣鼓声吧?其实那才是最让大家振奋的,那是暴动的情感能量源!阿蜜,抢劫超市之类的,其实根本算不上什么暴动,不过是瞎嚷嚷罢了。而且,参加者都明白这点。通过参加这项活动,他们超越百年,感到了体验万延元年暴动的兴奋,这是想象力的暴动。对于像你这样无意发挥这种想象力的人来说,今天山谷发生的事根本算不上暴动吧?"

"是的。"

“就是嘛。”鹰四说完，忽然又恢复了阴沉忧郁的表情，紧闭起嘴唇沉默了。他现在似乎开始感到连在自己统治下的办公室里理发都是无聊的，扫兴地怒目而视着斜放在正面椅子上的小方镜。

“阿蜜，找到了一桶煤油。听说阿仁儿子会和他朋友一起给你搬上仓房。”星男招呼我。他一直在我背后等着我和鹰四的对话告一段落。

“阿星，谢谢。”我回过头去说道。“阿星，我不是山谷人，从前也没受过超市的敲诈，所以费用我付。如果没人收钱，就把它放到油桶架上。”

星男显得很为难，正当他想暂且收下我递去的纸币时，两个小伙子非常敏捷地冲出来，同时伸出因誊写板的油墨而弄得黑乎乎的拳头野蛮地将星男的双肩推向一边。星男摔倒在地，后脑勺重重地撞在板壁上。我对自己那捏着纸币依然伸出的纤细白皙之手的无力感到羞愧。星男咆哮着站起来，紧咬的牙缝里发出嗞嗞声，仿佛蛇似的呻吟着朝鹰四望去，以确认鹰四对其反击的许可。可是，守护神竟连他摔倒发出的巨大声响都未发觉似的，就那么皱着眉头注视着镜中的自己，纹丝不动。这时，旁边的姑娘自作聪明似的替鹰四尖声提醒道：

“阿星，你违规了。”于是，星男意外地就那么停下动作，泪水夺眶而出。

我胸口堵得慌，就那么走出了办公室。念佛舞音乐依然回响着，刺激着我剧烈跳动的心脏，我只得捂起耳朵行走。年轻住持在超市前等我，我只得将双手从耳朵上放下。

“我去了仓房，金木儿子说你来这里了，所以……”住持大声说道。我立即明白他正兴奋不已，那是与将我置于呼吸困难中的兴奋完全相反的兴奋。“我在寺院仓库里翻出一份根所家存放的文件。”

我从住持那里接过一个大号牛皮纸信袋。信袋质量低劣，显得肮脏陈旧，令人回忆起物质匮乏时期。也许是战后不久，妈妈把它存放在寺院的。不过，住持并非为信袋中的东西兴奋。

“阿蜜，真有意思，真有意思！”住持放低了声音，热切地重复道。“这真是极有趣的事！”

我完全没想到住持的这种反应，便用深深怀疑的目光注视他。我惟有反复回味他话中的含义，同时窘迫地沉默着。

“我们边走边说吧，很多人都侧耳听着呢！”住持说完，一反平时的拘谨断然快步地走在前面。我从外套上按住心脏追赶他。“阿蜜，如果这消息传开，那么日本所有地方上的超市也许都将遭到农民的袭击！这样一来，日本经济体制的弊端即将明了。时代要变了！常听人说日本经济再过十年会完全停滞，可我们外行看不出崩溃会从哪里开始吧？但愤怒的农民们突然袭击超市了！如果接下来数万家超市接二连三地遭到袭击，那就等于把日本经济衰退和萧条的问题放大了吧？阿蜜，这实在太有趣了！”

“可是，这山谷的超市袭击事件不会引起全国性连锁反应。两三天之内，骚乱平息了，山谷人又要倒霉了。”山谷善良的知识型住持，他那令人意想不到的兴奋情绪刺激了我，我忧郁得近乎悲哀地驳斥道，“我无意干涉这场骚乱，但我非常清楚，阿鹰不是规划关系到时代齿轮本身这种大事者。我只希望骚乱后，阿鹰不要太悲惨地孤立。我虽然这么希望，但我认为这次阿鹰似乎在劫难逃。他让所有山谷人分担了一份‘耻辱’，所以阿鹰再也无法任性撒娇地说自己是已经悔过的学生运动家之类了吧？我一直在思考，究竟是什么把阿鹰推到这种地步，但想不出任何确切的理由。我只是感到阿鹰心中有一道无法愈合的裂痕，所以我不干涉其所作所为。不过，那裂痕是怎样产生的，这是我无论如何也无法明白的。至少和阿鹰一起生活着的，你也知道，那白痴妹妹突然自杀前，好像弟弟还没那样的裂痕……”

我精疲力竭，几乎觉得自己今天也好像参加了一天“暴动”，内心有种无尽的悲哀感，便闭口不言了。年轻住持虽然默默地对我的话表示理解，但我分明看到就在他极安详善良的面部皮肤下，现在正隐藏着伪善的自以为是的傲慢铠甲。总之，这男人在妻子跑掉后，也拥有能在充满流言蜚语的山谷坦然生活下去的意志力。他只是怜悯被打垮的我才沉默不语，并非赞同我的观点。而且，我想到我只拘泥于弟弟的个人命运，而住持只考虑山谷青年的共同命运。石板路上熙熙攘攘的男女老幼都依然和善地对我和住持微笑。我们两个仿佛彼此深深地理解似的，肩并肩默默地从他们中间走过。当我们来到村公所前广场时，住持说了如此权做临别寒暄的话语：

"山谷青年们过去总干些眼前的无聊事，然后陷入困境，放弃判断。可这次不管怎样，可以说他们凭借自己的力量克服了更大的困难，或者说他们用自己的意志力造成了不可收拾的局面，并把它担负在自己的肩膀上，这毕竟很有趣，真是有趣之事！如果你曾祖父的弟弟现在还活着，我想他会像阿鹰那样行动吧！"

在阳光下一度半融了的雪又开始结冰，石板路变得越发危险起来。我留意着我的心脏，呼吸急促地低头往上爬。这时，我发现我的周围充满了浓重的红黑色影子。那是自降雪以来从山谷周边完全消失了的影子归来了。薄云被风吹去，天空中现出了晚霞。这久未出现的影子，使看似沉重地顶着积雪的灌木丛仿佛又被缝在了地面上似的。我置身于灌木丛中，在越来越烈的寒气中哆嗦着往上爬。我的皮肤在超市办公室火炉的热气中微微出汗了，现在要向寒气屈服。我明白充满四周的红黑色影子在我毛骨悚然的面部皮肤上刻下了怎样的表情。即使我用两只手掌揉擦也无法除去凝固在脸颊上的东西。宛如持续误点的北方列车，我慢慢地、机械地往上爬着。这时，是否永远走不到仓房这一庞大的徒劳感攫住了我。抬头望去，只见在黯淡的雪坡前，仓房仿佛裹着红色晕轮的焦油块。

一小群黑压压的女人围在上房门口。她们脱去了从超市流出、淹没山谷的艳俗服装，仿佛商量好要恢复山谷的旧俗似的，一律穿上了不起眼的蓝条纹田间工作服，除面部外，从头至脚尖裹得严严实实。我走进前院，她们仿佛鸭群似的一齐回头将毫无表情的红黑色阴郁面孔对着我，却又立即转向我那伫立在土屋的妻子，异口同声地哀求起来。她们这些"乡下"婆娘正呼吁扔掉第一天抢劫时鹰四所拍相片的底版。抢劫结束后回到家中，她们将鹰四拍照之事告诉了自己的丈夫和公公，于是被严令要求废弃底版。她们是第一批开始后悔的暴动参加者吧。火红的夕阳转瞬间消逝了。

"都由阿鹰决定，我没法改变阿鹰的主意，我没有力量影响阿鹰的想法。阿鹰自己决定自己做什么。"妻子好像厌烦了似的，用平板却又极富耐心的语调重复着。

宛如地下水般从谷底不断涌起的念佛舞音乐忽然停止了,尖利的失落感与砖红色暮霭一起填满了漆黑的森林中的洼地。

“啊,啊,这下可怎么办啊!”年轻农妇们从心底里感到困惑,那毫不掩饰的充满了哀叹的声音刹那间令妻子结巴起来,然而她并不想找出其他话语。

“我服从阿鹰决定的事,都由阿鹰决定,阿鹰自己决定他做什么。”

十一、苍蝇的力量。苍蝇妨碍我们灵魂的活动，叮咬我们的身体，于是在斗争中取得胜利。

——帕斯卡/由木康译

第二天上午，“暴动”仍在持续，但念佛舞音乐停止了，整个山谷处于沉滞的寂静中。桃子来送早饭。令人感到奇怪的是经过暴力经验和其后长久的歇斯底里症，她显出一种成熟的韵味。那苍白而具女人味的迟钝了的脸低垂着，不断犹豫着用沙哑的声音小声说话，但决不直接回望我的眼睛。今天早上，阿鹰的亲兵们发现超市经理躲过桥头哨兵的视线逃出山谷了。他想与天皇及其手下的暴力团取得联系，涉过开始融雪而涨水的险河，完全不顾湿漉漉的身体，沿着通往海边的公路一路跑去。同样是早上，从坍塌的桥上被救出的孩子的父亲，偷偷地将猎枪和几种铅沙子送到鹰四处。

“他把枪借给我们，说如果超市天皇的暴力团来袭击阿鹰，就用这枪对抗他们。可是，有枪反而让人觉得恐怖!”桃子忧郁地告诉我，声音里含着沉重的胆怯。她对“暴动”已毫无快感。

我担心会令桃子更加胆怯，便沉默不语。然而，关于那杆借给鹰四的枪的作用，我与其解释不同。那并非为鹰四与亲兵及村民们共同抗击超市天皇及其暴力团准备的武器，而是为最终被伙伴们背离时，必须在充满敌人的山谷孤身自卫的孤独的鹰四准备的吧？话虽如此，即便只有一位，鹰四还是结交了富于献身精神的朋友，他借出了宝贵的枪支。据说当鹰四接到报告，说今早没有一个农民再从“乡下”下来抢超市，便驾驶着缠上链条的雪铁龙向大竹林对面进行宣传活动去了。

桃子向我转达完种种新闻后，以与从前判若两人、仿佛听话的妹妹般柔顺的态度问我：“到底世人还有没有善良之处？”这突如其来的问

题令我困惑,于是她接着说道:

“在来四国的车上,车跑着跑着天就亮了。早上,我们的车开在什么地方的海边,阿鹰问我们人类到底还有善良之处吗?然后他自己回答说,是的,还有。理由是人类还千里迢迢去非洲草原捕大象,再越过大海把大象运回来养在动物园里。阿鹰小时候想,如果将来成了有钱人,他自己也要养一头大象。他好像想在这间仓房的窝棚里养大象,还想把石围墙下的大树都砍了,好让孩子们无论在山谷的什么地方玩,只要仰起脸就能见到大象。”

桃子只想以提问为契机,让我听她说这番话,未期待受社会承认者做出回答。自从突然遭到暴力袭击变得诚惶诚恐以来,回想起组织“暴动”的粗野的鹰四在谈论大象时的曾经的温柔,这令她怀念。桃子也许是亲兵中第一个脱离“暴动”的队员吧。

桃子离去后,我也思考了大象的问题。当广岛遭受核攻击时,最先逃往郊外的是一群牛。然而,当更大规模的核战争摧毁文明国家的诸多城市时,动物园的大象还有逃跑的自由吗?而且,有可能修建核战用防空壕来收容这极庞大的动物吗?也许这场战争后,所有动物园的大象都将死绝。如果城市有希望再次复兴,那么我们是否能见到这样的情景:一群遭受核辐射摧毁的身体畸形者聚集在某个码头,目送赴非洲草原捕象的代表。也许那时候,思考人类到底是否还有善良之处者才能得到一个启示吧?降雪后,我未读过报纸。我想,纵然现在最紧迫的核战争危机已降临世界,我也不知道。这想法给我带来恐怖与无力感。然而,比起我完全孤立地拘泥于封闭的自我时,这些感觉并不强烈。

年轻住持找出来的信封里,装的是曾祖父弟弟的五封信和有祖父署名的小册子《大洼村农民骚动始末》。小册子记录的暴动并非万延元年暴动,而是明治四年以废藩置县令为发端,在本地爆发的另一次武装暴动。所有信件上都没有住所标记和署名。或许曾祖父弟弟希望保守新生活地点和他自己发明的平生第二个姓名的秘密。

日期最早的信写于文久三年。正如住持推测,这位穿越森林到达高知的原武装暴动领袖,似乎通过来自森林对面的活动人士获得了前往新世界的援助。青年在逃跑后的第二年,便很快见到了梦想中的英雄约翰·万次郎。不仅如此,还获准参加其新行动。来自森林对面的男人能够作为有力的介绍人如此影响约翰·万次郎,看来他还是与土佐藩有关的秘密活动人士吧。青年在信中汇报了他乘约翰·万次郎的捕鲸船于文久二年末离开品川的情景。青年的职务是水手。第二年年初,他们的船抵达小笠原父岛,便直赴渔场捕获了两头幼鲸。但因燃料和淡水不足,他们再次返回小笠原岛。严重的晕船自不待言,他还苦于和同船外国水手之间的纠葛,便放弃了捕鲸船上的工作。不过,虽说是幼鲸,这位生长在密林洼地里的青年总归见到了两条活鲸鱼。

第二封信的日期是庆应三年。文章突然展现豁达的自由感,显示出穿越森林逃跑的青年由于数年的都市生活,重新认识了在捕鲸船工作时他那尚未解放的朝气蓬勃而幽默的个性。青年在横滨阅读了平生第一份报纸,他在信中转抄了一则滑稽报道寄给住在四国深山谷的哥哥:

> 今说一滑稽趣事。此乃不许翻刻之报纸所载之事,然家信无妨吧。合众国"宾夕法尼亚"(地名)之人发狂,遂以下述事由自戕,死后读其遗书如下。其书曰:吾娶一携长女之寡妇,然吾父爱恋其携来之女。爱恋之极,遂为父妻。故吾父成吾婿,携来之女成吾母,因其女为吾父之妻。又吾娶之寡妇生一子,其子为吾父之兄弟,又为吾叔父也,因其为吾继母之弟。又吾父之妻,即吾妻携来之女生一子。其子为吾兄弟,又为吾孙,因其为吾儿之子。吾娶之寡妇为吾祖母也,因其为吾母之母。吾乃吾妻之夫,又妻之孙。吾乃吾祖父也,又吾孙也。
>
> 报纸登广告,称欲教授日本贵公子之有志于英学者。又称可帮助有意渡海赴美利坚从事修学贸易或参观游历者。

这封信与下一封信之间有二十余年的空白。曾祖父那朝气蓬勃的弟弟因从远方洼地的一切生活中被解放出来的激情,在横滨热衷于滑稽报道,也暗中表明了赴美的期望。这二十余年间,他也许确实去过美国。总之,他因背叛而在武装暴动中保全性命,将惨遭屠杀的众多死者留在背后的山谷，终于独自确保了一片如此广阔的新天地。

明治二十二年春，突然恢复的信件已是出自富于思辨力的壮年手笔。住在山谷的曾祖父在接到宪法颁布的消息后，将喜悦之情写信告知都市的弟弟。这是弟弟给曾祖父的回信，信中满含了冷静的批判，他反问曾祖父："为什么还不知颁布宪法之内容便陶醉于宪法之名?"文章沉郁。他从高知县的一位士族，也许是来自森林对面的活动人士朋友的书中引用了下列文章："且世之所谓民权者自然有两种。英法之民权为恢复之民权，由下进而取之者也。世亦有一种可称为恩赐之民权者，由上赐与者也。恢复之民权由下进取，故其分量之多寡，吾人随意而定。恩赐之民权由上惠与，故其分量之多寡，非吾人可定者也。若得恩赐之民权，而欲即刻变之为恢复之民权，此绝非事理之序哉。"

曾祖父弟弟预料，即将颁布的宪法内容也许只给少量的恩赐民权罢了。他对此甚为担忧，渴望为获得进取性民主的集团出现并展开活动。这封信显示，曾祖父弟弟是一位有"志"之士，注视着维新后的政治体制。然而，他的"志"是支持民权人士的"志"，所以曾祖父弟弟成为维新政府高官这一传言完全未反映事实真相吧。

最后两封信，相距第三封信不过五年时间，但其中给人的印象是其"志"已急速衰弱。他仍是通晓时代信息的知识分子，这与明治二十二年写信时相同，但彻底隐去了议论天下国家的意志，只鲜明地浮现出孤独半老者的面影，他真诚地挂念着远方亲人的安否。文中所谓的伊吉郎，是《大洼村农民骚动始末》的作者我祖父的名字。曾祖父弟弟对其惟一的侄儿倾注了深深的感情，然而无法确定他们彼此是否确实见过面。他通过书信热心帮助侄儿逃避兵役，接着又发自内心地惦念那不得已从军的侄儿。这足以看出，万延元年武装暴动的粗暴领袖也潜藏着细致温柔的一面。

来函拜读由字面可察伊吉郎君征兵延期不拘中签与否书以上呈吾欲商议若未中签则勿上呈盖往来信函有误小生欲起草之际令室书至曰未中签故暂未书切勿提交鉴此万望谅解

久疏问候由来函悉知你们安然无恙然详情未知望告知现时生

活状况

伊吉郎君渡清后至今未有任何音信吗想必他现正于威海卫攻击中出入生死之境欲速知其安否若有音信亦请速告小生再次拜托

留下的信函只是这些。也许将青年士兵侄儿迷失在遥远的威海卫战役中,曾祖父弟弟就那么去世了。其后,没有他依然生存的线索。

临近正午时,念佛舞音乐再度响起。今天是固定在超市前敲击。而且,这音乐昨天曾在几处同时响起,今天却一直是超市前的音乐,未引发山谷人的共鸣。只是鹰四及其球队队员们演奏着。没有山谷民众的响应,他们有多少力气将这单调的音乐继续下去?而且,这次音乐停止时,即是表示“暴动”本身的反动期开始的时刻吧?

来送午饭的星男的发烧似的眼神中显出寂寥,且带着黏糊糊缠人的欲求。仿佛脱离了鹰四他们的暴动,致命的耻辱感在年轻人的脑中膨胀,最后从眼里渗出似的。但我疑惑不解,他对鹰四感到如此羞愧的是什么?在超市办公室,作为“违规”者,星男被推倒在地,鹰四对其视若无睹,这等于鹰四当时也放弃了责难星男的资格。惟有星男一人,虽然与山谷毫无关系,却自由地参加了“暴动”,从事着技术者的实质性支援工作。将其维系于“暴动”的纽带应该只是鹰四的体贴吧?如此想来,我同情地搭话道:

“阿星,阿鹰的‘暴动’今天好像彻底停滞了?”

可是他沉默着,只用排斥的目光回望我。他想表示自己脱离“暴动”后,也不想与我这个旁观者一起非难鹰四及其球队。

“电器产品的数量不多了,不可能人人拿到。而且,实际决定由谁拿走时,没人有接受的勇气。”星男只进行了客观的情况分析。

“不管怎样,总之是阿鹰挑起的事,所以阿鹰必须渡过这个难关。”我说道,同样强调了客观情绪。但这反而刺激了星男。他从刚才开始一直隐微闪烁着的羞愧感突然加剧,近乎愤怒得爆发似的,变成乌黑的血液涌上脸部。他现在第一次抬眼直愣愣地看我,那眼神不断发出强烈的光亮,令人感到它将把隐匿之物全都明确地表达出来似的。但他只是孩子气地咽了口唾沫说道:

“阿蜜,从今天晚上开始,我也想住仓房。我不怕冷,所以睡下面。”

“为什么？你想说什么？”我茫然畏怯地问道。

他那张诚然是农民儿子的脸近乎猥亵地涨得通红，而后，噘起满是裂口的嘴唇大大地吐一口气说道：

“阿鹰和菜采干那事，所以我不想睡那里。”他说完，血色立即从脸上退去了。

我注视着星男的脸，那脸上的皮肤因雪反射阳光而晒黑，干干的，起了白皮。我一直以为星男感到异样羞愧的东西缘自他脱离了鹰四的“暴动”。然而，他实际在为我这个观察者自身的耻辱感到羞愧。目睹了妻子与别人私通的男人的耻辱，仿佛是自己的事情似的，小伙子感到羞愧难忍。如此理解后，那耻辱的乒乓球被弹回狼狈的我。我的眼里充满了潮湿的耻辱之火。

“那么，阿星，趁白天把你的毛毯之类搬来这里！下面太冷，跟我睡二楼！”

星男回望我的眼神中，粗野的热情和倾诉的放射力消失了，仅留下疑惑的戒心。小伙子怀疑是否我未理解其话语中的含义，也畏惧我是否会突然发怒而扑上去打他。他游移于这幼稚的疑惑和怯懦的畏惧之间，同时试探性地注视着我。而后，他一边依然窥视着我的身体变化，一边用因为嫌恶与无力感而钝化了的愚蠢的含混声说道：

“我对阿鹰说：‘住手！住手！别干这事，这事干不得！’可阿鹰还是干了。”他说完，苍白粗糙的面颊上落下些许泪水，仿佛溅上的唾沫似的。

“阿星，如果你不是在说你空想出来或希望发生的事，那么你就具体告诉我你看到了什么。如果不是这样，就什么也不要说！”我命令道。实际上若非具体说出，我自己完全无法真实领会，无法认真做出反应。大量血液涌上我的头部，脑里嗡嗡作响。然而包括嫉妒的情感在内，我的意识无法抓住任何头绪做出现实反应，只是浮游于热血中。

阿星微微地清了清嗓子，想努力恢复正常声音。虽然他的语速依然缓慢，但他在每个语尾加重了语气，想给我深刻的印象。他无泪地抽泣着，如此说道：

“我对阿鹰说：‘住手！住手！要是不住手，我就狠狠地揍了！’我手持武器想突然闯进阿鹰他们睡觉的屋子，只见阿鹰只穿件运动衣，光着屁股回头看拉开隔扇的我。而且，他说你是球队里惟一不会用武器的人吧。我不好扑上去打他，就那么站在那里不住地喊：‘住手！别干这事！这事干不得！’但阿鹰干了，他完全不理会我的话。”

星男的话未唤起我对鹰四和菜采子性行为的具体印象。然而，我感觉鹰四曾在这仓房说过的那个词的细微回声一直萦绕在黑硬的光叶榉木大梁背后，我仅从记忆生动的浅层，掘出通奸者这一词汇的真实感受。但这通奸者们中间，我妻子连根摘去了性意识的萌芽，所以，即便有瞬时的欲望擦过其身，她也肯定无法将其移入性爱的土壤进行自然培育。在小温室狭窄的一角，为了改换观叶植物花盆的位置，我和妻子的肩膀碰在一起。当时，比婴儿事故更早，自妊娠以来几乎未曾性交过的我们，完全同时感到血液刹那间发烧似的欲望。我的阴茎不顾裤子的抵挡高高勃起，妻子猛然粗暴地抓住它。而后，眉间刻上痛苦与嫌恶感，奇妙地脚擦着地悄然走去卧室躲了起来。过了一会儿，脸色苍白的她就那么躺在床上借助阿司匹林的力量辩解道：

“我的手掌一碰到你，就感觉自己好像变回怀着大胎儿的状态。而且我开始感到那胀鼓鼓的子宫因性兴奋而收缩得很痛，我害怕有什么大东西流产，吓得喘不过气来，当然你理解不了吧？”

但是，我本人听妻子如此说来，也发现我勃起的阴茎自睾丸里侧向尾骨垂下，其埋入的根部就在刚才还引发了一阵仿佛被置于榨油机似的疼痛感，那疼痛记忆依然留在下腹周围。

“阿鹰强奸了我妻子吗？因为我妻子喊痛，所以阿星进去阻止吗？”我又问道。我感到一种残暴感，新的愤怒令我头晕。

星男无泪抽泣的面部神情忽然放松了。他反复回味着我的话，而后充满惊讶地急忙否定道：

“不！不！阿鹰没强奸！

“开始我从隔扇这边瞧时，还以为她只是因为累了，懒得反抗，才任凭阿鹰摸她的胸和大腿，可打开隔扇时，发现菜采在等阿鹰呢。我看见两只光脚掌在阿鹰的屁股两侧，温顺地踮成了直角！这下我对菜采说:‘你要干这事,我就告诉阿蜜!’她说了句:‘阿星,随你便。’并未移动身子。阿鹰终于开始了,那脚掌一动也不动,没有疼痛的样子!”

通奸者们的形象渐渐真实起来。我因这事实,竟被悲惨地勾起了一阵少年老成的性欲。

“我实在不愿看阿鹰干的样子,就想拉上隔扇。这时阿鹰一边干一边只把头扭过来看着我说:‘明天,把你看到的全都告诉阿蜜吧!’阿鹰的声音太大了,我真害怕把阿桃吵醒,她因歇斯底里睡不着觉,吃了安眠药才终于睡着的。”

星男半夜醒来,发觉睡在身边的鹰四不在毛毯里。这时,从隔扇对面与桃子睡在一起的菜采子旁边,传来了这位鹰四的讲话声:“我感到被撕裂了。在美国旅行期间,当然也是这样。”

星男还完全沉浸在睡梦中。鹰四后面的话,他只能断断续续地听见。开始时,他只能间断性地捕捉到几个意思清晰的单词,还不能理清话语的条理。而后他渐渐清醒,开始完全听清所有话。充满星男大脑的睡意为不由自主的异样紧迫之物所取代。

> ……到达……被监视……不是因有欲望,倒是相反……黑人居住区……出租车司机提出警告,想要制止……可我觉得被撕裂了。对于把我撕裂的两种力量,我都必须赋予其内容,看清它们……想来,我一直被将暴力性的自己正当化的欲求和想处罚如此的自己的欲求撕裂着。既然存在这样一个自己,那么当然希望按照真实的自己生活下去吧?可是,这希望越强烈,想抹杀这可恶的自己的欲求也越强烈,我就被更猛烈地撕裂了。安保时期,我之所以接受专门进入暴力场所的工作,而且作为学生运动家,作为不得已反击不正当暴力的弱者参与暴力的方式,反而加入了暴力团,站在绝对无理的暴力立场上,是因为我希望完全接受这样的自己,想把暴力性自己完全正当化……
>
> “阿鹰为什么说这样的自己?为什么说暴力性自己?”菜采一直沉默不语,这时她悲伤地问道。

“我妻子没喝醉吗?”我打断星男的话试问道。些许的期待支撑着我那可悲地振作起来的声音。小伙子立即践踏了这期待。

"菜采已经不喝威士忌了。"

"'这和经历有关。如果我还打算活下去,这经历就不能告诉任何人。'"经过让窃听者感到窒息的沉默后,鹰四说道,"'你不要问这个,只要相信我被撕裂的事实就行了。'"

"是啊,只要知道了阿鹰是怎样被猛烈地撕裂开了,也就没必要知道你为什么会被撕裂开。"

"是啊,总之我确实是被撕裂着生活过来的。如果平静的生活持续一阵子,我就想故意震撼自己以确认撕裂的事实。和吸毒成瘾者一样,刺激必须逐渐加强。我的震撼力必须一年比一年猛烈。"

"如果阿鹰到美国的那天晚上就去黑人居住区也是为了震撼力的话,你认为那里有什么样的震撼机会等着你?"

"我并没明确地预料到会发生什么。不过有一种强烈的预感,只要去那里,自己也许会被强烈地震撼。而且结果,我和一个有阿仁那么胖的老朽黑女人睡了一觉,度过了那个特别的夜晚。最初驱使我去黑人居住区的可不是性欲本能。即便是欲望,也是另外更深邃的东西。出租车司机说三更半夜在这种地方下车危险,他不但想制止我,还说如果我想和黑人妓女睡觉,就送我去安全的地方,但我拒绝了他的好意。我们争论了一阵子,结果我在一家酒吧前下了车。我走进去,只见那是一家酒吧,无止尽的长柜台一直伸向暗处。那些庄重地沉默着面朝柜台的醉鬼当然都是黑人。坐上对于日本人来说椅背过高的椅子,我发现柜台正面是镜子,上面映照着的五十来个黑人全都很不开心地盯着我。当时,我感到非常想喝满满一大杯伏特加。我终于明白我的大脑里充满了自我惩罚的欲望,因为我喝烈酒喝醉了,就会不分对象地大打出手。我这个特意找到黑人居住区酒吧打架的奇怪的亚洲人,反而会被打死吧。可是,当一位大个子侍者来到跟前时,我只要了一杯姜汁清凉饮料。我在感到自我惩罚欲望的同时,吓得几乎快晕了。我平时很怕死,而且最害怕那种暴力性死亡。自S哥被打死的那天开始,这就成了我无法克服的属性……"

"当我知道阿鹰有觉得可怕之事时,我才对阿鹰产生了怀疑。"星男怨恨地说道，声音中满含着阴郁的遗恨，这与其年龄不符。“于是，我从隔扇缝隙往里瞧。阿桃怕黑，睡觉时也要点灯。我借着点着的小灯的灯光，看见阿鹰一边说这番话，一边把手伸进菜采的胸部和大腿。当时，菜采还好像因为疲劳，懒得推开阿鹰的手，所以任凭他摸来摸去。”

“我慢慢地喝完姜汁清凉饮料，离开酒吧，开始行走在昏暗的路上。街灯只是偶尔有一两盏亮着。虽然已是三更半夜，可是在黑压压、高高的老式建筑物的太平梯和大门口仍有很多黑人在乘凉。我从他们跟前走过，可以听见他们在说我什么。偶尔也听清几句，比如 I hate Chinese! Charley! 等等。我不由得加快了步伐，同时想象黑人们大汗淋漓地追上来，‘当’地一下猛揍我的脑袋，我就那么向前扑倒在肮脏的马路上死去。我吓得满身是汗，却拐进了更黑、更危险的小胡同。我那汗流得连后来和我睡觉的黑女人，尽管她自己也奇臭无比，都说这么浑身汗臭味的日本人真少见。我还不断地闯进公寓的里院。这下我想象遭受枪击的情景，体验额头和眼睛之间发烧的感觉！而且，在整个急行军过程中，与我外表的热度相反，占据我那患了贫血似的大脑中央的是在横渡太平洋的船上，带队的女议员因担心我们在美国的操行而做的一番滑稽训话。日本报上也登了吧，一位被派去美国的东京银行职员在美国待了一个月后，从纽约一家宾馆的十二楼掉下来摔死了。隔壁睡着一位八十岁的美国妇人，她深夜醒来，看见有个日本人赤裸着趴在外面窄窄的窗台上不停地用指甲抓窗玻璃。说是那赤裸的日本人听见老妇人惨叫，就那么掉到十二楼下的石板地上了。女议员说没人知道他为什么赤裸着抓窗玻璃，他甚至没喝醉。我认为那是极度怕死者的自我惩罚行为。而且，我半夜三更急步行走在漆黑的黑人居住区，那也和赤裸着面对老妇人的房间，窸窸窣窣地爬在十二楼高高的窄窗台上一样，只是没人醒来发出惨叫声让我掉下去摔死。不久，我偶然走到一条稍亮点的大马路上，而且看见一辆出租车正向我开来。好像漂流者发现了轮船似的，我使劲向车招手。一旦崩溃开始就控制不住了。三十分钟后，我躲在妓女房间里，用英文说了我最可耻的秘密，并请求她装作惩罚我的样子。我不知羞耻地哀求她：‘你就像大个子男黑人强奸亚洲小姑娘那么干！'女人说：'只要你给钱，我什么都可以为你做。'"

"阿星，如果你因为没能阻止阿鹰的所作所为而感到内疚，那就是你的误会了。"我打断星男满是哀叹的饶舌，"你让阿鹰'住手！住手！别干这事！'时已经晚了。即便你看见阿鹰他们性交，可那也是休息片刻后的第二次性交。当你还在睡梦中时，第一次性交便结束了。否则，阿鹰不会毫不隐瞒地对我妻子说你刚才说的那番话。作为诱惑之歌，那是不合适的。"

"阿蜜不生气吗？"星男反问道，似乎以其道德感衡量，他完全无法容忍我的态度似的。

"这同样也已经晚了。"我说道，"即使我现在说'住手！住手！别干这事！这事干不得！'这绝对太晚了！"

星男盯着我，目光仿佛有剧毒渗出似的，诚然凝聚着嫌恶感。而后，小伙子放弃了对妻子与别人私通的男人的关心与好奇，躲进孤独狭小的自我中哀叫起来，双手抱着脑袋，精疲力竭地伏在膝盖上。那哀叫声听来，仿佛昨天傍晚"乡下"农妇们的悲叹声的翻版。

"啊！我完了！我该怎么办？存款买了雪铁龙，从前的修配厂也回不去了。啊！我该怎么办！我完蛋了！"

我听见念佛舞音乐与数条失去平静的狗的缺乏信心的叫声，还有各年龄层人们的笑声和叫喊声向仓房涌来。星男说话时，它们就一直如幻觉般传入我耳朵，但现在它们显然靠近仓房了。这音乐与喧嚣营造出的气氛，确实与今天上午沉滞的"暴动"相反。我未与这位感到被世上所有健全之物抛弃的小伙子一同悲叹，而是独自站起来，从窗子俯瞰里院。

不久，以两个"亡灵"为先导，乐师们和狗们，还有许多看客蜂涌而入，把里院挤得水泄不通。看客的人数要比我小时候看过的任何一次念佛舞都多。人群中央空出一小片圆形空间，"亡灵"们开始在那里慢慢转圈。大鼓、小鼓，还有铜锣的乐师们都是球队队员。他们挺起胸脯，用脊背抵挡着看热闹的拥挤的人们，同时一心一意地演奏着。两条棕毛狗狂吠着，在圆圈内缠着"亡灵"到处乱跑，脑袋挨打了则后退，令人感到“亡灵”们自己也认为,更加挑逗渐渐狂热的狗们是念佛舞表演的一环。狗们一挨打,看热闹的人们便发出残酷的欢呼声。

那些“亡灵”们的装扮,是我在过去的各种夏季念佛舞中从未见过的。男的戴软礼帽,穿黑色晨服,配同样的黑色背心,却袒胸露怀。那礼服是我祖父的,我曾见过它们与一件尖领衬衫一同收在储藏室里。为什么这个“亡灵”礼服中不穿衬衫?是与表演者的体型不配吗?还是已经破烂不堪了?或者如此装扮的表演者是那位以穿着单薄为荣的相貌粗犷的小伙子,他依照自己日常生活的原则排斥了它?帽上开了几个裂缝,是为了把它正好套在小伙子那如头盔般突起的脑壳上。正后面的裂口呈正三角形,那乱蓬蓬的黑发下,没想到露出了白脖子的肌肤。他弓着身子,以优雅的驼背姿势慢慢走着,同时不断地向四周的观众们满含威严地点头致意。他还冷不防从晨礼服口袋中掏出肮脏的鱼干碎块,令狗们发疯。它们用尖利的爪子抓挠被踏结实了的黑雪,拼命地叫着狂奔着。

我昨天在超市办公室见到的小个子性感姑娘,穿着朝鲜人纯白的衣服,扮演跟在他后面的另一个“亡灵”。那从短上衣紧绷的胸前垂下的两条飘动的布带以及在微风吹动下缓缓鼓起的长裙,唤起了我对一块白绢布的记忆。则羔利①和契玛②看上去还是崭新的。他们是从怎样的隐秘处找来用于念佛舞服装的?或许S哥被杀那天,袭击朝鲜人村落的山谷青年们,不但掠夺了私酿酒和糖,甚至还掠夺了年轻朝鲜姑娘的盛装,并把它藏了二十余年。换言之,他们在第一次袭击时除了杀人外,还干了单凭S哥之死无法弥补的可怕之事。正因为知道这些,所以在第二次袭击前,决意充当赎罪羊的S哥仍带着绝望的忧郁,躺在仓房楼梯下的里屋凝神沉思吧?关于那位被杀的朝鲜人,由于山谷人这边提交了S哥的一具尸体,借贷关系一笔勾销,所以事件后,村里将朝鲜人村落的土地让给他们,应该推测其后隐藏着如此犯罪事实吧?

那粉色迷人的山谷姑娘明显地满脸通红,几乎显得有些淫荡。她

① 朝鲜服的短上衣。
② 朝鲜服的裙子。

在软礼帽配晨礼服的盛装小伙子的引领下，微笑地陶醉于引人注目的明星的亢奋感中。她好像晃眼似的半闭着眼睛，小脸向着蓝天优雅地走着。她身上穿的白色盛装，肯定是一九四五年夏季其兄长们对朝鲜人村落的姑娘干下恶毒之事后剥下的。

观众们亦心满意足地亢奋着，他们面带微笑，不时发出或天真或残酷的欢呼声。那里亦有“乡下”女人们的身影。昨天傍晚，她们换上洼地的工作服，从头到脚现出黯淡的忧郁苦苦哀求。现在，她们依然穿着暗淡的蓝条纹田间工作服，比其他人更加倍开怀地哄笑着。超市天皇与其穿朝鲜服的妻子的“亡灵”再次给予山谷至“乡下”众多人们以新的亢奋。

我尽量想从人群中找出鹰四，可随着圆圈中“亡灵”们和狗们的动作，人们活泼地摇晃着，注视那里是痛苦的。我将过度使用的眼睛从人群移开，发现妻子正踩在上房门槛上踮起脚、伸长脖子看圆形阵容。她用右手倚着门框支撑住身体，左手举向斜上方遮住阳光观看念佛舞，手掌的阴影从其额头遮至眼睛、鼻子，所以看不清她的表情。但即便如此，我还是完全看出她已不是我毫无根据地漠然期待着的疲惫而焦躁的不幸妻子。宛如朝鲜姑娘“亡灵”的多层重叠的白绢裙子，她已悠然缓解了紧张，的确很有女人味了。我断定她因鹰四而独自从盘踞于我们夫妻生活基部的性冷淡的癌症中恢复了。自结婚以来，我这是第一次把她当作真正独立的存在去理解 。她那遮住阳光的手掌微微动了一下，那变得柔和的上半边脸即将显现于光线中。我反射性地离开窗户，似乎害怕自己因直视她而化为石头。比起幻灭或被抛弃者悲叹的引力，小伙子已被对仓房外喧嚣的好奇心更强烈地吸引了。他急急地从我背后走上前，取代我紧贴在窗上。我返回桌前，仰面躺下，望着那黑黑的光叶榉木大梁。现在，小伙子背对我全神贯注于新式念佛舞中，所以我在知道了妻子通奸的事实后，第一次避开任何他者的视线，一边朦胧地感受着自身那摄氏三十六度七的体温，一边不断将血液以每分钟七十次的频率送出并迎入心脏，躺在那里如虫子般平静地呼吸着。

我感觉在我的大脑中央，温度略高于体温的血液打着小漩涡，一边呻吟一边循环流淌着。这时，出现了两个彼此无关的想法，我闭上现实之眼,让意识之眼钻入那想法的火花微闪的黑暗中。想法之一是,父亲出发去中国进行他人生最后一次旅行的那天黎明时分,指挥壮工们将皮箱运往海滨城市的母亲站在门槛上,父亲见此气愤地把她打倒在地。父亲留下浑身沾满鼻血、昏过去的母亲,就那么出发了。祖母告诉我们孩子们,如果女人站在家中门槛上,家长会不吉利。母亲一直不愿承认这当地风俗的解释,只是憎恶施行暴力后出发的父亲,蔑视想为儿子的行为辩护的祖母。但父亲在那次旅行即将结束时死了,当时我不由对母亲怀抱了神秘的畏惧感。是否母亲实际上比祖母更深信"站在门槛上的女人"这一禁忌,所以在那个黎明时分故意站在门槛上？正因父亲也知道这点,所以才采取残暴行动,而且祖母和壮工们也未加制止吧?

另一想法是难以把握的摸索过程:妻子的裸体呈现怎样的形状与颜色？我想见到美丽肉感的裸体,但我只能想象由于通奸目击者的证言而被赋予了真实感的两只脚掌,和彼此的一次心血来潮而尝试的非正常性交中那凸起一点肉的裂开的肛门,这清晰的细部仅能勾起深深根植于肉体的嫌恶感。而且渐渐地,仿佛吸了毒烟似的,气管呛得发烧,嫉妒心开始萌生。这刺激性的烟也侵犯了我的意识之眼,妻子裸体的细微部分洇红了,暧昧地模糊起来。我愕然,觉得自己从未真正拥有过她……

"阿蜜!"鹰四从楼下呼唤道,那粗嗓音中充满了勇猛的活力与自信。

我睁开眼睛,首先看见一直紧贴着玻璃窗的小伙子的脊背摇晃着缩回了。念佛舞音乐与狗吠声,以及人们兴高采烈的喧嚣声,现在正往山谷而去。鹰四依然越发快活地叫着。

"阿蜜!"

我无视反射似的欲加制止的星男,下到楼梯中间坐下来。鹰四背着光堵在土屋里,周身环绕着七彩羊毛般的光晕。那面向我的脸部与身体自不待言,就连张开的双臂都黑漆漆的。为了与这位鹰四抗衡,我也必须采取把自己的脸沉入黑暗中的战术吧。

"阿蜜,我干的事,你从星男那里听说了吗?"那黑漆漆的人问道。

宛若微波荡漾的水面上不规则的反射,无数个小光泡在其身子周围闪烁着,使得黑漆漆的人看上去像一条从水面跃起的娃娃鱼。

“听说了。”我平静地说道。小时候的弟弟让无聊的小蜈蚣攻击自己的手指,他迫切地恳请我在现场观看。与当时一样,现在他想对这位情人的丈夫大声夸耀通奸事实,对此我亦想表现出冷淡。

“我这么干不单是出于欲望。有件事对我具有重要意义,我是为确认其含义才干的。”

我默默摇头,表明我怀疑其话语。我的恶意之箭犹如向“亡灵”狂吠的狗们,轻易地扎入了因兴奋与不安的紧张而失去平静的鹰四的内心。

“真的,那不是出于欲望!”鹰四愤然挑战道,“我倒完全没感到欲望。阿蜜,为了勾起欲望,我不得不单独干了很多事。”

一刹那间,我感觉自己的脸因愤怒与滑稽而变得通红,所有的嫉妒之情消失殆尽。我不得不单独干了很多事?我气得哆嗦起来,并且咬紧牙关,忍住不笑出来。这家伙干了很多偏执之事吧,独自一个人!这家伙真是个幼稚的下流坯!事实上,即使妻子能够摆脱性冷淡的感觉,那也肯定是性成熟的妻子单独完成的。在作为通奸者进行最初的性交时,鹰四怀抱着如果不能顺利射精,不但对面前嫂嫂这一通奸对象,甚至对我也将因灼热的耻辱感而窒息的忧虑奋战吧,这不是未成年人的追忆般悲伤的感觉吗?

“阿蜜,我打算和菜采结婚,你不要干涉我们的事!”鹰四焦躁地摇晃着他那黑漆漆的脑袋说道。

“在婚姻生活中,你仍打算在没有欲望的情况下,独自干很多事吗?”我奚落道。

“那是我的自由!”鹰四吼道,同时竭力想把屈辱感封锁在单纯愤怒的回音中。

“的确是你和菜采子的自由,但那是阿鹰设法从暴动的颓败中逃脱,与菜采子一起安全离开山谷后的事。”

“我们的暴动已完全恢复元气。你也看到围着‘亡灵’的山谷和‘乡下’人狂热的情绪了吧?我们用它为暴动输血。为暴动输足想象力的血液，刚刚使它恢复了元气！"鹰四说道，那声音恢复了最初呼唤二楼的我时的激昂，"山谷和'乡下'的那帮人不安地认为是否我们的暴力权威不如超市天皇的暴力团？当他们狠狠嘲弄那'亡灵'时，都获得了蔑视天皇的情感力量！他们恢复了力气，认为虽说是超市天皇，只不过是朝鲜伐木工有了一点财力罢了！于是，那帮人立即发挥出恃强欺弱的藐视心理和扭曲的利己心理，把电器什么的全都抢夺一空。他们一旦小看敌人，认为那是可以自由践踏的弱者，就会干出绝对无耻的事。现在，尤其超市天皇是朝鲜人这点是最大的因素。他们看清了自己每况愈下的悲惨生活。而且他们以前一直感到自己是森林中最悲惨的种族，他们完全胆怯了。然而，他们唤起战前、战时对朝鲜人优越感的甜美记忆。他们重新发现，有比他们还要悲惨的朝鲜人这一贱民存在，他们陶醉于这一新发现中，开始觉得自己是强者。只要把他们苍蝇似的性格组织起来，我就可以继续对抗超市天皇吧！那帮家伙的确是卑微渺小的苍蝇，但众多苍蝇的力量的确正因为如此才特别具有威力。"

"可是，你以为你的苍蝇们永远不会发觉你那么蔑视山谷和'乡下'民众吗？苍蝇也可能对你发起进攻！也许那时候，你暴动的方方面面才算完结吧。"

"阿蜜，你从高高的仓房俯瞰山谷，这不过是你这位厌世家错误的估计罢了。"鹰四断言道，他甚至渐渐地从容不迫起来，"这三天的暴动，也变革了比山谷普通蝇派稍好些的优秀蝇派的意识。他们是山林地主。山谷的生活依旧像现在这样停滞不前，即使洼地所有居民都离开村庄或死绝，惟有他们仍相信，只要等到树木长到可供下次采伐就可以。可是通过这次暴动，他们也亲眼看到了蝇派绝望行动的可怕，就好像把万延元年武装暴动的历史教育付诸了实践。而且，他们具体地，虽然那是虚假的具体性，但不管怎样，当他们具体地觉悟到超市天皇的'亡灵'不过是那可怜的朝鲜人的那一瞬间，他们突然都变成了忧国之士，显示出与其先辈完全相同的心理反应。他们无能的先辈用砍伐部分山林所得资金进入县议会，没有现实的政治计划，只扮演了僵硬的地方忧国之士。他们开始考虑把山谷的经济权收回日本人手中。而且为此，他们与之作战的敌人超市天皇应该是手套和领带自然未穿，甚至连衬衫都不穿，只穿件旧式晨礼服行进的蠢货。于是，他们几个人出钱把超市连同掠夺的损失一起买下，让歇业的山谷店主共同经营的构想正变成确实的计划。为了实现这一计划，年轻住持极有效地奔走着。阿蜜，那住持不仅是哲学家，他还拥有革命家的情感，希望实现自己一直思考着的梦想。而且，他是这片洼地中惟一没有一点私心的人，他才是朋友！”

“阿鹰，他确实是山谷民众无私的朋友，因为这是他们寺院代代相传的任务，但他不是你这种完全蔑视山谷民众者的真正朋友。”

“这就可以了。我实际上是现在这场成功暴动的领袖，和战场上的大哥一样，是有为的恶的执行者。哈！哈！我不需要真正的朋友，只要有表面的合作者就可以了。”

“阿鹰，这样也行吧。那么，你回你自己的战场！我没情绪和你同声欢笑。”我说着便站起身来。

“阿星怎么样？替我安慰一下那家伙。看到我们性交后，他憋着声吐了，真是个孩子！”鹰四说完便径直跑走了。

当时，我忽然觉得鹰四的“暴动”也许会成功，而且这念头变为确信。即便暴动本身失败，鹰四也能顺利摆脱暴动混乱的晚期症状逃出洼地，与同样从其自身危机的沼泽中逃出的菜采子一起，重新开始日常充满平静的婚姻生活吧。而且这日常性平静，是原暴力者的平静的日常生活，其中潜藏着超越了巨大暴力性体验的骄傲记忆。其时，弟弟也许将变成平静的日常生活者，最终填平莫名其妙的某物为其带来的自我惩罚的欲求与作为暴力者的自觉意识之间的沟壑。今天刚刚读过的曾祖父弟弟的信尤其令我相信这一点。他虽然是那样绝望毁灭的暴动领袖，却独自逃出，迎来了平静的晚年。我回到二楼，只见那位被其守护神抛弃，甚至又遭其嘲讽辱骂的小伙子依然徒劳地贴在玻璃窗上。他头也不回地叹息道：

“那么多人用力踩，院里的雪全化成泥了。我讨厌泥泞。把车搞脏了可就没办法了，我讨厌泥泞！”

半夜里，我和星男并排躺在毛毯中，都用自己的胳膊抱住冰冷身躯，抵御着开始大幅融雪时的寒气。我们辗转反侧时，妻子突然一声不吭地跑上楼来，也不怀疑黑暗中的我们是否睡熟，便发出疲惫刺耳的沙哑声。

“请来上房！阿鹰想强奸山谷的女孩子，把她杀了。球队队员们全都背弃阿鹰回家了。明天，整个山谷的男人们都要来抓阿鹰。”

我和星男在黑暗中欠起上半身，就那么僵直了身子沉默着，一时间只听到自己的心跳声和开始小声啜泣的妻子的呼吸声。过了一会儿，我只好说道：

“不管怎样，去看看吧。”可是，我的肉体好像装满了水的皮囊，不断被睡眠的诱惑吸引，如果就这么闭上眼躺下，如胎儿般蜷起身子，那么我就可以拒绝现实世界的一切，如果现实世界的一切不存在了，那么弟弟这一罪犯也就不存在，弟弟的犯罪也就不存在了。这诱惑与一瞬间前的顽固的失眠症相反，宛若甜甜的蜜汁。但我终于摇摇头驱散了睡意。

“不管怎样，去看看吧。不管怎样，去看看吧。”我重复着，慢吞吞地爬起身。

十二、在绝望中死去。诸位现在仍能理解此话的含义吗？这决不仅仅是死亡。应该说，这是后悔诞生，并在耻辱、憎恶与恐怖中死去吧。

——让-保罗·萨特/松浪信三郎译

我和妻子，还有那小伙子"沙沙沙"艰难地行走在半冻的凹凸不平的前院泥泞路上，我们都沉默不语。山谷是一个黑暗寂静的凹陷。探头望去，令人感到像深不见底的竖坑，湿冷的风从那里刮上来。上房门就那么开着。仿佛被些许透出的屋里的光挡住了似的，我们三人挤成一堆，犹豫了片刻，终于一起跨过门槛。鹰四低头坐在地炉边，用一只手麻利地磨着猎枪折弯的枪身，犹如那是一件他多年熟练的工作。昏暗的土屋里，一个矮个子男人始终面对他站着。见我们进来，那男人转一下身子，但紧张得眼看着就要僵硬地倒下去，让人觉得他甚至无法回头看我们。他是隐者阿义。

鹰四不情愿似的停下活来抬头看我们，发黑的面孔奇妙地歪斜着，且好像有几分收缩感，毫无生气。头发和左耳至嘴角部位，因黑黑的黏性物而显出肮脏。仿佛梦中的动作般，他向我缓慢地摊开双掌伸出来。仅左手小拇指和无名指被宽布条一层层缠着看不见，但其余部分与双掌都是斑驳的黑点。他擦着枪，却未擦手掌。弄脏手掌之物与弄脏脑袋之物一样是人血。他就那么伸出颤抖的双掌，用忧郁的猴子般的眼神直愣愣地盯着胆怯的我，而后好像吹气泡似的，紧闭的唇间不停地发出微弱的嬉笑声。那笑容丑陋得足以令我再次感到畏怯。这时，独自先去地炉边的妻子挥拳猛击鹰四那笑麻木了的嘴巴。妻子跪在那里，单侧圆乳房宛如坏机器上完好的零件似的，从棉睡衣胸口露出来。她将打过鹰四的拳头在棉睡衣腹部擦来擦去，拭去血迹后遮住乳房。鹰四立即收敛笑容，试探性地窥视着我，根本不理睬我那打他的妻子。这下，从他自己鼻中流出的血玷污了上唇。他噘起嘴唇，将大量空气连同鼻血一起使劲吸入鼻孔。他一定是把自己的鼻血吞进了胃里。他的脸越发黑了，好像斑鸫的脑袋。我怀着最具说服力的真实感，再次确认弟弟与妻子睡过觉。妻子将视线从鹰四移向隐者阿义，阿义害怕下一个轮到自己挨打，便笨手笨脚地逃到灶旁的黑暗中了。

“我想强奸阿蜜也见过的那个性感小妞。那家伙狂妄抵抗，又猛踢我肚子，抓我眼珠。我大动肝火，用膝盖把那家伙顶在鲸岩上，用一只手抓住那家伙的两条胳膊，然后用空着的另一只手抓起石块痛打那家伙的脑袋。那家伙张嘴大喊‘不要，不要！’，还摇晃着脑袋，确实非常不情愿。阿蜜，我不住地砸那家伙的脑袋，直把脑壳砸烂才住手。”好像怀疑我是否能看清似的，鹰四将沾满血污的双掌又向前伸了伸。他的声音低沉含混，仿佛来自远方。但其深处亦带有勇敢的裸露癖的回音，希望现在将自己剥得一丝不挂，并将最肮脏处展现出来。那语气中没有抑扬顿挫，也没有方向性，因此让人感到好像单调无止尽的饶舌。这显然令人产生嫌恶感。“我打死那姑娘时，隐者阿义躲在鲸岩对面，他全看到了，他是证人。隐者阿义即使在黑暗中也能看清东西！”

而后，仿佛呼唤他庇护着的可爱弱者，鹰四朝灶旁浓重的黑暗充满信赖地叫其犯罪证人：“阿义，阿义。”但隐者阿义一动不动，也不作答，更不愿走上前来。

“你为什么要强奸她？是喝醉了吗？”我问道，只为打断他那刺激神经的饶舌。对鹰四为何产生强奸那适合穿朝鲜服、脸色粉润姑娘的想法，我完全没兴趣。

“我可没喝醉，我也想清醒地面对现实世界。不，阿蜜，我一直是清醒的。我没有借助酒劲，而且我燃烧着强奸那家伙的欲望！”鹰四反驳道。那生硬的皮肤下蠢动着放荡的干笑。

“阿鹰，你不是说你虽然和菜采子睡觉，却没感到欲望吗？”妻子依然跪在弟弟旁边，她再次茫然地盯着弟弟。我向弟弟和她发射出恶意的攻击炮。

我发现鹰四狼狈得近乎可怜，这愈发深化了我的嫌恶感。然而，妻子依旧茫然。她凝固起苍白的皮肤，神情木然地盯着鹰四。鹰四那张被死人血弄脏的脸，皮肤内侧亦涌上血液，肿成黑紫色，似乎想呼喊："不！不！"在我妻子面前受到如此揭发，弟弟羞愧难当，惊慌失措。作为暴力犯，他看上去太脆弱、太没经验了。他未洗掉受害者的血就坐在这里，也许不仅为向我炫耀血迹，亦为保障他自己作为一名罪犯的持续性。但现在他却逞卑劣的匹夫之勇，想把涌上脸部的狼狈之血偷换成暴力性的昂扬热血。他狡猾地定睛看了看我，而后显出欲望的余烬仍在其内脏冒烟似的态度，煞有介事地说道："那淫荡妞儿真性感，而且很年轻，是个勾起欲望的小妞！"

妻子受到了侮辱，就那么跪着退到背后，她已不看包括鹰四在内的任何人。我从她那低垂黯淡的目光中，发现了孤立无援者的绝望感与愤怒之光。现在，妻子从鹰四情人的座位上走下来了，这是肯定的。但她并未回到我身边。在所有通奸故事梗概中，这是严酷惩罚妻子情人的丈夫所要经历的。不过我并未惩罚鹰四，我只是满怀轻蔑地认定：这家伙是个毛孩子，这一点与玩蜈蚣时毫无二致。这轻蔑心使我恢复了观察力的自由。自从听到鹰四唐突陷入困难的圈套以来，我第一次从困惑与紧迫感的紧身衣中解放出来。我催促着星男，进入了妻子退下的空间。与刚才的迟钝不同，鹰四迅速把枪拉到身边，离我们远了一点。于是，鹰四和我在一个适于讨论的距离处对峙着。

"阿鹰，你说你想强奸那姑娘，但遭到反抗，结果你用石头打死她了，但那不是事实吧？"我开始评论。

"你问隐者阿义！让那家伙说说他看见了什么！"鹰四即刻激烈辩驳，那语气因戒心而显得生硬。

"他不过是个疯子，仅仅把阿鹰预先暗示的内容喋喋不休地说出来罢了。阿鹰，你没杀人。"

"你为什么能这么自信地说这话？阿蜜，看看我这满身的血污！去那姑娘家看看尸体！足球队的原队员们把她的尸体抬到她家去了。那家伙的脑袋被石块砸烂了，好像年糕似的。阿蜜，你为什么信心十足地说这毫无根据的话嘲笑我？"

“那姑娘可能真的死了，可怜那脑袋也许也被打烂了。但那也许并非阿鹰故意犯下的罪行。你干不了那种事。即使小时候，你让蜈蚣咬你的手指，阿鹰也是仔细挑那没毒的蜈蚣抓吧？你是那种胆小的人，那姑娘肯定死于事故。”

“明天早上，山谷的苍蝇们暴跳如雷地来抓我时，隐者阿义会再次说明发生了什么。你别胡思乱想了，还是听他说吧！”鹰四继续辩驳道，“那低能的放荡妞儿像只疯猫似的反抗、愚弄我。他会详细说明我怎样用石块砸她吧。而且他会让人明白在暴动中愚弄领袖是危险的。”

“这几十年来，山谷人都知道他是个疯子。你认为山谷人会相信这种疯子的证词吗？”这位志愿凶手始终坚持幼稚的虚构，我开始怜悯他。

当隐者阿义听到自己的名字时，从灶旁微微探出半截身子，竖直看似毛茸茸的褐色与灰色斑驳的小耳朵倾听我们说话。看那神情，仿佛我们现在是决定其命运的法官，正审判其疯癫的隐居生活是否合法。然而事实上，我们的对话仿佛是用不可思议的外语进行的，他一副茫然的神情，只是若有所思地沉默着、留神听着罢了。而后，他深思熟虑似的“嗯哼”地叹了一口气。

“阿义，别紧张！明天才有你的工作。你先躲在仓库里睡觉吧！”鹰四鼓励老人道。

隐者阿义立即如夜间的野兽般悄没声地小步跑到黑暗中了。我判断阿鹰不想让阿义听到我对其杀人告白的评论。首先发生了死亡事故，而后阿鹰围绕尸体做了手脚。这推测于我变为确信。只是依然留下一个疑问，那就是鹰四为什么要以疯子的证言为武器宣布自己是凶手，向所有山谷人开战？我有理由向鹰四证明，他所坚持的杀人事件即便与他有关，但终归是一起死亡事故。然而同时，是否承认我的观点，放弃与隐者阿义的联合斗争计划则是鹰四的自由。

“你为什么把那姑娘带到鲸岩？”我进行了有违被告人意志的辩护人的盘问。所谓鲸岩是一块大岩石，形状如巨大的哺乳类动物，伸向山谷的石板路向桥方向陡峭下降处。它使得石板路窄如咽喉般，同时隔断了通往桥方向的视线。从那里至桥约五十米的下坡路不仅陡峭且蜿蜒崎岖,是山谷最易发生交通事故的地方,并非冬夜幽会的好去处。

“我想在雪铁龙的座位上强奸她,便寻找合适的停车场。如果把车停在鲸岩背后,至少除隐者阿义处,没人会从山谷到那里窥视。而且有岩石遮挡,所以在桥头站岗守夜的球队队员也看不见。”鹰四说道,语气中依然表现出顽固的戒心。

“既然你说你把她按在鲸岩上用石头砸,那么是那姑娘反抗着逃离汽车,你又抓住她了?”

“是的。”

“如果那姑娘真反抗了,那么她在车里也不会默默挣扎吧?而且逃离汽车后,她也不会默默地跑吧?她既然是暴动指挥部的一员,就应该知道桥头有站岗的伙伴,她大喊救命了吧?而且,阿鹰说她被你抓住挨打时,一直叫喊:‘不要,不要!’可尽管如此,位于大约五十米下方的警戒人员为什么不来阻止阿鹰杀人?”

“我杀了她后,发现隐者阿义在偷看。我跟阿义说话时,警戒人员赶到,他对我的犯罪感到震惊,便跑去叫抬尸体的伙伴了。于是,我从岩石后面拉出隐者阿义,让他坐上汽车就那么撤了回来。”

“这期间的情况,只要参照一下最先赶到犯罪现场的年轻哨兵的话就会清楚吧。如果是能立即抓住逃跑姑娘的天黑程度,那么小伙子也能偷看到你举起石块一次次砸那姑娘,直到把她脑袋砸烂时的情景吧。整个犯罪时间很短,所以即使警戒人员没听见车里的惨叫声,但如果在你最后一击之前,他还没跑到你背后,那就奇怪了,他至少应该听见呻吟声。”

“也许那家伙跑来时,我为了逃离现场,正坐在驾驶席上想掉头。那家伙也许会做证说最早见到我时,我在车上。”鹰四沉思了一下订正道。

“阿鹰,警戒人员确实会那么做证吧。”我追究道,我为新的确凿启示而激动,“你带上那姑娘在积雪初融的石板路上开着雪铁龙兜风。而后,你和那姑娘之间发生了什么事,那姑娘从行驶着的雪铁龙上跳下,脑袋撞烂在鲸岩上。你之所以身上有血污,是因为你也许抱起那死于事故的姑娘。或者你用自己的手掌把姑娘头上流出的血涂在自己身上了。而且,阿鹰以跳车姑娘的脑袋摔得稀巴烂的速度,在那视野不开阔的地方,朝着约五十米处的道路尽头疾驶。事实上,即便是阿鹰,岂止是强奸,就连对姑娘进行性骚扰的精力都没有,只是拼命地抓着方向盘吧。可发生了什么事,姑娘从车上跳下,脑袋因为岩石而摔烂了吧?警戒人员来时,你之所以在车上,我认为那不过是你急刹车后,想返回姑娘跳车的事故现场罢了。恐怕警戒人员就在跟前听到急刹车的声音才跑来的。之前阿鹰从没下过车吧?也许是警戒人员跑去喊人后,阿鹰才找到了摔破脑袋的姑娘。特别是隐者阿义,他什么也没看见吧。他不过是你在回家途中偶然带上车的,你给他灌输了虚构的犯罪细节吧?"

鹰四低头陷入沉默,令人觉得他似乎在反复回味我的话语。不过,从再次警觉地关闭起孤独外壳的鹰四身上,我无法看出我的推测是否完全摧毁了他所夸示的犯罪框架。

"阿鹰!"星男一直沉默不语,这时他用颤抖不已,且幼稚尖厉的声音叫道,那声音并非仅仅因为寒冷。"那家伙不是总想和阿鹰干,大白天就想把阿鹰诱入仓库的黑暗处吗?阿鹰不用强奸她,只要说一句'把短裤脱了!'就能顺利得手!肯定是那家伙在车里太烦人了,阿鹰就加快速度吓唬她。你说你在美国玩过这种游戏!于是,那家伙吓昏了头,想自顾逃命就跳下去了。她以为阿鹰在岩石拐弯处打不住方向盘。"

"如果是这样的话,阿鹰,那不是杀人。"为年轻汽车专家的观点所鼓舞,我继续说道,"那是一场事故,或者过失。即便是过失,也不仅仅是你的过失,也应该是那位可怜姑娘的过失。"

鹰四依然沉默着,现在他正往猎枪里装铅沙子。由于害怕爆炸,他小心翼翼地集中精神。我看出,那自隆起的眉毛往下完全隐于阴影中的低垂的脸上,以及因为紧张而变得僵硬的矮小身子,都渐渐粗暴地充满了绝对拒绝他者理解的强硬力量。这为我带来不可思议的幻想——我们那仅睁开毫无表情的褐色眼睛躺着、安静地存在着的婴儿就那么在与外界隔断交流的情况下成长,现在他在这里用浑身的血污表现刚刚犯下的罪行。而且,我意识到在饶舌间,不过是由鹰四不经意地暴露的动摇与不自信所保障的我的安定感即将崩溃。然而,眼前的鹰四阴沉着脸坐着,仿佛热衷于玩具的幼儿似的专心致志地摆弄着枪,一味地沉默着。渐渐地,我发现"这里有个罪犯"这一怪诞的恐怖心理在我内心膨胀起来。

"你相信阿鹰那样杀人了吗?"被鹰四的沉默逼迫,我询问同样沉默的妻子。

妻子未对我的询问即刻做出反应,她凝神沉思着。而后,依然低垂着脑袋,用令浮现的情绪立即枯竭的干巴巴的语调说道:

"既然阿鹰说他杀了人,我也只有相信,至少阿鹰不是那种绝对不可能杀人的人。"

我觉得妻子像个陌生人。她完全没有听我这辩护人的话。她封起耳朵,垂下眼皮,身体只感受着鹰四散发出的作为罪犯的实际存在感。鹰四也抬眼看妻子,目光中带着疑惑不解、近乎天真烂漫的神情。只见如云影般的东西迅速掠过其皮肤内侧。而后,他又开始仔细检查枪,一边如此说道:

"真的,我用石块不断砸那家伙的脑袋,把她杀了。阿蜜,为什么不相信我?你到底为了什么不相信?"

"这不是为什么、为了什么目的,也不是信与不信的问题。我只是说,我认为你其实没杀人。"

"啊,是吗?这是科学问题吗?"鹰四说完,把装好铅沙子的枪再次小心地放在膝盖上,而后用污秽的右手解开一层层缠在同样污秽的左手小拇指与无名指上的宽布条,"阿蜜,我也不反对科学态度啊。"

布条下现出被大量鲜血濡湿的纱布条。纱布缠得很密,让人觉得似乎将没完没了地解下去。最后终于现出两根奇妙蜷曲的橙黄色骨头,其整齐的圆形顶端处即刻涌出大量鲜血。鹰四任鲜血滴在膝盖上,将伤口举起来让我看,却立即用右手紧抓住受伤的指根塞入双膝间,弯腰呻吟着扭动起身子。

"哎哟,他妈的!好痛,好痛!"鹰四呻吟道。而后尽力挺起身子,再次开始缠那污秽的纱布和布条。然而,鹰四的痛苦显然未因包扎而减轻，我和妻子也只能畏怯地注视着。尤其是星男，宛如衰弱的老狗，摇摇晃晃地爬进土屋，伸长脖子发出呜咽般的声音，将胃里的东西全吐了出来。

“他妈的！好痛，好痛！”鹰四从极度痛苦中略微恢复一些，眼珠上翻着瞥了我一眼，而后强加于人地解释道，“我用左手压住那家伙的脸，用右手抓着的石块砸那家伙的脑袋时，她的嘴巴最初大喊‘不要，不要！’却突然想咬我的左掌，咔嚓一声！我急忙缩回手，但那家伙死咬住我小拇指第一关节和无名指第二关节中间不放。没办法，我用石块打那家伙的下巴，想让她张嘴。但那家伙可怕的利牙反而咬掉我两根指头，就那么闭上了嘴巴。后来我想用半截木棒撬开她的嘴夺回手指，可完全不行。那家伙烂了脑袋尸体，嘴里现在还含着我两截手指。”

这话自然缺乏真实性，但充满了真实的痛感，在我灵魂深处发挥出超越逻辑的冲击性说服力。我看到鹰四身上实际存在的“罪犯”和同样确切的“犯罪”。我还从鹰四的肉体感到催我呕吐的嫌恶感与恐怖。我并非开始相信鹰四用石块多次痛击姑娘脑袋致其死亡这一事件。我依然仅认为，汽车高速驶过黑暗狭窄的拐角，那姑娘陷入恐慌，自顾跳下汽车，脑袋撞在岩石角上。但为成就自己这一“罪犯”，并拥有虚构“犯罪”这一偏执狂般的渴望，鹰四紧接着采取了另一让人无法忍受的变态行为。他用半截木棒，撬开摔破脑袋死去的姑娘的嘴巴，而后故意将自己的小拇指与无名指放入姑娘的齿间，合上了她的嘴巴。这时，或许发出了咔嚓的响声。鹰四一定右手抓起石块，不断砸那姑娘的下颌，直到死人牙齿咬断自己的手指。石块每击一次死者的下颌，其脑浆和血，还有他自己手指上的鲜血便从烂脑袋和变形的嘴里飞溅出来，鹰四也就浑身血污了。

“阿鹰，你是个疯狂的杀人犯。”我发出嘶哑声，但全然没有继续说下去的力气了。

“我第一次感到你公正地理解了我。”鹰四突然厚着脸皮豪言壮语起来。

“不行，不行！你们为什么不救阿鹰！这是事故！”小伙子悲哀地叫道,他依然趴在地上。

“菜采,让阿星吃点阿桃吃的那种安眠药。要吃定量的两倍。阿星,你睡吧,阿星的能力远远超过青蛙,因为不仅是肉体,即便闻到精神抗拒的东西,你也立即把胃翻过来吐得一干二净!”鹰四说道。他很久未对其年轻亲兵使用过如此充满家人温存的口吻了。

“我不吃药,我不想睡觉。”星男撒娇似的反抗道。但鹰四带着某种权威无视反抗,一直默默地注视着妻子把一杯水和药片递给星男,小伙子表示了孱弱的反抗,但最终吃下了药片。小伙子的喉咙咽水时,我们都听到了那细微可爱的声音。

“马上就会见效的。阿星是个粗野的男人,他以前几乎没吃过化学药品。菜采,你就在阿星旁边看着他睡着吧。”

“阿鹰,我不想睡。我觉得,要是睡过去,我就再也起不来了。”

星男已开始屈服于药物的作用力,进行着最后的最微弱的反抗,声音中显然流露出恐惧的回响。

“不,你会睡着的。明天早上醒来时,你会健康地感到肚子饿了。”鹰四说完便冷淡地不再理会他。这下他对我如此说道:“阿蜜,我想山谷那帮人会来抓我,将我处以私刑。如果我用猎枪自卫,那么我也应该像曾祖父那样躲进仓房吧,今天晚上你和我换着睡!”

“阿鹰,你不会被处以私刑,阿鹰用猎枪与想对你处私刑的村民们战斗的事不会发生,那不过是阿鹰的幻想而已。”妻子说道,话语中表现出与之相反的胆怯。

“我比你了解山谷的情况。那帮人对暴动、对参与暴动的他们自己都有些腻味了。所以有些家伙会想,如果把暴动的一切罪恶归咎于我,再打死我,就都能抵偿了。而且实际上就是这样,和S哥那时一样,如果我成为赎罪羊,许多事情会变得简单。”

“不可能发生处私刑的情况。”妻子越说越激昂。同时,她用无力的目光随意瞥见我,便对我投以依赖的目光——那是绝对再次开始需要酒精饮料者的已沉溺于干渴大海中的眼神。“阿蜜,不会处以私刑吧?”

“总之,作为这场想象力暴动的策划者,阿鹰希望用想象力的火花漂亮地装饰到暴动结束。情况会因山谷民众把暴动的想象力强劲维持多久而定,我还无法预测。”我对妻子说道,只见她失望地移开视线。

“是这么回事。”鹰四也失望地说道。他用未受伤的那只手大把抓起猎枪和铅沙子箱,而后缓缓站起身。我发现他衰弱之极,如果因猎枪的重量摔倒,会立即昏迷过去。

“把枪给我,我替你拿过去。”

鹰四凶狠地回望我,满脸敌意地拒绝了,犹如我会用计谋拿走他惟一的武器似的。一刹那间,我怀疑他是否疯了,一种最现实的恐惧心刺穿了我,但他立即恢复了平静而疲惫不堪的迟钝目光。

“阿蜜,跟我来仓房,在我睡前陪陪我。”他直率地恳求道。

我们正要离开土屋去前院时,仿佛最后的道别,妻子叫住了鹰四。

“阿鹰,你为什么不救自己?看来你好像盼着被私刑处死,或被处以死刑,阿鹰。”

鹰四肮脏的脸上毫无血色,还起着鸡皮疙瘩。他依旧板着面孔,并不回答妻子的发问。看他的举止,似乎已对妻子毫无兴趣。虽无确切理由,但我觉得我也和妻子一样是个失败者。我回过头来看妻子,只见她垂着脑袋一动不动。她身边的小伙子也宛如中毒箭麻痹了的野兽,就那么不自然地微欠着身子凝固着,在鹰四的暗示下,他迅速安全地进入安眠药发挥功效的状态中了。我希望妻子隐藏了许多威士忌以应付这最恶劣之夜的寒冷漫长时光,同时在门灯微弱的灯光下,我颤抖地跟在弟弟的背后走着。弟弟也剧烈颤抖着,屡次东倒西歪。仓库那边,隐者阿义正发出小狗喷嚏般的声响。阿仁的独间则一片漆黑,没有任何声响。“日本第一魁梧女人”现在解除了对食物的一切渴求,正沉浸于久违了六七年的安稳睡眠中。前院的泥泞冻得硬些了,已不再使我们的脚脖子陷进去。

鹰四就那么穿着沾满血污的衣裤钻入我的毛毯。好像抓进袋里的蛇似的,他在毛毯深处蜷起身子脱下袜子。而后,再次把枪拉到身边,似乎晃眼似的仰望着站在那里注视他在被窝里安静下来的我,要我关上灯。这也正符合我的情感需求。由于仰面躺着,宛如老人般,他那发黑的脏脸上,面颊和眼睛周围的肌肉都好像失去了弹性,比我记忆里所有困窘中的他看上去都要丑陋惶恐。而且,他那使毛毯和被窝微微鼓起的身体的确瘦弱,这直接引发了我的怜悯之情。在新的黑暗中,我等待视网膜上映着的他那仰面躺着的残像消失,一边将星男的毛毯围在腰际,双手抱住膝盖。我们就那么沉默了许久。

“阿蜜,你夫人有时说得很对啊。”他为了刺探我的心意,用妥协的口吻说道,“阿蜜,我确实不想救自己,我希望被处以私刑或死刑。”

“是的,阿鹰虽然没勇气凭自己的意志从头构筑一次暴力犯罪事件,可一旦犯罪因事故而变得混淆不清,你就像早已准备好了似的硬把自己插进去,以把自己引向私刑或死刑的结局。我理解的就是这些。”

仿佛催促我进行补充说明似的,鹰四喘着粗气沉默不语。但我没有再要对他说的话了。我觉得很冷,内心郁闷之极。不久,鹰四说道:

“阿蜜打算明天阻挡吗?”

“那当然啦,但我不知道我是否能有效阻挡阿鹰这个自我毁灭的计划,你陷得太深了。”

“阿蜜,我有话说,我想告诉你真相。”仿佛怀疑此话的含义是否得到正确传达,又好像有些精神恍惚似的,鹰四含糊而羞怯地说道。但此话强烈地传达并震撼了我。

“我不想听,别对我说!”我想从与鹰四关于真相的谈话记忆中逃出,便急忙辩驳道。

“阿蜜,我要说。”鹰四用急切丑陋的声音强加于人地说道,这更加强了我想逃的念头。他从心底里被打垮了,那降服的样子再一次震撼了我。“你听过后,至少能配合我旁观一下我被处以私刑的样子。”

我只得作罢,不再辩驳以堵其嘴巴。鹰四预先发出了疲惫不堪而绝望的叹息声,仿佛他现在要讲的话已讲完了似的,怀着深深的悔恨拼命奔走以收回这话,却毫无办法。而后,仿佛越过了无数的阻力,他开始说道:

“阿蜜,我们的妹妹为什么自杀这件事,我以前一直说我也不知道。伯父家的人也和我一样,说那是一次原因不明的自杀,他们支持我的观点,我才得以把妹妹自杀的真相一直隐瞒下来。倒可以说,没有任何人想认真地从我那里打听原因,我也就一直保持沉默。只有一次,我在美国对一个素不相识的黑人妓女讲过,那是用夹生的英语讲的。对于我来说,用英语讲话就像戴着假面具见人,其实等于什么也没说。那是假自白,我毫无损伤。所幸我遭受的报应只是被传染了轻微性病。我还从没用过我和妹妹、阿蜜共通的语言说过这事。当然,关于这件事,我也没对阿蜜透露过一点。只是一旦我觉得阿蜜对妹妹之死有所暗示便会失去平静,所以阿蜜也许也有点怀疑是否有什么异常。比如阿蜜收拾山鸡那天问我,我所谓的真相是不是指妹妹的事?我想当时,阿蜜是否知道了一切在嘲弄我?我恼羞成怒,甚至想杀了阿蜜。但我又想,阿蜜无论如何也不可能知道,终于克制住了自己。妹妹自杀的那天早上,在向伯父他们报告前,担心妹妹是否写下什么引人怀疑的东西,就把我和妹妹俩人住的伯父家的独间翻了个遍。而后,被截至昨天为止的令人窒息的恐怖中解脱出来的安心感和新的罪恶感把我搞得神魂颠倒,我又哭又笑。直到完全控制住自己不再发笑,我才去上房伯父们那里报告妹妹自杀的消息。妹妹一大早喝了农药,就那么蹲在独间的厕所里死了。我之所以在妹妹自杀后,确认她连遗书都没留下就产生这么强烈的解放感,因为我一直担心白痴妹妹会把我们的秘密告诉别人。我想妹妹死了,这秘密就像从没发生过似的,被一笔勾销了,就放下心来。可是,现实自然没有这样发展。相反,这秘密由于妹妹的自杀,在我肉体和精神最深的中心处扎根,开始一直毒害我的日常生活和对未来的展望。那是我上高二时的事,自那时起,我一直被回忆撕裂着。”鹰四说完,啜泣了很久,那声音阴沉凄惨,无法名状,似乎令我预感到因这声音的记忆,我的后半生将永远受到难以活下去的、郁闷“时刻”的埋伏而烦恼。

“妹妹虽是个白痴,但非常特别。她只喜欢悦耳的声音,听到音乐就觉得幸福。如果听到飞机的机械声或汽车启动时的马达声,她有时候会喊痛,好像耳朵里被点着了火似的。我想那是真痛。有时候空气震动,玻璃就会裂吧?那是某种纤细物在妹妹耳朵里破裂的疼痛。总之在伯父村里,再也没有像妹妹那样理解音乐、绝对需要音乐的人了。妹妹不丑,而且很干净,干净得出奇。这与过度的音乐嗜好一样,是她白痴的特点。伯父村的年轻人中,有些常在妹妹听音乐时来偷看。一旦音乐响起，妹妹就只剩下耳朵，其他一切都被隔绝，都不再潜入妹妹的意识了。那帮偷看的人是安全的。可我一发现他们，就拼命地打。对我来说，妹妹是惟一的女性，我必须始终守护她。事实上，我和伯父村的姑娘们完全没有交往。甚至进邻镇的高中后，我都不和班上的女生讲话。围绕着自己和妹妹，我编织了年轻显贵流浪的故事，对曾祖父和他弟弟以来的自家的血统怀着极为夸张的自豪。如果同情地看，我是在用这种方式打消和妹妹寄居伯父家这一境遇的自卑感。我向妹妹灌输说我们是被选中的两个特殊人物，所以我们除了彼此之外，不可能也不允许对他人感兴趣。有些难对付的大人散布那对兄妹睡在一起之类的流言。我朝那帮人家里扔石头报复。可是，反过来我也受到谣传的暗示。我当时是一个十七岁的高中生，缺乏主见又盲信，是个经不起暗示的孤独者。那年初夏的一个傍晚，我突然酩酊大醉。那是伯父家插完秧的日子，村里所有被叫来帮忙的人都聚在上房喝酒。我这个流浪的显贵自然没帮忙，但被叫进年轻小伙子们中间，有生以来第一次喝了酒，而且喝得酩酊大醉。伯父见了，骂了我一顿，然后我回到独间。开始妹妹笑了，觉得醉酒的我很有趣。可是，烂醉如泥的村民们在上房喝歌伴奏，妹妹马上胆怯了。她捂起耳朵，像鲍鱼似的伏下身子。尽管如此，她还是忍不住，像幼儿似的呜咽起来。那帮人一旦喝醉酒唱起来，就声嘶力竭地唱黄色粗野的歌，直到后半夜。我气愤之极，内心充满了反社会情绪。为了让妹妹平静下来，我抱住她的身体，这时感到一阵莫名的亢奋，就和妹妹性交了。”

我们沉默着，对此处拥有亲人关系的二人感到羞愧之极。与此同时，为躲避前来揭发我们的巨大的、无可比拟的可怖之物，我们一动不动地屏息躲在黑暗中。如果相信鹰四之言，那么我感到被石块猛击时，那濒死的可怜姑娘叫喊的“不要，不要”声，我也想喊出来。然而，现在与恶性觉醒时相同，我那沉重的肉体支离破碎、隐隐作痛，连这单纯的叫喊声都无法挤出。

“第一次性交时，醉酒一点也不成为借口，因为第二天没喝酒，但也重复了同样的事。”鹰四用有气无力的细声继续慢慢地说道，“开始时，妹妹对性交既厌恶又害怕。可是，她一点也不懂得反抗。我感觉妹妹忍受着痛苦，可我已被欲望和恐惧冲昏了头脑，根本没法站在妹妹的立场上考虑问题。为了不让妹妹害怕，我从伯父家的仓库里拿来春画，告诉她这是结了婚的人都做的事。但我最怕我白天上学时，独自留在家里的妹妹会把这秘密告诉伯父家的人。于是我说，如果被人知道兄妹干这事，我们两个人都会倒霉，还从辞典中找出中世纪火刑插图给她看，告诉她只要注意不被别人知道，我们就可以不和别人结婚，兄妹两人干这事，一辈子在一起。我说我们两个由衷地希望这样，所以只要我们干得神不知鬼不觉，不被其他人发现就可以了。我确实是那么想的。我相信只要我和妹妹决心将来也反社会性地团结一致生活下去，我们有自由干我们热切希望的一切事情。妹妹以前好像一直担心不知什么时候得和结婚的我分开，独自一人生活。而且，我再次告诉她母亲临终时让她和我一起生活下去。所以，妹妹模模糊糊地相信如果和我分开，她将活不下去。因此，我非常高兴自己浅显易懂地使妹妹领会到我们将不理会任何人，兄妹两个反社会性地团结起来，永远生活在一起。不久，妹妹主动要求过去不得已而为之的性交。有一段时期，我觉得可以说我们沉浸在幸福的恋人氛围中，过着尽善尽美的日子。打那之后，我再也不曾像那段日子般幸福过。妹妹一旦打定主意就非常勇敢，从不颓丧。她以今后将永远和我生活下去为自豪。然后……妹妹怀孕了，是伯母发现的。受到伯母提醒后，我害怕得差点发疯。如果和妹妹的性关系被揭发出来，那么我相信我将立即羞愧而死吧。但伯母一点也没怀疑我，因此我干了一件无可救药的卑劣的背叛勾当。我是个没一点勇气的、可恶的阴谋家，我配不上诚实的妹妹。我命令妹妹说她是被村里哪个不知名的青年强奸了。妹妹照我说的做了。然后，伯父把妹妹带到城里让她做了堕胎手术，还让她做了绝育术。妹妹回来后，不仅因为手术体验，还不断受到充斥城市的汽车马达声的威胁，彻底地被打垮了。但她勇敢地听从我的指示，一点也没说出和我之间的事情。虽然住城里旅馆期间，伯父似乎一再催逼从未撒过谎的妹妹回忆强奸她的年轻人的特征！”

鹰四说着，又久久地呜咽起来。他终于未完全从啜泣的发作中解脱出来，“啊、啊！”地呻吟着讲述了他一生中最残酷的经历。我只是宛如一条寒碜的干鱼缩成一团，被恶寒与头痛折磨着，完全被动地倾听着。

“就是那天晚上，妹妹恐惧之极，一直无法平静下来，只是希望我帮她，这很自然吧？而且，因为性交在我们之间已成习惯，所以妹妹想通过这种方式获得安慰。但就连只有错误性知识的当时的我，也知道那种手术后不能马上性交。我对妹妹受到深层伤害的性器官怀有恐怖心理，也怀有生理性嫌恶感。这也正常吧？但妹妹理解不了如此常识。我第一次拒绝了妹妹的要求，她突然变得顽固起来。她钻到我身边，硬要摸我的阴茎，我打了她……她平生第一次挨打……我从没见过那么惊恐而孤立无援的悲伤者……过了一会儿，妹妹说：‘你说的是假话，那事就是不告诉别人也不能干。’然后，第二天早上妹妹自杀了……妹妹说：‘你说的是假话，那事就是不告诉别人也不能干……’”

山谷未传来任何声响。即使发出声音，森林中依然有厚厚的积雪，积雪会立即把声音吸收掉。融化后开始流淌的雪再次因寒气而冻结。然而，我依然感到在周围森林漆黑的高墙里，某种超越人类听觉、振动频率激烈的声音在交错飞舞。好像是横亘于整个洼地空间、弯扭着身躯的异常巨大的怪物的叫声。孩提时代的某个隆冬时节，我曾确实感到了这种人类耳朵捕捉不到、惟其存在感浓厚的声音。第二天早上，我在流经谷底的那条河流的清澈的浅水底，发现了巨大的蛇蝮印痕。我非常恐惧，或许那就是半夜一直叫喊不已的怪物的痕迹吧。现在，我又感到这种耳朵听不见的叫声的存在感威慑着我。我的眼睛习惯了黑暗。借着玻璃窗的微亮，我发现自己周围不甚分明的各种黑影。整个仓房里，挤满了矮小的五百罗汉样的物体。

“我们听见了，我们听见了！”那些彼此窃窃私语的幻觉纠缠着我。忽然，一阵无休止的咳嗽向我袭来。我感觉从咽喉至气管、肺部的所有黏膜都出了红疹。我发烧了，所以才如此感到浑身各处骨肉散了架似的，而且一直为钝痛所烦扰。我终于止住咳嗽。这时鹰四也显出从扎根于其灵魂深处的衰弱中略微恢复的征兆，带着毫不设防的自我安慰的回音如此招呼我：

“阿蜜，如果没有你的阻拦，即使我逃过明天的私刑，也肯定会被处以死刑吧。不管死于私刑还是被处死,反正我把眼睛送给阿蜜,用那视网膜给你的眼睛做个手术。这样一来,至少我的眼球在我死后还能幸存下来看各种物体,即使不过发挥透镜的作用,我也感到欣慰。阿蜜,就这么办吧!"

仿佛被雷击穿了似的,我因意识中无法控制的突然拒绝的火焰,从头至脚燃烧起来。森林的嚎叫与仓房中小黑人影的幻觉消失了。

"不要,我绝对不要你的眼睛。"我语气强硬地说道,声音因气愤而颤抖。

"为什么,为什么呢?你为什么不接受我的眼睛?"自我安慰的回音干涸了,鹰四用充满绝望疑惑的凄惨声呼喊似的反复问道。"阿蜜因为妹妹的事,这么恨我吗?可是,阿蜜只知道妹妹小时候的事吧。当我一直在别人家和妹妹生活时,阿蜜可以一个人在山谷使唤着阿仁过日子。而且,你用留给我们的钱上了城里的高中和东京的大学吧?如果阿蜜不独占那些钱,我们三人应该可以在山谷一起生活。阿蜜没资格为妹妹的事指责我。我告诉你妹妹之事的真相,并非要接受阿蜜的审判!"

"我也没这么说!"鹰四渐渐凶猛地表现出新的亢奋,我朝他喊着,打断了他的抗议,"从我的感情来说,我不想要你的眼睛。但我其实在说这样的意思:明天早上,阿鹰不会被私刑处死,将来也不会在审判中被判死刑。你只是渴望成就这种粗暴凄惨的死,实现自我惩罚,以补偿乱伦及导致无辜者死去的负疚感,并作为'亡灵'之一从山谷人那里获得暴力者的记忆。如果实现了这一幻想,你确实可以把撕裂的自己再次在肉体内统一后死去吧。而且你也可能被看作是你所崇拜的曾祖父弟弟百年后的再生吧。但是阿鹰,你似乎不断轻视危机,最后却总是准备好退路。由于妹妹自杀了,你若无其事地活了下来,无须受惩罚,也没有受到羞辱。从那天开始,这就成为你的习惯。这次,你肯定也会尽量玩弄卑劣的花招保住性命。这么苟且偷生后,你的做法是向死去妹妹的幻影辩解说:'不,我积极选择被处私刑或死刑的危机,故意进入窘境,可是因为多管闲事者,我不得已活了下来。'即使在美国的暴力体验,也不过是预先策划好的虚假的自我放弃,你希望超越它,暂且从痛苦的回忆中解放出来,以获得保全性命的借口。实际上你只是得了下贱的性病,便得到自我辩解的立足点,可以在之后的美国生活中不再冒险。即使你现在告诉我的肮脏告白,如果我对阿鹰保证说:'不,这决不是真事,这种事一旦说出口,你不是被别人杀死便是自杀,或变成不堪疯狂的反·人性怪物',你就立即可以获得拯救吧?即使是无意识的,你对我喋喋不休,目的是希望我能够连同过去的经历一起宽容现在的你,把你从撕裂状态中一举解放出来吧?比如明天早上,你有勇气在山谷人面前再次坦白妹妹的死因吗?那才是最危险的勇气,但你没有吧。虽然你不承认,但你还是预感到你会有办法逃过他们的私刑。如果审判开始,你也许会带着连你自己都可以瞒过的诚意,大叫:'判我死刑吧!'可实际上,你不过是在单人牢房里安全度日,直到科学鉴定确认这仅仅是事故致死后的尸体毁损。你装作相信自己死到临头的样子,说什么死后把眼睛送给我。别再说谎了!我确实连死人的眼睛都需要,别嘲弄这样的残疾人!"

黑暗中,鹰四非常艰难地坐起,把猎枪立在膝上,将食指扣在扳机上转向我。这期间,我一直感到自己也许会被弟弟击毙。然而,比起即将显示暴力性飞跃的罪犯形象,对弟弟总在陷阱底部准备好退路、保全性命的轻蔑心占据了我的大脑,我没有畏缩。看到枪筒和弟弟的小黑脑袋在剧烈的呼吸中晃动,我也未感到恐惧。

"阿蜜,你为什么这么恨我?你为什么一直对我怀着憎恶?"鹰四想透过黑暗,急不可待地看清我脸上的表情。同时,他用因无力的叹息濡湿了的声音责问我。"在你知道我对妹妹和你妻子所干的事情前,阿蜜就对我怀有憎恶吧?"

"憎恶?阿鹰,这不是我如何感觉的问题。我只是陈述了客观的判断。像你这样喜欢追随戏剧性幻影生活的人,如果没发疯,就不能长久保持危险的紧张情绪。就是大哥,也许在战场上他确实是个暴徒,但假如他活着复员回来,他会立即放弃那记忆,不费吹灰之力地在日常生活中再造一个温和的自己吧。否则大战后,全世界都是暴力犯的洪流了。你最信赖的曾祖父弟弟,他领导暴动进行屠杀,结果对同伴们见死不救,只身穿越森林逃跑了。你相信他此后进入新的危险环境,将自己这个暴徒正当化,同时仍旧凶暴地生活下去吗?但事实并非如此,我读了他的信,他不再是暴徒。甚至仅就心理状态看,他也没有坚持暴动领袖的志向,也没有进行自我惩罚。他只是忘却了武装暴动的经历,在平凡的市民生活中度过晚年。为了让心爱的侄儿免除兵役,他像女人般费尽心思,结果没成功,侄儿被迫参加威海卫战役,生死未卜,他伤心地牵肠挂肚,这位过去的暴动领袖似乎安详地死在榻榻米上了。事实上,他是作为绵羊般的人物死去的,不可能成为任何'亡灵'。阿鹰,明天早上你也不会被处私刑。你下山谷接受手指伤的治疗被逮捕,在缓刑或三年左右的刑期后,你将作为绝对温顺的日常生活者重返社会吧。除此之外的任何幻想最终都是无意义的,你自己也并不十分相信。阿鹰,你已不是热血沸腾于这种英雄幻想中的年龄了,你已不是小孩了。"

我独自在黑暗中站起来,用脚探着踏板的位置慢慢走下楼梯。鹰四在背后用极沉闷的声音唠叨着。这时,我感到这次也许我真的要被击毙了。然而,我依然未切实地感到来自他人暴力的恐惧,只是感到自己体内那令人不快的灼热与浑身的疼痛难以忍受。

"阿蜜,你为什么这么恨我?为什么一直对我怀着憎恶?我们是根所家幸存的两兄弟吧?"

上房里,妻子仿佛朝鲜民间故事中吃了人的女人,两眼充血,就那么茫然地盯着前方,依然喝着威士忌。敞开的拉门对面,星男趴在桃子身旁沉睡,宛若一条精疲力竭死去的狗。我在妻子的视野内坐下,从她膝间拿过酒瓶,对着瓶口喝下一口,再次一声接一声地咳起来。可是,她漂浮在沉醉的波涛汹涌的大海中,完全无视我的存在。我看见泪水从妻子乌黑充血的眼里涌出,流到她那干巴巴的面颊肌肤上。不久,仓房传来枪声,隆隆的回声在夜晚的森林中穿梭。我光着脚丫跑到前院时,枪声第二次响起。这时,从仓房跳出、惊慌失措地准备逃离的隐者阿义差点撞到我身上,我们都吓了一跳。我从楼梯口朝亮着灯的二楼呼叫。

"阿蜜,是我!明天早上为了和我想象力的暴民作战,我正检查每一种铅沙子的破坏力和扩散方式。"鹰四冷静地回答,他在心理方面再次武装起来了。

回上房时,只见阿仁的孩子们始终默默地站在前院里,我告诉他们未发生任何事。妻子仍毫不在乎枪声和我的快跑,那变成铜色的脸朝下,凝望着因威士忌和水而发黑的杯子。星男和桃子看似痛苦地转一下身子,就又睡去了。三十分钟后,枪声再次响起。我用十分钟时间等待第四次枪声。而后,我在脏脚上穿上雨鞋走向仓房。鹰四未对我发自楼下的呼叫做出回应。

我磕磕碰碰地乱撞着脑袋跑上楼梯。一个男人半靠着对面墙壁躺着。其头部和裸露的胸部皮肤上仿佛堆放着许多石榴似的裂开着,鲜血淋漓。男人仿佛只穿着裤子的鲜红等身大的石膏模型。我不禁走上前,耳朵重重地撞上绑在光叶榉木大梁上的猎枪,呻吟起来。一根天蚕丝将枪的扳机与红色石膏娃娃垂在榻榻米上的手指连在一起。而且,在死去男人凝视枪口站起的高度,墙和柱上用红铅笔画了人头和肩膀轮廓,那头部仅一丝不苟地画了两只大眼睛。我再近前一步,感到脚底的铅沙子和黏糊糊的血,同时发现所画的两眼中密密麻麻地射进了铅沙子,那凹处的底部好像铅眼似的。草图脑袋旁的墙壁上,用同样的红铅笔写着:

“我说出了真相。”

死去的男人发出哼哼声。我跪在血泊中,试着摸了摸鹰四那血肉模糊的脸,他真的死了。这样的死者,而且在这仓房里,我曾多次遇过的虚假记忆占据了我的脑海。

十三、复审

森林的洼地整夜都吹着阴湿沉重的空气,空气吹入地下仓库,在那里不断地打着小小的旋涡。我蹲坐在地下仓库的底部,从短暂痛苦的睡眠中醒来,感觉咽喉肿痛。然而醉意消去了,睡前发热膨胀的大脑瘪了,其空隙处塞满了悲伤抑郁的情绪。意识赤裸裸地清晰到几乎悲惨的程度。我在梦中也发挥了防卫本能。一只手按住从肩部围住身体的毛毯,另一只手伸向膝盖对面的黑暗,考虑了一下,拿起装了水的威士忌瓶,直接喝了一口,感觉连肺和肝脏都冰冷地浸在了水里。梦中的鹰四依然上半身如石榴般皮开肉绽,仿佛一尊崩裂的红色石膏像,眼中嵌入了无数闪耀的铅沙子,好像铁眼怪人般站在我右前方五米处的雾中。我和弟弟构成一个高高的等腰三角形的一边,在三角形的另一顶点处,一位脸色苍白的驼背男人站在那里默默地望着这边。我把头埋入膝间,蜷缩着身子蹲着。如果从我眼睛的位置仰视,他们二人仿佛在高高的舞台上。原来这是一个狭长、顶棚却奇高的剧院,我坐在剧院最前排的中间,两个亡灵排列在舞台上。仿佛舞台深处的镜子里映照着后排楼座的情景似的,只见两人头顶的高处宛如黑暗湿地中的蘑菇群,那些把帽子压得低低、穿着黑衣服的老人们俯视着对峙的我们。有两位老人亦在其中,一位显然是将脑袋涂成朱红色缢死的友人的转世,另一位则是我那植物般毫无反应的婴儿的转世。

“我们的复审即是你的复审!”舞台上的鹰四张大没有嘴唇,仅是红黑色窟窿似的嘴巴,带着憎恶与昂然自得之意叫着。

后排楼座上的老人们倒是像鹰四组织的陪审员。他们脱下帽子,朝着头顶的光叶榉木大梁意味深长地用力甩动着吓唬我,我因衰弱的绝望情绪醒来。

去年秋季的某个黎明时分,我进入后院为建净化槽而挖的凹坑内抱膝待了许久。与那时一样,我现在一动不动地静坐着。这是一间石室,超市天皇及其下属来做仓库拆毁事宜的事前调查时发现了它,使地面的人们再次知道了它的存在。紧挨着我坐的里间,是有厕所,甚至水井的外间,可以看出一个人可以在此过自我封闭的生活。然而水井塌了,没有水的迹象。厕所也侧面坍塌,就那么封了。而且,这两个方形洞穴散发出无数霉味。或许其中还含有青霉素的霉菌吧。我现在刚刚吃了熏肉三明治,喝了威士忌,坐着睡了一会儿觉。如果我睡着时翻倒了,那么我会把头撞在短柱上受伤吧。堆满地下仓库的短柱有疏林中的树木那么多,它们保持着锋利的棱角,依然坚硬。

还是深夜。今天一大早,有消息传来说超市天皇本人将第一次进入"暴动"后的山谷。自此,宣告冬天结束的首次南风便在森林与洼地劲吹,直至深夜。我想从头上的地板裂缝窥视被打通了的、朝向山谷的仓房一楼墙壁的空间,却被漆黑的森林挡住视野。早上,天空中虽然没有云彩,但来自大陆的尘埃形成黄褐色浓重的阴影,盘踞在高空不散,使阳光显得微弱。狂风大作后,天空依旧阴郁,就那么沉入夜幕中。在越刮越烈的风中,森林宛如波涛汹涌的大海发出深沉的轰鸣声,令人感到似乎森林的地表都在鸣响。而且,好像从那里涌现的泡沫似的,有那么一瞬间,一个个来自各方的特别回音听来格外清晰。在森林与山谷间耸立着好几棵乔木,它们分别与我幼时的记忆连在一起。它们在风中呻吟,发出私下的呼叫声般独特的声音。在其回音引领下,我邂逅了乔木丛的记忆。与孩提时代不过讲过一两次话,却总觉得无法忘记的有关山谷老人们的记忆一样,这乔木丛的记忆决非复杂深刻,却总归伴随着富于个性的"面孔"在我脑海中复苏。酱油店的老手艺人以前从未同我说过话,其住所与我的山谷生活圈不同。在沿着酱油酿造仓房通往河边的路上,他突然袭击了我。他抓住我,反拧我的胳膊讽刺我母亲的疯癫。他将下流激烈的嘲笑之语不断送入徒然狂怒而无力的我的耳中。与那老人棕毛狗脑袋般的大脸记忆相同,现在我想起了立于后山坡的老糙叶树。因这声响,那在风中弯曲着却呼叫不已的糙叶树的整体形象完全清晰地浮现在我记忆的再生装置中。

在风还不太激烈的早上,我也一直躺在微暗的地炉边,听乔木丛在风中的鸣叫声。我考虑在离开洼地前巡视一番那些树木,却又昏昏沉沉地陷入了沉思。当我发觉一旦离开洼地,我肯定不能再见到它们时,我感到我最后的眼力有多么不可靠,而后又考虑起即将等待着自己的有关死亡的具体感觉。我沉思的对象,是分别为我准备了新职业的两封信。一封来自东京一所大学的原首席教授,另一封来自为建自由生态动物园而在地方上新设立的派遣非洲动物采集队事务局。教授说,他想把为我和缢死友人准备的两所私立大学英文系讲师的职位全都提供给我。这份职业劝诱,前途安定。派遣非洲动物采集队事务局的信,则是一位学者散发着危险气息的急性子呼唤。他为组建动物园而放弃了动物学培训班副教授的职位,其年龄与 S 哥相仿。他在大报社的书评栏中推荐了我所翻译的动物采集记录,我与他见过几次面。他是那种能以新船长身份坐上连老鼠都要逃离的破损在即之船者。他请我以派遣非洲动物采集队翻译负责人身份加入旅行队伍。就第一封信而言,对于友人死去时,擅自放弃母校研究室讲师职位的我来说,也许是我重返这种职业的最后机会了。而且,鹰四卖掉了房屋和地皮,却未给我留下钱财,所以我确实早晚得选择一个职业。讲师的职位正好合适,我却难以做出决定。不过,妻子由催促电报得知这两项提议。于是,她就此前二人从未谈及的我的新工作问题,干脆地说道:“阿蜜,如果你对去非洲的工作感兴趣,你就去吧。”我听后,预感到这新工作肯定会有大量令人不快的困难,会马上把我压得喘不过气来。“翻译负责人这项工作,文件事务自不必说,还得向土著搬运工和建筑工喊口令吧,得用我那可怜的斯瓦希里语叫喊‘走! 走!’”我精疲力竭地说着,同时幻想了更为忧郁的景象。不仅太阳穴和颧骨,就连我那看不见的眼睛都会撞在非洲如铁般的树木,甚至含有钻石般的坚硬岩石上,我会撞出血吧,最终会患上严重的疟疾吧。我发了高烧,甚至对不屈不挠的动物学家的叱咤激励都感到厌恶。我精疲力竭,直接躺卧在湿地的地面上,却依然用斯瓦希里语大叫,“明天出发!”

“阿蜜,比起大学英语教师的职业,那里还有发现新生活的可能性。”

“要是阿鹰的话,他会立即去那里争取他的新生活吧。阿桃说,阿鹰特别把人道主义希望寄托在去非洲捕象的人身上。所有城市的动物园因核战争毁灭后,最先去非洲腹地捕象的男人就是阿鹰憧憬的人类先生。

“要是阿鹰的话,他真会马上接受这份工作。这么想来,阿蜜确实是那种至少不会积极选择冒很多危险职业的那种人,因为阿蜜的职业是在接受这种工作的人们好不容易在危险中保住性命、消除疲劳后写书,你翻译那些书。”

妻子将评论局外人的冷静的观察力,发挥在我这个丈夫身上。我确实因其话语而沮丧,然而我想事实也许就是如此。我不去寻找自己的新生活、自己的草屋,却选择没有任何学生爱听、隔几周就得停课一次,否则将被全班学生憎恨的英语系讲师的生活,与鹰四在纽约见到的研究杜威门徒的学者一样,作为一个被学生以老鼠绰号嘲笑、显出些许肮脏的独身教师(我们已没有维持婚姻的理由),我这次将真正开始走向老年与死亡的无法变更的生活。

鹰四自杀时,把口袋内所剩的纸币和硬币全都放入信封。为了不溅上自己的血,他把这信封放进抽屉留给星男和桃子。鹰四的葬礼刚结束(把他埋入我们家墓地的最后一块空地时,我们把S哥的骨灰也一并埋入了),星男便拒绝想帮助他的山谷青年们的提议,独自把雪铁龙送过临时便桥对岸,让桃子坐在助手席上,沿着因融雪的泥泞仍需慎重驾驶的公路一路开走了。出发前,星男对我和妻子说了如下一番话。桃子颇有女人味,她温柔地等候在星男的身边,始终不住地微微点头以支持星男的话。

“阿鹰已经不在了,我得和阿桃两个人生活下去,所以我和阿桃要结婚了。我们两个都达到民法规定的结婚年龄了吧?要是我在哪里找家汽车修理厂,阿桃当咖啡店的女招待,我们两个人就能生活了。我想将来开一家加油站。阿鹰在美国见过能排除大故障、提供便餐的加油站,他向我推荐过。阿鹰已经死了,如果我不和阿桃一起生活下去,我们就没有可以依靠的人了!”

我和妻子之所以未搭乘雪铁龙的后部座位离开洼地或赴海滨小城,说来当时我正感冒发烧。而后又有三个星期,手掌上好像长了一层灼热刺痛的海绵体似的，什么也拿不起来。而且，我恢复健康后，妻子却说她现在受不了长时间旅行。她确实常常感到恶心和贫血。我自然猜到她全身心准备、期待着的东西，但我不想和她谈这个。这无论对于我还是她，都关系到已决定了的什么事情。

就这样，当我就新工作问题茫然陷于无欲无求的沉思时，妻子一副底部装了铅坠的娃娃似的，坐在地炉对面的微暗中。上房中除我们二人外，再也没有谁加入我们的谈话了。而且这些天，妻子常常会陷入深深的沉默中，远远逃至与我交谈的圈外。鹰四死后，妻子有一段时期又陷于醉酒中。但是不久，她自己将剩下的威士忌瓶全都收拾到了世田和，而后除过睡眠与吃饭时间外，便端坐着，双手抱住下腹，半闭着眼睛沉默着。她倒是劝过我去非洲，但那不过是对陌生人的选择所做的客观评论似的东西吧。现在，我并未在妻子的意识世界中留下浓重的影子，反之亦然。

下午，阿仁的大儿子在沉默的妻子面前非常拘谨地潜入土屋。

“超市天皇正带着五个小伙过桥！”他报告道。

所有山谷人都未想到超市天皇已和暴力团一起进入山谷。积雪初融时，超市天皇便通过其代理人最为简单地解决了“暴动”引发的一切复杂问题。也就是说，他在最初开入山谷的大卡车上满载了物资，恢复了超市的营业。而且，他未要求被抢商品的赔偿，也未报案。年轻住持和海胆似的小伙子推进的计划——由山谷富裕人士共同出资，连同诸多损失一起收购超市权利的计划被击溃了。亦有传言说，这建议本身未向超市天皇正式提出过。鹰四刚刚死去，推进“暴动”的核心力量便完全崩溃。再也没有力量预示“暴动”可能再次发生并给超市天皇以影响。山谷的主妇、“乡下”人都对天皇不追查掠夺品这一决定怀着卑躬屈膝的感谢和阴险毒辣的满足。食品和日用百货总的说来，比“暴动”前竟然贵了二三成，但他们毫无怨言地购买。至于电器等大件掠夺品，不断有人偷偷还回超市。而且，当这些有所损坏的物品被再次减价甩卖时，很快销售一空。“乡下”女人们在“暴动”中争夺廉价衣料，其实她们是藏有大量现金的潜在购买阶层，她们最积极地参加了这场减价大甩卖。山林地主们放下心来，再次躲进利己的壳中。

狂风从裸露的田地卷起厚厚的尘土。我跟着阿仁儿子下山谷，我的眼睛遭受着这尘土的猛烈攻击。雪消融了，地面干了。依然蓄势的萌芽的力量不仅在衰弱的暗褐色枯草地，甚至在落叶乔木林对面发暗的常绿树林高处，亦带着被毁坏的人体似的欠缺感，令环视洼地的我感到一阵隐微的胆怯。于是，我垂下双眼，只见走在前面的阿仁儿子的脖子脏兮兮的，现出斑驳的花纹。作为监视超市天皇何时进入山谷的侦察兵，他在尘土飞扬的风中，蹲坐在那位可怜的性感姑娘死去的大岩石上，久久地注视着桥对面。他低着脑袋急急赶路，那背影给人留下疲劳之极的印象，不像是个孩子。这令人感到那是屈服了的一族。现在，所有山谷民众都将迎接超市天皇及其属下，他们肯定会现出与他同样的表情。洼地屈服了。

少年之所以如此热心地充当侦察兵，那是因为我去山谷见超市天皇的目的与他那几乎不吃东西、开始迅速消瘦的母亲有关。如若不然，他今天不会为我做事吧。鹰四之死将我与洼地民众的日常生活再次隔开。山谷的孩子们现在竟然不再嘲弄我了。

来到村公所前广场时，我立即看到超市天皇一行，他们似乎没进超市，而一直沿着石板路而来。一个大块头男人踢着长至脚跟的黑外套下摆，如军人般规规矩矩地走来，那就是超市天皇。他戴着一顶大口袋似的鸭舌帽，那圆脸从远处看亦明显红润饱满。他周围的小伙子们同样劲头十足地阔步行进，个个身强力壮。他们穿着粗劣的外套，光着脑袋，却仿照统率者昂首挺胸地走来。我清楚地回忆起占领军的吉普车第一次开进山谷那天的情景。超市天皇一行就像那年盛夏的早上得胜骄傲的外国人。那天早上，山谷的成年人第一次具体地亲眼确认了国家的失败，他们怎么也习惯不了被占领的感觉。他们无视外国兵的存在，继续着他们自己的日常劳作，然而整个身体渗出“耻辱”。惟有孩子们迅速适应了新形势，他们跟着吉普车跑，欢呼着在国民学校临时学到的“哈罗、哈罗”，并接受了罐头和点心的馈赠。

今天，不走运在石板路上遇见超市天皇一行的成年人们亦然，他们或转过脸去，或垂下脑袋，仿佛要爬入附近坑穴的腼腆的螃蟹。“暴动”那天，他们从正面接受了这“耻辱”本身，于是获得了破坏力，彼此联系在一起。但是现在，屈服了的山谷民众为之苦恼的“耻辱”，并非能转化为憎恶之弹力的东西，而是阴湿可恶的无力的“耻辱”。超市天皇及其属下正用力踩着山谷民众“耻辱”的踏脚石游行示威。那位在晨礼服内不穿衬衫的凄惨的“亡灵”，与现实的超市天皇之间的差距颇大。这使我幻想，如果那位山谷青年必须依旧装扮成“亡灵”等候爬上石板路的超市天皇……我仿佛触及了自己尖利的“耻辱”。山谷的孩子们远远地追随着一行人员，但他们也沉默着，仿佛正凝神于在森林高处肆虐着的、呈螺旋状降下的风的呼叫声。他们与小时候的我们一样，是最先顺应山谷新形势者，但他们也是“暴动”参与者，所以也烦恼于孩子头脑中尽可能容纳的“耻辱”而说不出话。

不久，超市天皇注意到我的所在。因为不管怎样，我是山谷惟一仰脸等他、不惧怕与其对视者。他率领着明显具有与其同民族容貌特征的小伙子们站在我面前。而后，那悠然骑在厚实的下眼睑上的大眼睛注视着我，眉头刻上仅仅表示注意力集中的无机竖纹沉默着。其属下亦默默地注视着我，嘴里吐着粗重的白气。

“我姓根所，是和你进行过交易的鹰四的哥哥。”我用嘶哑声开言道，这是有违我意志的。

“我叫白升基。”超市天皇说道，“白色的升加上基础的基。你弟弟的事实在遗憾，令人感到心酸，他是个独特的青年！”

我带着意外的感动与怀疑，回望他那注视我、充满忧郁之潮的眼睛以及从脸颊至下颚长得肉乎乎的整个爽朗的面部。鹰四未对我和妻子说过超市天皇是如此人物。而且，他自己扮演卑微的超市天皇的“亡灵”，不仅欺骗了我们，也欺骗了山谷民众。然而事实上，他对这位朝鲜人印象深刻，也许曾对他说过“你是个独特的人”。我觉得，作为对死去了的鹰四之赞词的悄然回赠，现在超市天皇使用了同样的形容。白的眉毛又浓又粗，鼻梁亦挺拔，可那红润的薄嘴唇好像姑娘似的，耳朵则宛如植物般娇嫩，给整个面部以朝气蓬勃的生机。他催促默默注视他的我，脸上单纯地泛起看似善良的微笑，露出了洁白的牙齿。

“我下来是有事想求你。”

“我正要上去看仓房，也得向你弟弟表示哀悼。”他依然眉根刻着皱纹,继续微笑地说道。

“住在独间的这孩子的一家人,现在他妈妈病了,请您暂缓他们搬出独间。”

“病人说入夏前她会不断消瘦而死!”阿仁儿子补充了我的解释,“吃罐头吃得肝坏了,已经瘦了一半左右,现在不吃东西了! 活不了多久了!”

白收起微笑,非常仔细地观察阿仁儿子。少年并非我这样来自山谷外的暂住者,所以他一改与我社交性的谈话气氛,对少年表现出地道的关心。但好像立即责备自己似的,他恢复了眉头刻上皱纹的宽大微笑。

“如果不妨碍仓房的拆卸和搬出,住独间的人就这么住着吧,只是得忍耐施工期间的种种麻烦。”他说完,为了让阿仁儿子记清楚些,一字一顿地继续说道,“可是,如果仓房施工之后继续留下,我就不付搬迁费了。”

阿仁儿子听了这话,现出愤怒的神情,像公鸡似的耷着脑袋远去了。现在,对超市天皇的抵触情绪在其心中复苏。我未对白的话表示反驳,其背影也向我炫耀他已失去对我的最后一点友情。

“要毁坏一部分仓房的墙壁,预先调查拆卸事宜。”白与我一起目送着远去的少年说道,“我带来了正在建筑系读书的学生们。”

我们一同向着仓房登上石板路。学生们如摔跤手般的身体上长着炮弹似形状坚固的脑袋,脸上都有雀斑。他们沉默寡言,甚至未低声私语。一进前院,白便说道:

“如果仓房里留有重要物品,请搬出来。”

我只是走形式地把字迹已完全无法辨认的约翰·万次郎的扇面搬了出来。其中一个小伙子把扛来的麻袋中的工具摆在仓房前的地面上。仿佛那是武器似的,看热闹的孩子们向后退去。最初卸下房门、搬出里面的榻榻米等物品时,小伙子们近乎虔诚地行动着。但作业期间,白下达了朝鲜语指令,其工作方式中破坏作业的迹象即刻浓重起来。随着他们打掉面向山谷的一楼墙壁,百余年老墙的干透了的土和腐蚀了的竹骨胎飞扬起来,倾注在看热闹的山谷孩子们和我头上。小伙子们轮流挥动铁锤，看上去几乎未注意仓房构造和打掉墙壁后的平衡问题。白也一样，毫不在意刮来的尘土，挡在那里指挥着。我觉得这是对山谷民众的积极的暴力性挑战。用铁锤将山谷日常生活中现存的最古老现象——仓房的墙壁破坏掉，我觉得白他们在显示只要他们愿意，他们也可以将山谷民众的全部生活毁坏殆尽。孩子们屏息注视着作业现场，他们感觉到了这一点。尘土如洪水般涌向山谷，却没有任何成年人上来抗议。这百年仓房虽然即将倒塌，却依旧顶着沉重的瓦片。我不安地想如果一部分墙壁被拆掉，那么它将在这狂风中倒塌吧。我甚至怀疑白原本没有将包括仓房大梁在内的椽木结构运出，再在都市重新建造的想法，也许他只是为了在山谷民众面前拆房取乐才买下仓房。不久，面向山谷的近三分之一墙壁，从天棚至地板被完全打掉，未被风刮跑的墙土堆也用铁锹清理了。我从白背后，与孩子们一起瞧那被毫不掩饰的光亮残酷照出的仓房内部。我觉得它像面朝山谷建成的舞台装置。这印象不久在梦中再生。那里令人感到异常狭窄，整个内部的歪歪斜斜亦一目了然。我失去了从这里永远逝去的百年来的微暗印象，还有那一动不动面朝里躺着的 S 哥的真实记忆。被打掉的墙面空间展现着从意外的角度看到的山谷画面。那是鹰四让小伙子们练球的运动场和融雪后重现冬日旱情的棕色河床。

“没有铁棒吗？”白和工作告一段落的建筑系学生们用朝鲜语说着，这时他在孩子们怯怯的后退中走近我，那粘上尘土的眉间依然刻着竖纹微笑问道，“我想揭掉一些地板，看看地下仓库的情况。这种地下仓库的墙面和地面都是用石头铺的，要搬出来还得增加人手。”

“不，没什么地下仓库。”

“地板这么高是因为有地下仓库。”一位满脸变得苍白的建筑系学生平静地说道，这动摇了我的自信。

于是，我带他去仓库取铁棒，那是山谷人全体出动修理石板路时用的修路铁棒。仓库入口处，消防钩样的武器被堆放在一处。那是鹰四死后的第二天早上，我将背离他的小伙子们扔在前院的武器收起来放在这里了。我们从仓库地板下拽出完全生锈了的铁棒。而后，我和白一起站在仓房门口注视小伙子们撬开地板，我不相信有地下仓库的可能性。老朽的木板即刻裂开。为了避开再次扬起的尘土,我们这些围观者不得不屡屡改变身子的方向。一刹那间,仿佛水中摄制的电影中见到的来自章鱼墨囊的喷射似的,潮湿细微的黑色烟尘从仓房里侧涌出,向我们缓缓移来。在我们退避三舍之际,仍传来小伙子们撬动地板裂缝的声响。不久,当白和我走进尘埃落定的仓房时,只见从门口横框至木地板的里屋开了一条长裂缝,其底部现出黑咕隆咚的空间。一个小伙子带着天真的微笑从那里探出脑袋,用充满快乐回声的什么朝鲜语呼唤白,并递来一张腐坏的书皮。

“他说地板下是个不错的石砌仓库!你真的不知道吗?”白兴高采烈地说道,“说是立着很多短柱,虽然感觉有点窄,却是里外间相连的房子,外间甚至还有厕所和水井。说是堆了很多这样的书和废纸,难道这里有疯子或逃兵住过吗?”

我看到他手中污损的书皮上,有《三醉人经论问答全》及东京集成社发行字样。我开始茫然漂浮于强烈冲击波的中央。冲击的压力在我内心形成倾斜,这歪倾即刻扩大,迅速以启示的形式出现。现在,我正在地下仓库过夜。这是与占据我大脑之物直接相连的启示。

“石围墙那边开着好几个采光窗,从外面看不见吗?”白翻译了钻入地板下的另一小伙子的报告。“你也进去看看吗?”

我依然沉醉在持续鲜明显现的启示中,无言地摇了摇头。启示的核心是曾祖父弟弟,他在万延元年武装暴动后,未将伙伴们抛于身后穿越森林去新世界。这一发现立即变得不可动摇起来。他虽然未能阻止伙伴们被处斩的悲剧,却进行了自我惩罚。他从溃败那天起躲入地下仓库,虽然采取了如此消极的态度,但一生矢志不渝,保持了作为暴动领袖的一贯性。他写下的各种信函,一定是他在地下仓库埋头读书时,追忆自己年轻冒险的梦想与更为痛苦的现实梦境,想象如果可能在其他地方生活,也许会寄出如此信函,于是真的写下那些信交给来地下仓库送饭者。从地下仓库发现的书皮,清楚地显示出他信中所引有关宪法文章的出处。所有信函之所以没有发信地点,那是因为事实上,写信者除了这间地下仓库外,从未去过任何地方。同样,曾祖父与他的联系也仅通过信函进行吧。对于只在地下仓库熟读送入的印刷品,展开诸如在横滨所看报上的赴美留学广告、在小笠原岛周边捕鲸等种种想象度日的自我幽禁者来说，一旦涉及现实问题，肯定连确认自己藏身之处的近旁进行着怎样的日常生活都是困难的。他在地下仓库深处枉然地侧耳静听，想了解一些情况。就这样，他与侄儿彼此住在近旁，现实中却未曾见过面吧。围绕着侄儿在战场上的安否，他为不安所折磨，写下给地面的联络函："若有音信，请速告小生。"

我现在因明晰化了的新事实而头昏脑涨，正要返回上房，这时白忽然对我谈起一九四五年夏的事件。他琢磨着我沉默与紧张的内容，一定认为仅因地下仓库的发现而引发的不安，这太过严重而激烈了，于是便产生了想说话的欲望吧。

"复员回来的令兄在村落死去时的事，说不清是我们杀的，还是山谷日本人杀的。因为双方用棍棒乱打一气时，就他毫不设防地进入现场，一动不动地垂着胳膊站着被打死了。可以说是我们和日本人一起打死的。那年轻人也真是个独特的人啊！"

白闭上嘴巴注视我的反应，我依然沉默不语。

"是啊，是这么回事吧，哥哥是那样的人。"我点头表示同意，而后走进上房，关上身后的板门，把追赶而来的尘土挡在门外。我听见自己朝地炉边的微暗尖声呼叫：

"阿鹰！"我立即想到鹰四已经死了。自他自杀以来，我最为切实地惋惜起他的离去。他才是应该"合法地"知道仓房新事实者。我的眼睛渐渐习惯了黑暗，只见妻子正满脸诧异，那看上去近乎机械性的虚肿圆脸浮现在黑暗中。

"仓房里有个地下仓库！曾祖父弟弟好像一直躲在那里生活，承担作为失败的暴动领袖的责任！阿鹰是为自己和曾祖父弟弟感到耻辱才死的。可是，至少曾祖父弟弟的人生和我们想象中的完全不同，这一点现在清楚了！关于曾祖父弟弟，阿鹰没必要特别感到羞耻！"我本人再次确认了这个事实，并向妻子诉说道。然而，她却叫喊似的回击道：

"是阿蜜让临死的阿鹰感到耻辱，是阿蜜把他抛弃在耻辱感中。你现在说这些，太晚了！"

我想在新发现中茫然寻求超越逻辑的家人似的安慰语，但未曾想妻子在这个瞬间反戈一击，谴责了我。于是，在地下仓库的发现所带来的冲击及妻子公然敌意的夹攻下，我即刻呆住了。

"我不认为是阿蜜让阿鹰自杀的，但阿蜜对阿鹰穷追不舍，使阿鹰的自杀成了最悲惨羞耻的死亡。你不断把阿鹰扔进耻辱圈里，以致他只有那么悲惨地死去。"妻子越说越激昂，"你不了解阿鹰在临死前，是怎样可怜地寄托着为了克服恐惧的一点点希望，阿蜜却拒绝了阿鹰要把眼睛送给你的请求吧？当阿鹰谦恭地问阿蜜为什么恨他时，你也不说'不，我不恨你'，却继续嘲笑阿鹰，双倍羞辱他了吧？就这样，阿蜜把阿鹰推向只得怀着最悲惨凄楚的心情将整个面部搞得破烂不堪的地步。现在阿鹰死了，一切都已无法挽回了，你却开始说什么阿鹰不必特别为曾祖父弟弟感到耻辱！对于最后日子的阿鹰来说，你们曾祖父弟弟的一生，即使不能成为保住性命的端绪，但至少可以成为自杀前的精神支柱吧？如果阿蜜当时把现在高兴地想说给阿蜜听的这番话告诉他，那阿鹰的自杀一定不会那么悲惨吧？"

"我刚才说的，是超市天皇开始调查仓房后才发现的事实。那天晚上，我不可能想到这些。可是现在，曾祖父弟弟把自己关在仓房地下，在那里度过了自我幽禁的一生的事实才清楚了。"

"阿蜜，你以前不知道什么，现在知道了什么，这些对于已死去的阿鹰有价值吗？对于因遭你抛弃绝望而死的人，阿蜜只在梦中流下自我安慰的眼泪并叫喊：'我抛弃了你们！'像以前那样，这次是，而且将来、永远都是！可是，这些对悲惨绝望而死的人不会有任何补偿，无论你累积怎样的新发现，增加上多少眼泪！"

我终于沉默了，只是注视着妻子那看似硬动物胶起了皱纹似的，因憎恶而变得僵直的眼睛。我未告诉她鹰四的那番乱伦告白。但即使告诉她，她也只会有效地驳斥我说，我听了鹰四的告白后，只要对他说，你在这件事投下的长年痛苦阴影中生活，你已遭到应有的报应，那么他的自杀一定会明快几分。妻子那一动不动地怒视我的眼睛，激愤的神色淡去了，但尖利的憎恶依然留存，就那么悲哀地黯淡湿润起来。而后，她说道：

"就算有新发现表明阿鹰也许不必那么可怜地自杀，可是事到如今，我倒觉得再也没有比这更残酷的了。”仿佛打破了憎恶的硬壳，使柔软的蛋黄露出似的，她泪如泉涌。不久妻子平静下来，显然以我已猜想到的这个事实为前提，毫不犹豫地说道：“这两个星期，我一直在考虑要不要堕胎，可现在我决定生下阿鹰的孩子，我不想在阿鹰身上再加上一件悲惨之事。”

而后，她摆出一副完全拒绝我对此决意做出任何抗拒反应的态度，把身子转向昏暗中更暗的深处，关上自己的外壳。我凝视着新孕妇那稳稳当当坐着的纺锤形背影，这令我清楚回忆起她怀我孩子时，那肉体与意识共同表现出的绝对平衡感。而且，就像看到石块而了解它一样，我具体地理解了她决定生下鹰四的胎儿这一事件的本质意义。这理解扎根于我内心，并未唤起我任何情绪上的混乱。我再次走到前院，只见超市天皇叉开双腿堵在仓房门口，大声用朝鲜语向屋里发号施令。看热闹的孩子们也在他身后挤作一团看得入迷，没有任何人注意我。我想去寺院告诉年轻住持地下仓库的发现及其给我的启示，于是独自顶着夹带了尘埃的狂风，快步走向山谷。我在阅读住持送给的《大洼村农民骚动始末》时，发现一处古怪的记述。由于地下仓库的发现，这记述现在突然带上富于刺激性的光彩，成为令我确信曾祖父弟弟的仓房幽禁生活这一启示的核心。

《大洼村农民骚动始末》是祖父就明治四年的骚动事件，搜集官府与民众双方的记录，并附加内容简介与注释编成的一本小册子。

——此骚乱一般称大洼村骚乱。

——伐大洼村之竹林，各自制竹枪持之。

——云骚乱之因虽因厌恶新政，然尤忌讳接种牛痘，误解通报中“血税”①之文字，谣传此乃挤取人民之鲜血卖与西洋人，人心惶惶，遂取此举也。

——骚乱之主谋者及有关人员不论罪责，无一人被处死。

官府记录骚乱经过的文章如下：

① 重税或征兵之意。

> 明治四年七月有废藩置县令，同年八月初旬，有消息称××郡大洼村顽民生物议，募集党徒。速遣官吏训诫，然未轻易听从。遂煽动诸村，于同日傍晚召集于大浜城北(距县厅不足二公里)河滩，其势次第相增，共波及七十余村。同月十二日，人员殆至四万，频放空枪，或呐喊，徒传无端之流言，持竹枪步枪，即闯入大浜横行市街，其流言之一二，旧知事归京全系大参事之所为，或户籍调查乃挤鲜血，种痘乃植毒等无端事宜，其他遂不暇枚举。其粗暴无状愈甚，屯集弥日无所请求，有窃要县厅之景况。派遣官吏百般镇抚，逐见顽民总代表，主张一阻止旧知事之归京；二复维新前之政体，退去现今吏员，并录用原执政以下吏员。同十三日，将逼县厅之际，一旦决以兵威压制之议，凶徒稍逡巡，未敢进逼。继而厅议纷纭，前论一变，责难压制者众，逐命维新前旧吏员若干名出而执事。十五日，旧知事亲临恳谕，然犹未散。据说此日薄暮，大参事骤然退厅，无几于自宅自戕，告知顽民。
>
> 凶徒闻此报，颇为悲哀，全体瓦解，及顺次退归，十六日午后，完全平定，派遣官员悉皆归厅。

而且，来自民众观点的文章与其说是记录，倒可说是将骚乱以故事风格叙述之物。其中出现的一位领袖，即作为“顽民总代表”与官府进行交涉者被如此描述：“不知为何方人士，留全发六尺有余之大汉”，或“于本篇屡做介绍，彼留全发之怪汉诚乃奇异大汉，身长六尺以上，龟背而面色苍白，甚是异形，然富雄辩之才，其所行皆超群，人皆赞叹不已”。对于所有参加者来说，他们不知这地方小社会中的暴动领袖是何人物。对于这种不自然现象，祖父只附上一条缺乏真实性的注释：“校者曰：暴动者多将锅灰涂面，颜面乌黑，故不知为何者。”他虽然提出“此怪汉为何方人士？”的问题，但最终未道出真相。有关他的最后文章是这样的，而后怪汉就那么永远地消失了：“十六日，于大洼村口宣告结伙喊冤之党徒解散，之后彼暴徒之魁首突然踪迹杳然。”

龟背，即那位驼背且脸色苍白之大汉的卓越的领导才能，在此处所引部分已非常清楚。比如，其战术是虽逼近县厅给敌人以威胁，却未挑衅军队出动，直至县厅论调突然改变，一直保持着民众与官府力量的微妙平衡。除此之外，祖父还做了如下评价："且反观骚动过程，竟未蒙微伤，此乃前所未有之事。想来演此惊天动地之大骚动，而无一例受伤者，确应大书特书其指挥之妙也。"

于是，萦绕在我脑海的启示进一步发展：脸色苍白的驼背大汉肯定是闷在仓房地下，就万延元年暴动一直思索了十年的曾祖父弟弟突然再次出现在地面的身姿。他投入从十年多的自我批评中获取的一切经验，成功地推进了第二次武装暴动。与充满血腥、成果可疑的第一次暴动截然不同，参加者与旁观者无一死伤，却有效地逼迫大参事这一攻击目标自杀，而参加者未遭处罚。

我曾与鹰四、妻子一起来看过的地狱图依然挂在正殿的墙上。我在这里向年轻住持讲述这些，这令我更相信其真实性。"这些转换期的农民们在万延元年武装暴动中受到了严重的打击，变得多疑，你认为他们为什么把暴动领导权交给一位来历不明的古怪男人？这是不可能的事。只因传说中的万延元年的暴动领袖，作为暴动专家再次在他们面前复活，农民们才在他的领导下站了起来。明治四年的武装暴动，从实际结束的情况判断，让大参事下台这一政治计划肯定是起义的重要目的。也许有判断认为，这对改善农民生活无论如何是必要的吧。但农民们不会因为这种口号而采取行动。于是，这位一直躲在地下仓库里阅读新发行物的自我禁闭者，尽管他本人与这种迷惘无缘，却利用种痘和血税这些词汇的暧昧性煽动民众，组织暴动，最终打败了新强权派遣的大参事。此后，他重返地下生活，再也未出现在任何人面前，在度过二十多年的岁月之后，结束了自我禁闭的生活。我相信这个事实。以前我和弟弟探索曾祖父弟弟在万延元年暴动后变成了怎样的人物？我们都未能触及真实情况，那是因为我们追寻了那位穿越森林逃亡的虚幻人物的缘故。"

住持那张善良的小脸涨红了，他不住地微笑着倾听我冗长的话语，却未立即做出肯定或否定的回答。他在"暴动"的日子里表现出毫不掩饰的兴奋，他现在对此仍有所介意，反过来想极平静地避开我今日的兴奋。然而不久，他为我想到了一个旁证。

"阿蜜，明治四年骚乱中的驼背领袖的事是山谷有名的传说。可是这么说来,念佛舞'亡灵'里没有他。也许因为会和你们曾祖父弟弟的'亡灵'重复,所以才没有另外再造一个'亡灵'吧。当然,这不过是一个消极的证据。

"说起念佛舞,那些表演者进仓房赞叹过屋子之后,就在那里又吃又喝,这或许也和一位具有代表性的'亡灵'曾在这地下度过漫长的幽禁生活有关?如果是这样的话,这可是积极的证据。我觉得祖父在注释这本书时,其实也知道驼背怪人是他叔父,暗中对他表达着仰慕之情。"

住持的假设在我想象力的基础上扩展,他对此似乎感到无可奈何似的,他未直接回答我,而是回头看地狱图道:

"如果你的推测正确,那么这幅画也许是你曾祖父让人为还活在地下仓房中的弟弟画的吧。"

我发现与鹰四、妻子一起欣赏时,我所感受到的极平静的情感,现在不仅作为我情绪唤起的被动印象,也作为独立于我而实际存在于画面的绘画实体存在于此。它能动地存在于画面,如果用语言表达,则是浓重的"温情"本身。画作的客户也许归根到底要求画师描绘出"温情"的本质。当然,地狱是一定要画的。因为弟弟活着,却自我禁闭起来,正走向他自身孤独的地狱,这是为弟弟安魂的画作。但火焰河必须涂成红色,仿佛晨光映照下变红了的四照花树叶背面的红色。火焰的线条必须画得如女人衣裙褶子般文静柔和。"温情"的火焰河必须真实存在。粗暴的弟弟是独自痛苦叫唤的死者,也是痛加攻击的鬼怪,这是为他安魂的画作,所以必须正确描绘死者的痛苦与鬼怪的残酷。然而鬼怪与死者,虽然同时致力于苦闷的表现与残酷的实践,各自的心灵却必须由"温情"纽带联结起来。这幅地狱图描绘的死者中,比如在举起双手,伸出双腿,被灼热岩块击打着的披头散发的男人们中间,或在火焰河中将瘦得只剩下一些三角形肉块的屁股伸向火雨下的虚空里的男人们中间,也许有一位是以曾祖父弟弟为原型的。如此想来,我倒觉得我似乎发现所有死者的脸上都有一种固有的面影,可谓真正的亲人的面影,在我意识的最深处勾起暖暖的怀恋之情。

"阿鹰看到这幅画很不高兴啊。"住持回忆道,"他从小就一直害怕地狱图。”

“也许阿鹰并不是害怕这幅画，倒是想拒绝这地狱的‘温情’吧？现在看来，可以这么认为。”我说道，“自己应该生活在更残酷的地狱中，阿鹰为这自我惩罚的欲望驱使，所以想拒绝这种祥和宁静的‘温情’的假地狱吧。我觉得为了维系其地狱的残酷性，阿鹰以自己的方式努力了。”

年轻住持渐渐收起毫无意义的微笑，小脸上明显浮现出怀疑的神情。我已知道，这种时候其未现出怀疑的面孔反而会留下目中无人的封闭印象。说到底，住持只对山谷人的生活感兴趣，我不想向他解释我内心的全部问题。对我来说，地狱图也是另一个积极的证据。为了重新探讨我对曾祖父弟弟和鹰四所做的判决，仅这些新证据就足够了。在送我到山门的路上，住持讲述了“暴动”后山谷青年们的情况。

“据说和阿鹰一起干事的那位衣着单薄的青年，他在合并后的第一次选举中当选为镇议会议员。阿鹰的‘暴动’看上去完全失败了，但至少震撼了迄今为止山谷稳定的人员构成。直率地说，阿鹰集团里的年轻人对顽固的成年人的头面人物产生了影响力，他们中间甚至产生了一位镇议会议员。阿蜜，发生‘暴动’对于整个山谷的未来是有意义的！事实上，由于那场‘暴动’，山谷人社会中的纵向管道被基本扫除，年轻人之间的横向管道得以牢牢巩固。阿蜜，我认为在山谷做长远展望的基础似乎终于建立起来了！虽然老二 S 和阿鹰非常可惜，但他们尽了自己的职责。”

我回来时，超市天皇已经离开仓房。孩子们留下来观看被打通的墙壁和通往地下仓库的地板裂缝。然而，最初的黄昏迹象令他们如鸟儿般感到恐惧，都急匆匆地跑下石板路了。我小时候，山谷孩子们也是除祭日那样的特殊日子，总是在黄昏降临的那一瞬间便急急忙忙地回家。这与“乡下”孩子们截然不同。“乡下”孩子们即使夜幕降临，也不愿放弃他们的游戏。暂且不论今天的孩子们是否害怕来自森林的长曾我部，总之这习惯现在仍未改变。

妻子为我的晚餐用超市买来囤积起的面包和熏肉做了三明治。她把三明治放在地炉边的盘子里，自己已躺在里间，一副专心保胎的样子。我用油纸包了三明治塞入外套口袋中,再绕到世田和,分别找出了一只装满威士忌的酒瓶和一只空瓶。洗过空瓶,在里面装上热水。不过,水会立即冷却,变得如刺激牙龈的冰水一般吧。我得考虑到半夜将极寒冷。于是,除了自己正用的毛毯,我打算从壁橱取出几条备用的。我正要蹑手蹑脚穿过妻子身旁,不料她并未睡着。

“阿蜜,我要单独想想!”她厉声说道,仿佛我正想找机会钻进她的毛毯似的,“回想我们夫妻生活的许多细节,我觉得我还是经常在阿蜜的影响下,在让阿蜜分担责任的前提下做出决定。当你要抛弃谁时,我也站在你这边袒护你。可是现在,我感到不安,阿蜜。我要独自承担起对福利院的婴儿,还有即将生下的婴儿的责任,我想尝试做新的考虑。”

“是啊,因为我的判断一点也靠不住嘛。”我没精打采地说完,心想:“我也打算躲进仓房的地下仓库想一下。既然发现了新证据,那么我必须放弃自己的成见,对曾祖父弟弟和鹰四进行复审。这样公正地理解他们,虽然对于死去的他们毫无意义,但对我本人却是必要的。”

而后我钻入地下仓库,也许如百年前的自我禁闭者那样,背靠正面的石墙蹲下,从外套上还用三条毛毯坚固地把身体武装起来。吃着三明治,我一口口交替地喝威士忌和瓶中的白开水,之后是水,(然而,强烈的南风在洼地劲吹时,它并未结冻。)并再次开始思索。地下仓库长年人迹不至,那些被书蠹咬坏的书籍和废纸屑、破书桌、腐烂破损后干透了的榻榻米等,被大风吹至一角堆着,散发出腥臊味。那些磨损得手感柔和的石板,仿佛微微冒出冷汗的皮肤般有些濡湿,也散发出同样的气味。我担心细微的尘埃是否会潮湿沉重地粘到鼻孔、嘴唇周围,甚至眼圈,堵塞所有毛孔而妨碍皮肤的呼吸?二十五年前小儿哮喘的痛苦记忆忽然再现。试闻指尖,那散发出气味的尘埃已沾染它,即使用力在膝头拭擦,气味也不消散。当闭塞的黑暗长期占领这里时,长得有毛蟹般大小的蜘蛛或许会从垃圾堆后吱吱地爬出来咬我的耳背。幻想到此,内心涌起一阵深入肉体核心的嫌恶感,眼前的黑暗中仿佛充满了窥视我的有鱿鱼身那么大的书蠹、可与彪形大汉的草鞋匹敌的潮虫,还有像狗一样大小的不合时令的蟋蟀。

复审，但这里有地下仓库，如果曾祖父弟弟躲在这里毕生保持了作为暴动领袖的 identity，那么仅此一点，我过去一直深信不疑的判决就推翻了。鹰四一生刻意模仿曾祖父弟弟的人生。他最后的自杀因新发现的曾祖父弟弟的 identity 的光亮，将其整个“真相”染上新的色彩，那是向活下来的我炫耀的气壮山河的最后一次冒险。我只能注视着自己赋予鹰四的判决即将崩溃。每当鹰四将曾祖父弟弟的形象作为旗帜挥舞时，我总要嘲笑他，然而那形象其实并非幻影，所以鹰四现在非常有利。旋风在黑暗深处剧烈吹动，我在黑暗中看到垂死的猫眼。从学生时代至婚后妻子即将怀孕前，我一直养着一只虎皮色的雌猫，但它被压了，两腿中间露出手掌般的红肉，一直留在我不幸日子的记忆中。那是绝对平静的老猫眼，黄色的瞳孔如闪耀的小菊花般明澈，当痛苦的静电猛然流遍那小脑袋的感觉器官时，猫眼将全部痛苦紧紧地封闭起来。从外部看，它平静得毫无表情。猫眼把痛苦作为自己的所有，使其对于他者完全不存在。我不仅不愿想象有人以那样的眼神忍受自己内心的地狱，而且，当鹰四作为那样的人探索通往新生之路时，我也始终对其努力持批判态度。弟弟在临死前苦苦地请求我，我甚至对此也拒绝提供帮助。于是，鹰四依靠自己的力量超越了他的地狱。猫眼是我在黑暗中静观多年的朋友，它与鹰四的眼睛、未曾谋面的曾祖父弟弟的眼睛、妻子那李子般的红眼睛连接在一起，组成清晰的连环，作为诚然确切之物开始粘贴在我的经历中。在我后半生的所有岁月里，这连环将不断增殖。不久，一串上百种的眼睛将成为点缀我经验世界之夜的星星。在星光照耀下，我将体味羞耻的痛苦，用我那惟一的眼睛，如老鼠般小心翼翼地窥视昏暗暧昧的外部世界，苟延残喘……

“我们的复审即是你的审判！”

还有向大梁用力甩帽的老人们。

好像真的独自蹲在梦中的法官和陪审员们面前，我躲开他们的视线，在黑暗中闭上眼睛。我感觉我的脑袋有点像圆形异物，我用被外套和毛毯裹住的胳膊抱住脑袋屏住呼吸。

他们超越了自己的地狱。与他们稳固的存在感相比，我没有任何积极意志，我将如何度过暧昧而不可靠的忧郁时光？是否有放弃这些逃至更安逸的黑暗中的道路？我保持着坐棺中的木乃伊似的身姿，看见一系列分解照片似的场面：另一个我从一动不动的我的沉重的肩部脱身站起，爬上地板裂缝，任凭山谷直接吹来的疾风吹动衣着臃肿的身子登上陡梯。特别当看到自己的幻影爬上台阶，俯视展现于破墙下方的山谷时，就那么蹲在地下仓库底部的我，即刻体验到毫无防备地呆立在阶梯中央，面对狂风呼啸的漆黑深邃的空间者的想吐的恐高感。我用双手按住太阳穴以对抗脑里的钝痛。但当幻影到达光叶榉木大梁正下方时，我愕然理解到：

“我在上吊之际，还未弄清应向幸存者们呼叫的‘真相’！”幻影即刻消失。我甚至未与友人共有其心中的某物，它使得友人把脑袋涂得通红、赤身裸体地在肛门中塞入黄瓜自杀了。我的那只独眼，理应一直凝视头脑中积血的黑暗，实际却未履行任何职责。既然我未看清“真相”，那么我也未发现向死亡做最后冲刺的意志力吧！曾祖父弟弟与鹰四在死亡面前并非如此。他们确认了自己的地狱，呼叫着“真相”超越了死亡。

此时，失败感变得具体起来，它在我胸中如开水般沸腾，引起阵阵火辣辣的疼痛。我这才发觉，正如鹰四从小对我燃起对抗意识般，我也对他所追求的形象——曾祖父弟弟及其本人怀有敌意，并一直努力采取与其行动方式截然相反、稳健的生活态度。然而，我依然仿佛冒险家似的，遭遇了被打瞎一只眼的事故。所以，我感到双重的怨愤，打着苍蝇，极痛苦地熬过了住院的日子。但我的抵抗毫无结果。鹰四一直坚持满是缺点、骗子似的冒险。最后，当他面对即将把他赤裸的上身打成石榴状的枪口站起的那一瞬间，他确认了理应仿效曾祖父弟弟的充满热切希望的自己的 identity，完成了自我统一。事实上，我对他最后呼吁的拒绝算不了什么。连同曾祖父弟弟在内的所有家神都闭居在仓房。他一定听到了他们承认、接受他的声音。在这声音的帮助下，他为超越自己的地狱，抵抗了他固有的对死亡的极端恐惧心理。

“是的，你说出了真相。”诸多的家神们注视了死亡时的鹰四。现在，我看见自己被这些眼睛从四面八方注视着屈服了，我清楚地认识了如此悲惨的自己。我感到异常无力，这无力感与寒冷感一起加速深化，深不见底。我可怜地吹起口哨，怀着受虐狂似的恶劣心境想唤来长曾我部。可是，他当然不会来破坏仓房活埋我。就这样，我仿佛一条彻底虚脱濡湿的狗，哆嗦着度过了数小时。不久，头顶的地板裂缝和侧面半闭的暗窗渐渐亮起来。风已平静。我感到憋尿，立起因寒冷而麻木的下肢，把脑袋探出地板。拆掉墙的大部分空间都是森林，依然在黑压压的浓雾中。惟有一抹紫红色晕轮似的东西，映照出黎明时分的天空。而其右上角，可见一片火红的天。我躲在后院的凹坑内迎来黎明时，同样见到火红的四叶花树的叶背，它唤起了我对洼地地狱图的记忆，我觉得似乎收到了某种信号。当时，信号的意思不甚明了。现在，我可以轻而易举地做出解释。那扎根于地狱图上的红色"温情"，显然是为从正面接受并超越自己的地狱、努力忘却可怖者的威胁，并将在更加昏暗不定、暧昧的现实生活中温顺地活下去者的自我安慰之色。说到底，曾祖父让人画那幅地狱图，只是为他本人安魂吧。而且，其后的祖父和我之流，不希望必须间断飞跃的某物在自己内心发育，并与之抗衡，惟有含混不安地活下去的子孙们才由那幅画得到慰藉。

入口处的几重门都卸了下来。就在入口处的外侧，有人站在昏暗中俯视我的脑袋。从那里看，我的脑袋一定像地板上滚动的西瓜。那俯视我的人略微动了一下身子。是妻子。对于只从地板缝中探出脑袋，眺望了一小片红色晨空的人来说，怎能有平静的寒暄语？怎能有平常的态度？我的确好像变成了西瓜似的，惟有窘迫地仰望妻子。

"哎呀，阿蜜。"为了安慰遭受突然袭击的我，妻子带着紧张与拘谨，压低了声音呼唤我。

"哎呀，也许吓着你了，不过我没疯。"

"阿蜜，我以前就知道你有在坑底考虑问题的习惯。在东京，也有过那么一次吧。"

"那天早上，我还以为你一直睡着呢。"我懊恼地越发精疲力竭地说道。

"我一直从厨房窗户监视你，直到送牛奶人来，有迹象让你重返地面为止。我怕发生什么可怕的事。"妻子带着回忆的口吻说完，像是要勉励沉默的我和她自己似的，用充满力量的粗声说道，"阿蜜，我们不能再来一次吗？我们两个不能抚养着孩子们开始新生活吗？养育福利院的孩子和将生下的孩子？我想了很久，按照自己的意志做出了选择，我来问你这想法是否绝对不可能。而且我觉得，既然你进去思考问题，那么我得等你自愿出来，所以一直站在这里。我觉得这次比在后院凹坑时更可怕。我担心被打掉墙的摇摇欲坠的仓房是不是会在风中坍塌。从底下传来口哨声时，我真是怕极了！可是，我觉得我没有权利把你从那里叫出来，所以一直等着。"

妻子如此慢条斯理地说着，却以孕妇特有的谨慎将双手置于下腹侧部，所以即便站着，也看似稳固的纺锤状。我看见她黑乎乎的身体因压抑着剧烈的紧张而颤抖着。她说完，静静地啜泣了一阵子。

"试试看吧，我把英语教师的工作接下来。"我吐了一口粗气，用肺里仅剩的一点空气若无其事地说道。然而，我还是听到自己明显犹豫的声音，甚至连耳朵都即刻发烧了。

"不，阿蜜。你在非洲工作期间，我打算和两个孩子回娘家。给动物采集队事务所发封电报吧。为了和阿鹰抗衡，你一直有意排除自己心里阿鹰似的东西吧？阿蜜，阿鹰已经死了，你也应该公平地对待自己。既然你已经知道联结你曾祖父弟弟和阿鹰之间的东西并非阿鹰虚构的幻影，那么阿蜜自己也应该确认你心中和他们共有的东西吧？而且，如果阿蜜想一直公正地记住死去的阿鹰，那么你更应该这么做吧？"

"事情不可能仅仅因为在非洲做个翻译就能这样。"我痛苦自嘲地想道，但这意志并未强烈到要驳斥妻子的程度。

"把那婴儿从福利院接回来，能让他适应我们的生活吗？"我只发出了透着内心不安的声音。

"阿蜜，我昨晚一直在想，觉得只要我们有这个勇气，总之是可以重新开始的。"妻子悲切地说道，声音明显给人留下疲惫无力的印象。我怕她会贫血摔倒，便扭动身子站起来，想迅速爬上地板。但是，当我费了半天工夫终于爬上地面走近妻子时，脑海中确实回响着一句最简单的话语，"既然鹰四死了，我们就只有一起生活下去了。"这与鹰四的亲兵们宣布结婚计划时的话语相同。而且，我无意拒绝消灭它。

“说来，我和自己打了个赌，只要你平安地出来，你就会接受我的请求。一整夜我都是这么想的，好可怕的赌博，阿蜜！”妻子呜咽着说道，声音中带着孩子气的不安，接着又是一阵颤抖。

妻子怕对胎儿有影响，所以对启程非常慎重。那天早上，她下决心通过业已开始修理的桥梁离开洼地。这时，有个男人戴着木制新面具从山谷来向我们道别。那面具主人的脸确实像石榴似的，闭着的双眼中钉了无数钉子。这男人是榻榻米店的老板，他曾趁夜逃离洼地。为了从今夏恢复念佛舞的传统，他从地方城市被召回山谷。在盂兰盆会前，山谷集会处将用合并时特批的预算修葺一新。他将在集会处及为其准备的许多地方一边铺制榻榻米，一边为所有“亡灵”的装扮制订周密的计划。我们提供了鹰四从美国穿回的上衣和裤子，作为佩戴其“亡灵”面具的表演者的服装。

“有好几个小伙子说想戴上这个面具从森林走下来，他们现在就争起来了！”榻榻米店的老板扬扬得意地说道。

我和妻子、胎儿穿过那片森林出发了，我们不会再次造访山谷吧。既然鹰四的记忆已作为“亡灵”为山谷人所共有，那么我们没有必要守护其坟墓了。离开洼地后，妻子将努力使福利院领回的儿子融入我们的世界，同时等待另一位婴儿的诞生。这期间，我的工作场所是充满汗水与尘土的污秽的非洲生活——我戴着头盔，叫嚷着斯瓦希里语，夜以继日地敲打着英文打字机，亦无暇反思自己的内心活动。我不认为用油漆在巨大的灰色肚皮上写有“期待”字样的大象，会踱到我这位埋伏在草原的动物采集队翻译负责人面前。然而，一旦接受这项工作，有一瞬间我认为这对于我总归是一次新生活的开始，至少在那里可以轻而易举地建起草屋。

“名著名译丛书”书目

（按著者生年排序）

第一辑

书名	著者	译者
荷马史诗·伊利亚特	[古希腊]荷马	罗念生 王焕生
荷马史诗·奥德赛	[古希腊]荷马	王焕生
伊索寓言	[古希腊]伊索	王焕生
一千零一夜		纳 训
源氏物语	[日]紫式部	丰子恺
十日谈	[意大利]薄伽丘	王永年
堂吉诃德	[西班牙]塞万提斯	杨 绛
培根随笔集	[英]培根	曹明伦
罗密欧与朱丽叶	[英]莎士比亚	朱生豪
鲁滨孙飘流记	[英]笛福	徐霞村
格列佛游记	[英]斯威夫特	张 健
浮士德	[德]歌德	绿 原
少年维特的烦恼	[德]歌德	杨武能
傲慢与偏见	[英]简·奥斯丁	张 玲 张 扬
红与黑	[法]司汤达	张冠尧
格林童话全集	[德]格林兄弟	魏以新
希腊神话和传说	[德]施瓦布	楚图南

高老头 欧也妮·葛朗台	[法]巴尔扎克	张冠尧
普希金诗选	[俄]普希金	高 莽 等
巴黎圣母院	[法]雨果	陈敬容
悲惨世界	[法]雨果	李 丹 方 于
基度山伯爵	[法]大仲马	蒋学模
三个火枪手	[法]大仲马	李玉民
安徒生童话故事集	[丹麦]安徒生	叶君健
爱伦·坡短篇小说集	[美]爱伦·坡	陈良廷 等
汤姆叔叔的小屋	[美]斯陀夫人	王家湘
大卫·科波菲尔	[英]查尔斯·狄更斯	庄绎传
双城记	[英]查尔斯·狄更斯	石永礼 赵文娟
雾都孤儿	[英]查尔斯·狄更斯	黄雨石
简·爱	[英]夏洛蒂·勃朗特	吴钧燮
瓦尔登湖	[美]亨利·戴维·梭罗	苏福忠
呼啸山庄	[英]爱米丽·勃朗特	张 玲 张 扬
猎人笔记	[俄]屠格涅夫	丰子恺
包法利夫人	[法]福楼拜	李健吾
昆虫记	[法]亨利·法布尔	陈筱卿
茶花女	[法]小仲马	王振孙
安娜·卡列宁娜	[俄]列夫·托尔斯泰	周 扬 谢素台
复活	[俄]列夫·托尔斯泰	汝 龙
战争与和平	[俄]列夫·托尔斯泰	刘辽逸
海底两万里	[法]儒勒·凡尔纳	赵克非
八十天环游地球	[法]儒勒·凡尔纳	赵克非
马克·吐温中短篇小说选	[美]马克·吐温	叶冬心
汤姆·索亚历险记	[美]马克·吐温	张友松
爱的教育	[意大利]埃·德·阿米琪斯	王干卿
莫泊桑短篇小说选	[法]莫泊桑	张英伦
契诃夫短篇小说选	[俄]契诃夫	汝 龙
泰戈尔诗选	[印度]泰戈尔	冰 心 等
欧·亨利短篇小说选	[美]欧·亨利	王永年

名人传	[法]罗曼·罗兰	张冠尧 艾 珉
童年 在人间 我的大学	[苏联]高尔基	刘辽逸 等
绿山墙的安妮	[加拿大]露西·蒙哥马利	马爱农
杰克·伦敦小说选	[美]杰克·伦敦	万 紫 等
卡夫卡中短篇小说全集	[奥地利]卡夫卡	叶廷芳 等
罗生门	[日]芥川龙之介	文洁若 等
了不起的盖茨比	[美]菲茨杰拉德	姚乃强
老人与海	[美]海明威	陈良廷 等
飘	[美]米切尔	戴 侃 等
小王子	[法]圣埃克苏佩里	马振骋
钢铁是怎样炼成的	[苏联]尼·奥斯特洛夫斯基	梅 益
静静的顿河	[苏联]肖洛霍夫	金 人

第二辑

威尼斯商人	[英]莎士比亚	朱生豪
忏悔录	[法]卢梭	范希衡 等
罪与罚	[俄]陀思妥耶夫斯基	朱海观 王 汶
哈克贝利·费恩历险记	[美]马克·吐温	张友松
漂亮朋友	[法]莫泊桑	张冠尧
斯·茨威格中短篇小说选	[奥地利]斯·茨威格	张玉书
海浪 达洛维太太	[英]弗吉尼亚·吴尔夫	吴钧燮 谷启楠
日瓦戈医生	[苏联]帕斯捷尔纳克	张秉衡
大师和玛格丽特	[苏联]布尔加科夫	钱 诚
太阳照常升起	[美]海明威	周 莉

第三辑

神曲	[意大利]但丁	田德望
吉尔·布拉斯	[法]勒萨日	杨 绛
都兰趣话	[法]巴尔扎克	施康强

叶甫盖尼·奥涅金	[俄]普希金	智　量
笑面人	[法]雨果	郑永慧
红字 七个尖角顶的宅第	[美]纳撒尼尔·霍桑	胡允桓
死魂灵	[俄]果戈理	满　涛 许庆道
南方与北方	[英]盖斯凯尔夫人	主　万
莱蒙托夫诗选 当代英雄	[俄]莱蒙托夫	余　振 等
前夜 父与子	[俄]屠格涅夫	丽　尼 巴　金
白鲸	[美]赫尔曼·梅尔维尔	成　时
米德尔马契	[英]乔治·爱略特	项星耀
小妇人	[美]路易莎·梅·奥尔科特	贾辉丰
娜娜	[法]左拉	郑永慧
一位女士的画像	[美]亨利·詹姆斯	项星耀
十字军骑士	[波兰]亨利克·显克维奇	林洪亮
樱桃园	[俄]契诃夫	汝　龙
约翰-克利斯朵夫	[法]罗曼·罗兰	傅　雷
我是猫	[日]夏目漱石	阎小妹
嘉莉妹妹	[美]德莱塞	潘庆舲
月亮与六便士	[英]威廉·萨默塞特·毛姆	谷启楠
人性的枷锁	[英]威廉·萨默塞特·毛姆	叶　尊
人类群星闪耀时	[奥地利]斯·茨威格	张玉书
尤利西斯	[爱尔兰]詹姆斯·乔伊斯	金　隄
好兵帅克历险记	[捷克]雅·哈谢克	星　灿
城堡	[奥地利]卡夫卡	高年生
喧哗与骚动	[美]威廉·福克纳	李文俊
老妇还乡	[瑞士]迪伦马特	叶廷芳 韩瑞祥
金阁寺	[日]三岛由纪夫	陈德文
万延元年的 Football	[日]大江健三郎	邱雅芬